短工

DAGLEJERNE

[丹麦] 汉斯·基尔克 著

周永铭 译

中国国际广播出版社

图书在版编目（CIP）数据

短工 /（丹）汉斯·基尔克著；周永铭译.—北京：中国国际广播出版社，2019.7
（2024.1重印）

（北欧文学译丛）

ISBN 978-7-5078-4493-1

Ⅰ.①短… Ⅱ.①汉…②周… Ⅲ.①长篇小说—丹麦—现代 Ⅳ.①I534.45

中国版本图书馆CIP数据核字（2019）第121135号

DANISH ARTS FOUNDATION

短　工

出 品 人	宇　清
总 策 划	王钦仁
策　　划	张娟平　凭　林
著　　者	［丹麦］汉斯·基尔克
译　　者	周永铭
责任编辑	高　婧　张娟平
装帧设计	Guangfu Design	张　晖
责任校对	张　娜

出版发行	中国国际广播出版社有限公司 ［010-89508207（传真）］
社　　址	北京市丰台区榴乡路88号石榴中心2号楼1701
	邮编：100079
印　　刷	天津鑫恒彩印刷有限公司

开　　本	880×1230　1/32
字　　数	150千字
印　　张	9.5
版　　次	2019 年 10 月 北京第一版
印　　次	2024 年 1 月 第三次印刷
定　　价	56.00元

绚丽多姿的"北极光"

——为"北欧文学译丛"作的序言

石琴娥

2017 年的春天来得特别地早，刚进入 3 月没有几天，楼下院子里的白玉兰已经怒放，樱花树也已经含苞待放了。就在这样春光明媚、怡人的日子里，我收到中国国际广播出版社文史编辑部主任张娟平女士打来的电话，想让我来主编一套当代北欧五国的文学丛书，拟以长篇小说为主，兼选一些少量有代表性的短篇小说、诗歌等，篇目大约为 50—80 部左右。不久之后，中国国际广播出版社的王钦仁总编辑和张娟平主任又郑重其事地来到寒舍，对我说，他们想做一套有规模、有品位的北欧文学丛书，希望能得到我的支持，帮助他们挑选书目、遴选译者，并担任该丛书的主编。

大家知道，随着电子阅读器和智能手机的普及，越来越多的人通过电子设备来阅读书籍。在目前的网络和数码时代，出现了网络文学、有声书和电子书，甚至还出现了人工智能创作的作品，纸质书籍受到极大冲击，出版纸质书籍遇到了很大困难。有的出版社也让我推荐过北欧作品，但大都是一本或两本而已，还有的出版社希望我推荐已经过版权期的作品，以此来节省一些成本。而中国国际广播出版社却希望出版以当代为主的作品，规模又如此之大，而且总编辑又亲临寒舍来说明他们的出版计划和缘由，我被他们的执着精神和认真态度所感动，更被他们追求精神品位的人文热情所感动。我佩服出版社的魄力和勇气。面对他们的热情和宝贵的执着精神，我怎能拒绝，当然应该义不容辞地和他们一起合作，高质量、高品位地出好这套丛书。

大家也许都注意到，在近二三十年世界各国现代化状况的各类排行榜上，无论是幸福指数，还是GDP或者是人均总收入，还是环境保护或者宜居程度，从受教育程度和质量、医疗保障到养老、失业等社会保障，还有从男女平等到无种族歧视，等等，北欧五国莫不居于世界最前列，或者轮流坐庄拿冠夺魁，或是统统包圆儿前三名，可以无须夸张地说，北欧五国在许多方面实际上超过了当今世界霸主美国，而居于当今世界发达国家最前列，成为世界现代化发展中的又一类模式。

大家一般喜欢把世界文学比作一座大花园，各个时期涌现出来的不同流派中的众多作家和作品犹如奇花异葩、争妍斗艳。北欧文学是这座大花园里的一部分，国际文学中，特别是西欧文学中的流派稍迟一些都会在北欧出现。北欧的大自然，由于地理位置、自然环境和气候条件，没有小桥流水般的婀娜多姿，而另有一种胜景情致，那就是挺拔参天、枝叶茂盛的大树，树木草地之间还有斑斓似锦的各色野花和大片鲜灵欲滴的浆果莓类。放眼望去，自有一股气魄粗犷、豪放、狂野、雄壮的美。北欧的文学大花园正如自然界的大花园一样，具有一股阳刚的气概、粗豪的风度。它的美在于刚直挺立、气势巍嵬。它并不以琴瑟和鸣般珠圆玉润和撩拨心弦的柔美乐声取胜，却是以黄钟大吕般雄浑洪亮而高亢激昂的震颤强音见长。前者婉转优雅、流畅明快，后者豪迈恢宏、气壮山河。如果说欧洲其余部分的文学是前者的话，那么北欧文学就是后者。正如鲁迅所说，北欧文学"刚健质朴"，它为欧洲文学大花园平添了苍劲挺拔的气魄。以笔者愚见，这就是北欧五国文学的出众特色，也是它们的长处所在。

文学反映社会现实。它对社会的发展其功虽不是急火猛药，其利却深广莫测。它对社会起着虽非立竿见影却又无处不在的潜移默化作用。那么，北欧各国的当代文学作品是如何反映北欧当代社会的呢？它对北欧各国的现代化发展是不是起了推动促进作用了呢？也许我们能从这套丛书中看到一些端倪。

北欧五国除了丹麦以外，都有国土位于北极圈或接近北极圈。北极光是那里特有的景象。尤其到了冬天夜晚，常常能见到北极光在空中闪烁。最常见的是白色。当然有时也能见到五彩缤纷、绚丽多姿的北极光。北欧五国的文学流派众多，题材多样，写作手法奇异多姿，犹如缤纷绚丽的北极光在世界文坛上发光闪烁。

北欧包括 5 个国家：丹麦、芬兰、冰岛、挪威和瑞典。讲起当代的北欧文学，北欧文学史上一般是从丹麦文学评论家和文学史家勃朗兑斯（Georg Brandes，1842—1927）于1871 年末在丹麦哥本哈根大学所作的《十九世纪文学主流》算起，被称为"现代突破"。从 19 世纪的 1871 年末到目前21 世纪的 2018 年近 150 年的时间里，一大批有才华的作家活跃在北欧文坛上。在群英荟萃之中，出现了几位旷世文豪，如挪威的"现代戏剧之父"亨利克·易卜生，瑞典文学巨匠——小说家、戏剧家斯特林堡和荣获诺贝尔文学奖的第一位女作家、新浪漫主义文学代表塞尔玛·拉格洛夫，丹麦

1944年诺贝尔文学奖获得者约翰纳斯·维尔海姆·延森和芬兰的批判现实主义作家约翰·阿霍等。"北欧文学译丛"拟以长篇小说为主，间选少量短篇作品，所以除了易卜生，因其作品主要是戏剧外，其他几位大家的作品我们都选编进了本系列。这些巨匠有的是当代北欧文学的开创者，有的是北欧当代文学中各种流派的代表和领军人物，都是北欧当代文学中的重要作家，他们的作品经历了时间考验。

在北欧文坛中，拥有众多有成就有影响的工人作家是其一大特色。有的还获得了诺贝尔文学奖，成为世界级的大文豪。这些工人作家大多自身是农村雇工或工人，有过失业、饥饿或其他痛苦的经历，经过自学成为作家。他们用笔描写自己切身的悲惨遭遇，对地主、资产阶级剥削和压榨写得既具体细腻，又深刻生动。正是他们构成了北欧20世纪以来现实主义文学的主流。在这些工人作家中最突出的有丹麦的马丁·安德逊·尼克索和瑞典的伊瓦尔·洛-约翰松等。对这些在北欧文坛上占有重要地位的工人作家的作品，我们当然是不能忽略的，把他们的代表作选进了这套丛书之中。

除了以上这些久享盛誉的作家外，我们也选了新近崛起的、出生于1970和1980年代的作家，如出生于1980年的瑞典作家乔安娜·瑟戴尔和出生于1981年的挪威作家拉斯·彼得·斯维恩等。他们的作品在北欧受到很大欢迎，有的被拍成电影，有的被搬上舞台。这些作品，虽然没有经历过时间的考验，但却真实地反映了目前北欧的现状，值得收进本丛书之中。

从流派来看，我们既选了现实主义作品，也不忽略浪漫主义、超现实主义和意识流的作品，力求使读者对北欧当代文学有个较为全面的印象。从作家本人的情况看，我们既选了大家公认的声誉卓越的作家的作品，也选了个别有争议作家的作品，如挪威作家克努特·汉姆生，他是现代挪威、北欧和世界文坛上最受争议的文学家。他从流浪打工开始，1920 年成为诺贝尔文学奖得主，晚年沦为纳粹主义的应声虫和德国法西斯占领当局的支持者，从受人欢呼的云端跌入遭国人唾骂的泥潭，而他毕竟是现代主义文学和心理派小说的开创者和宗师，在 20 世纪现代文学中扮演了承上启下的转型角色。我们把他的"心理文学"代表作《神秘》收进本丛书。这部作品突破传统小说的诸多常规要素，着力于通过无目的、无意识的内心独白，以及运用思想流、意识流的手法来揭示个性心理活动，并探索一些更深层次的人生哲理。1978 年诺贝尔文学奖得主、美国作家艾萨克·辛格说："在我们这个世纪里，整个现代文学都能够追溯到汉姆生，因为从任何意义上他都是现代文学之父……20 世纪所有现代小说均源出汉姆生。"我们把这个有争议作家的作品选入我们的丛书，一方面是对北欧和世界文学在我国的译介起到补苴罅漏的作用，另一方面也可进一步了解现代文学的来龙去脉，以资参考借鉴。

总之，我们选材的宗旨是：把北欧各国文学史中在各个时期占有重要地位作家的代表作收进本丛书。虽然本丛书将有 50—80 部之多，但是同 150 年的时间长河和各时期各流派的代表作家和作品之多比起来，这些作品还是不能把所有重要作家的作品全部收入进来。譬如瑞典作家扬·米尔达尔（Jan Myrdal，1927—　）是 20 世纪 60 年代中期出现的一种新兴文学——报道文学的代表人物之一，他的《来自中国农村的报告》（1963）成为当时许多国家研究中国问题的必读参考材料，被译成十几种文字多次出版。尽管他的这本书因材料详尽、内容真实、记载细腻而风靡一时，但在这套丛书中，不得不割爱，而是选了其他在国际上更为著名的瑞典作家作品。

本丛书中的所有作品，除了极个别以外，基本都是直接从原文翻译，我们的目的是想让读者能够阅读到原汁原味的当代北欧文学。同英语、俄语、法语等大语种翻译比起来，我们直接从北欧语言翻译到中文的历史不长，译者亦不多，水平不高，经验也不足，译文中一定存在不少毛病和欠缺之处，望读者多多包涵，也请读者给我们提出宝贵的建议和意见，便于我们改进。

本丛书能够付梓问世，首先要感谢中国国际广播出版社社长张宇清先生和总编辑王钦仁先生，没有他们坚挺经典文化的执着精神和开拓进取的勇气，这部丛书是不可能跟读者见面的。我还要感谢本书所有的编委，是他们在成书过程中做了大量工作，从选材、物色译者到联系有关国家文化官员和机构，都付出了辛勤的劳动。不仅如此，他们还亲自翻译作品。没有他们的默默奉献和通力合作，这部丛书是难以完成的。在编选过程中，承蒙北欧五国对外文化委员会给予大力帮助和提供宝贵的意见，北欧五国驻华使馆的文化官员们也给予了热情关怀，谨向他们致以衷心的感谢。对编选工作中存在的疏漏和不足，还望读者们不吝指正。

2018 年 6 月

于北京潘家园寓所

石琴娥，1936 年生于上海。中国社会科学院外国文学研究所北欧文学专家。曾任中国－北欧文学会副会长。长期在我国驻瑞典和冰岛使馆工作。曾是瑞典斯德哥尔摩大学、丹麦哥本哈根大学和挪威奥斯陆大学访问学者和教授。主编《北欧当代短篇小说》、冰岛《萨迦选集》等，为《中国大百科全书》及多种词典撰写北欧文学、历史、戏剧等词条。著有《北欧文学史》、《欧洲文学史》（北欧五国部分）、"九五"重大项目《20 世纪外国文学史》（北欧五国部分）等。主要译著有《埃达》《萨迦》《尼尔斯骑鹅旅行记》《安徒生童话与故事全集》等。曾获瑞典作家基金奖、2001 年和 2003 年国家图书奖提名奖、第五届（2001）和第六届（2003）全国优秀外国文学图书奖一等奖、安徒生国际大奖（2006）。荣获中国翻译家协会资深荣誉证书（2007）、丹麦国旗骑士勋章（2010）、瑞典皇家北极星勋章（2017）等。

译　序

汉斯·基尔克（Hans Kirk），丹麦作家，1898 年 1 月 11 日出生于丹麦哈德松德。1916 年至 1922 年就读于哥本哈根大学法律系。毕业后在当地法院工作。1925 年辞去法院工作，全身心地投入文学创作，并为多家杂志撰稿。同年就职于《洛兰 - 法尔斯特人民时报》。1930 年后，先后在《社会民主党人报》和《工人报》就职。1931 年加入丹麦共产党。"二战"中 1941 年遭纳粹德国占领军逮捕，关入集中营，1943 年成功逃脱。1945 年以后就职于丹麦共产党机关报《国土人民报》，任该报文化主编，直至 1962 年 6 月 16 日病逝。

基尔克一生创作了多部小说。1928 年，完成反映渔民社会的小说《渔夫》。1936 年小说《短工》及 1939 年《新时代》面世后，基尔克计划写作第三部作品，构成三部曲小说。后因 1940 年纳粹德国入侵，稿件丢失而作罢。此后，基尔克先后出版小说《奴隶》（1948）、《世界之子》（1950）、《魔鬼的金钱以及克里特高和他的儿子们》（1951）、自传体小说《皮影戏》（1953）。此外，基尔克还在丹麦各类报刊上先后发表了 450 多篇短篇小说、散文和广播剧。

基尔克一生在实践和理论上始终如一地坚持社会主义思想，自幼便同普通民众和无产阶级大众有着密切的联系，成长过程中深切地感受到阶级差别对社会生活的影响。1915 年还在高中读书时，他参加了当地的五一节游行，在校长诘问他是否是社会主义者时，他坦陈自己愿同工人们站在一起。他的父亲出生于丹麦日德兰半岛的哈波岛贫穷渔民家庭，基尔克关注岛上渔民的生活和工作状况，并据此创作了他的处女作《渔夫》。丹麦文学评论界认为，《渔夫》《短工》《新时代》完整反映了20世纪初丹麦社会所发生的变化。同时代的丹麦著名作家、评论家汤姆·克里斯登森称汉斯·基尔克为30年代丹麦最伟大的作家。

小说《短工》描写的是，20世纪初，丹麦日德兰半岛阿尔斯莱弗镇，由于天气干旱，收成很差，当地的小农庄主们面临着破产，短工们更是度日艰难。传教士卡尔森来到小镇布道，宣扬苦日子是上帝对人们的惩罚，要人们信教忏悔。不久后，城里的水泥公司要在海边建厂，于是小农庄主们纷纷变卖了自己的田产，加入短工的行列。失去土地的小农庄主和短工们涌入工地干活儿，更多不同工种的工人从四面八方来到小镇，他们不但带来新的生活方式，也带来新的观念和社会主义思想。高耸的新厂房即将建成，工厂主赫普诺鼓吹机器给大家带来福利，无论如何不能让机器停下来。而与此同时，维护工人权益的工会也宣告成立，大家都在期盼新时代的到来。

在《短工》一书中，基尔克全景式地描绘了20世纪初丹麦农村社会。他了解农民生活的艰辛，同情他们不幸的遭遇，赞扬他们团结互助的精神。他着力刻画了一些普通农民，如从外地流浪到小镇的农民西利乌斯敢说敢为，不畏权贵，为人仗义，乐于助人，被大家一致推选为新成立的工会主席。破产的小农庄主马里努斯和他的妻子托拉忠厚诚实，心地善良，爱憎分明，勤俭持家。即使生活再难，他们也不领取救济署的救济或是大农场主的赠品。作者也善意并不无幽默地点出农民中的另一面，如小农庄主安德列斯的自私和吝啬，他的女佣、后来成为他的妻子的玛格达喜好搬弄是非等。在作者笔下，故事中的大农庄主为富不仁，贪得无厌，用尽一切手段剥削短工和他们的老婆、孩子。传教士卡尔森更是虚伪，把天灾说成是上帝对不信教农民的惩罚，信教的大农庄主中也没人对短工施以援手。这些人物在作者笔下栩栩如生，跃然纸上。书中对海湾高坡地四季景色、农民婚丧嫁娶、工地建筑场景的描绘也给人留下了深刻印象。正如汤姆·克里斯登森所说，没有哪一个丹麦作家能够像汉斯·基尔克那样深刻理解并完美反映了丹麦社会的多样性。

　　需要说明的是，《短工》一书共三十个大段，每段均无标题。为便于阅读，译者依序在每段开始时列上了数字。

译者　周永铭

2019 年 2 月 22 日

《短工》人物列表

斯基夫特	店主
安德列斯·约翰森	小农庄主，后为短工
梅塔	店主女儿
拉斯·谢伦格莱	短工
马斯·隆德	大农庄主，教徒
保尔·伯格	短工
博尔－艾立克	短工
布雷根特维	短工
索特·安诺斯	短工
彦斯·赫斯特	短工
马里努斯·彦森	小农庄主，后为短工
西利乌斯·安诺森	小农庄主，后为短工
卡尔森	传教士
马丁·托姆森	农庄主，教徒
莉纳	谢伦格莱之妻
盖姆斯特	牧师
达伍玛	彦斯之妻
托拉	马里努斯之妻
菲德丽克	西利乌斯之妻
玛格达	女佣，后为安德列斯之妻

伊达	克里斯登之妻
安诺斯·曹夫特	农庄主
斯寇特	律师
达伍高	房地产经纪人
劳瑞茨	马里努斯之弟
法兰斯	手风琴手
多勒	老寡妇
尼科拉	多勒之子
克里斯登·博森	小农庄主，后为短工
奥尔迦	马里努斯之长女
尼尔斯	马里努斯之长子
乌尔里克森	教师
英昂	博尔－艾立克之妻
安东	马里努斯之子
维拉	马里努斯之女
绥恩	马里努斯之子
萨缪尔	卡尔森之子
约翰娜	卡尔森之女
克里斯蒂娜	卡尔森之妻
康拉德	谢伦格莱之子
露易丝	保尔·伯格之妻
玛蒂勒	索特·安诺斯之女
赫普诺	工程师
玛雅夫人	演员，赫普诺情人
托马斯·特里宁	挖土工
伊弗	挖土工
老吉普	西利乌斯收留的瘫痪老人
小吉普	西利乌斯之子

一

天总不下雨，太阳像一团火球悬在空中，草地都被烤得焦黄枯萎了。在盛夏的烈日下，树木和灌木丛褪去了绿色，被尘土染得灰蒙蒙的。多少年了，没有见过这么差的年成。偶尔，也可以听到雷声掠过大地，可是雨却一滴没有下。乌云集积在地平线上，像一座座黑色的山头，人们吸着略带凉意的空气，期盼着老天会下点儿雨。在炎热明亮的夜晚，农民们汗淋淋地从床上爬起来，翘首观望着天气。可是天空依旧是那样的明亮洁净，只有闪电不时地划过丘陵地的上空。

各地都有预兆，粮食要歉收，而阿尔斯莱弗教区是受灾最重的地方。这里土地本来就很贫瘠，更需要雨水。紧邻海湾的白垩土高坡地上，黑麦业已枯萎，连甜菜也难以生长。老人们认为，过去从来没有出现过这样糟糕的情况。奶牛在干枯的草地里找不到吃的，几乎不再产奶。现在如果再不下雨，农民们和小农该怎样去弄钱付息纳税？短工们的境况更糟，眼看他们每天都快吃不上饭了。

店主斯基夫特的杂货店的柜台边，总有一群人在闲扯。他们谈论着天气、收成和将要被赶进牲口棚的牲口。他们心平气和，毫无偏见地谈论着这些，因为抱怨也无济于事。天旱是命里注定的，并非谁的过错。这些人中有安德列斯，他在高坡地上有一处破败的庄园。他们中还有农庄主。有时也有一两个短工走进小店买点儿煤油或烟叶。斯基夫特是个福音派教徒，在这个不信教的地区，他是为数不多的教徒中的一个。他是个鳏夫，他的女儿梅塔为他料理家务。

"土地像烤得过火的面包，"安德列斯说，"再烤下去都快成石头了。我们再也耕不了地了，地都要犁不开了。情况不妙啊，老兄，我们的庄园都保不住了。""噢，你是肯定不会落到拿你的庄园去典卖的地步的。"短工拉斯·谢伦格莱说。"不管怎么说，你还是积攒了不少钱。我们这些人算完了，我们打短工也挣不到什么钱了。"拉斯·谢伦格莱环顾四周，看看有没有人反对他这样说。但其他人都觉得他讲得有道理，像现在这种光景，将会有许多潦倒的人上救济署去。"我们这些人可交不起税了。"农庄主马斯·隆德说。"要是市政府没有收入，他又怎么能给穷困潦倒的人发救济金呢。真的，像这样的年头过去从来没有见过。"

店铺不大，低低的天花板，房梁上挂着水桶、扫帚和罐子。店堂里满是烟草味、煤油味和干鱼的味道。斯基夫特没有田产，然而他却有他自己的苦衷。他给人赊账，但却不知道是否还能把钱收回来。聚在杂货店的这些人抽着烟斗，谈的都是些坏消息。他们谈到，教区东面有个老太婆忍受不了这种炎热的天气，精神失常了，淹死在井里。这件事真是可怕。在克洛弗胡斯，有个妇女生的孩子，与其说是像人，倒不如说更像一头野兽。

斯基夫特是个沉默寡言的人，但有一天他说，"真让人不得不信，世界末日就在眼前了。""你指的是什么？"安德列斯问。"你是说地球的末日到了？上个世纪末人们也这样相信过，但是地球还不是照样在我们脚下。是啊，地球的年代确实不短了，但它里面都是些好材料，你瞧着吧，它还会依然如故的。"但斯基夫特把他在不眠之夜琢磨出来的道理全都讲了出来。《圣经》上写着，当世界末日来临时，日月星辰上都会有征兆。现在，报上讲天上出现了一颗彗星，也许这就是上帝的警告，让人们准备世界末日的到来。"是呀，是呀，"安德列斯说着，双眉紧蹙，"也许你说的不错。"《圣经》上说的，上帝在天上画一道彩虹，作为圣约的象征。"斯基夫特一面解释，一面急切地往柜台外面探着身子。"他答应我们，从那时起直到世界毁灭，白天黑夜和自然万物都将循环不息。可是现在不下雨了，那不就是自然万物停息了吗？是啊，谁也说不上来，可我们知道，这个时刻总有一天要来的，我们得有所准备。""真想不到，你脑袋瓜里装的是这些东西，"安德列斯说，"别人可不像你这样胡思乱想。"

然而，小店里的其他人并不认为世界末日就要到了。这只是一场普通的干旱，是过去见过多次的干旱。刚刚进屋的牛奶场主解释说，这大概是墨西哥湾流动的缘故。也许是北极太冷，水分蒸发得不够，天空中形成不了云，也就下不了雨。牛奶场场主讲得头头是道，还讲到地球运转中可能会发生些什么问题。他博览群书，知道怎样解释这一切。

"真了不起，这些事情你都知道。"安德列斯钦佩不已。"世上的事简直没有你不知道的，老兄，难怪你能轻而易举地做出上等黄油来。"

牛奶场场主愤愤地转身走了，小店里的其他人则大笑不止。安德列斯惶恐地看着四周。"我想他是生气了。"他说。

"我确实无意冒犯他。哎，老板，依你说世界正在走向末日。好吧，好吧，我们等着瞧吧。这样你就可以大胆地给人赊账了。世界都完蛋了，钱也就没有了。你也不必急着把我们欠的钱往账本上记了。"

安德列斯眨眨眼，他那长着蓬松灰白胡子的脸上露出了笑容。可不是吗，世界末日若是来临的话，斯基夫特再也不用拿账本记下谁欠他多少钱了。在小店里，在牛奶房，在酒店里，在大家见面的所有场所，人们都在谈论着这些事。天不下雨，这确实很糟糕，收成将会怎样呢？没有谷物可卖，又从哪儿去弄钱呢？下次纳税期一到，背井离乡的肯定不止一个人。但人们还是盼望着老天下雨，这样至少还可以有点儿收成。可一滴雨也没有下。

麦子短得连割麦机都用不上，只得使用长柄镰刀收割。短工们有活儿干了。老保尔·伯格六十开外了，还像孩子那样爱开玩笑。这样干活儿就跟早先人还没有成为机器的奴隶时一样。阿尔斯莱弗镇的其他短工也会使镰刀。拉斯·谢伦格莱、博尔－艾立克、布雷根特维、索特·安诺斯和彦斯·赫斯特，他们都在附近的农庄里干活儿。通常总是忙于收割自己的庄稼的自耕农们今年都去给别人干活儿，因为他们自己的地里没有什么可收的。

海湾附近住着马里努斯和西利乌斯两家。他们肯定过不了下次纳税期这一关。他们的小庄园坐落在那一大片白垩土高坡地的尽头，这块地比阿尔斯莱弗镇的地势高得多。峭壁下面就是海滩，那里土地最差，斑斑点点的白垩土比比皆是。在这个重灾的年头，他们的收成实在少得可怜，根本不值得一收。他们把牛马放进庄稼地，让它们在那里找吃的，而在收获的季节，他们则去大农庄里打短工。

一个男人骑车过来，把车停靠在斯基夫特的杂货店前面。他身材矮小，胖乎乎的，长着一对向外鼓出的眼睛和两片厚厚的嘴唇。他穿着一件长后襟的上衣，后襟向上翻着，用别针别住。小店里人很多，他们好奇地打量着他，他不像是本地人。"你就是老板吧。"他说着向斯基夫特伸过手去。"我是费奥厄城新来的传教士。我从别的教友那里得知了你的名字。""噢，你就是新来的传教士。"斯基夫特边说边向他点了点头。"那你就是卡尔森吧，别人曾经告诉过我。""是的，我叫卡尔森。"传教士说。"我新来乍到的，很需要您的指点，所以，今天特地登门拜访。"

斯基夫特把女儿叫了出来，要她照看店铺，他好去同这位陌生人谈话，他走在前面，进了小店旁边的账房，请传教士在一把椅子上坐下，自己坐在他的对面，他把金丝边眼镜推到了额头的上方。

"这个使命对我来说完全是生疏的。"卡尔森说。"我曾经当过海员之家的管理员，有一段时间还卖过圣经圣书。我需要向人讨教，也为别人祈祷。依您看，我在此地该从哪里着手呢？在费奥厄城，倒还有些上帝的信徒。而这里在我看来却是一片黑暗。"

"也许是这样，"斯基夫特说，若有所思地点点头，"到现在，我们这里上帝的事业没有多大起色。这儿有许多正如《圣经》上说的难以对付的刺儿头。我们这里只有几个教民，皈依上帝的事业还没有一个头绪。我很高兴这里能有一位传教士。现在看来，似乎土地已经准备好，可以播种了。"

"你这样想我很高兴。"传教士说。

"我跟你说，我反复想了很久，这场干旱意味着什么。"斯基夫特说。"我们知道，在这发生的一切的背后，一定有什么道理。没有上帝的意志，连一只麻雀也不会掉到地上。起初我想，天灾也许是世界末日的一个征兆，但现在看来并非如此。不是的，干旱是上帝对我们的宽厚仁慈。他的目光注视着这个地区，要把我们从沉沦中搭救出来。换句话说，他通过干旱为你的使命铺平了道路。"

"你讲得对极了。"传教士说。"上帝不愿意人们只盯着世俗凡事。他告诉我们，灵魂食粮比肉体食粮更为重要。"

"我们大家都知道，收成越坏，就越容易找到蒙受天恩的道路。"店主接着说。"我们在受苦难时，才能感觉到自己的不幸，才能体会到上帝的至高无上的权力。金钱财富和养尊处优把绝大多数人引向毁灭。天旱的降临正是为了拯救这里的灵魂。可以肯定，今年的收成会让许多人日子不好过。别人也将跟着倒霉，大家都一无所有，钱又从哪儿来？唉，这里面一定有名堂。"

可以听得见梅塔在店里做买卖。她高声地笑着，显得很高兴，斯基夫特沉下脸来。她一定又在同那些小伙子们调笑。

"那个年轻姑娘是你的女儿？"卡尔森问。"她把心奉献给上帝了吗？没有，我从她的笑声中就能听得出来。你的想法是不是让我先在周围这些庄园、农户中走一走？但你先得跟我说说住在这里的那些人的情况。事前有些了解总是有裨益的。"

店主开始介绍村里和教区的一些人的情况。牧师不值一提。他人倒是很实在，买什么都付现钱，但很难说他是个基督教徒。本镇的教师是个格隆特维①主义者，要他相信

---

① 格隆特维（1783—1872）：丹麦著名牧师和诗人，曾创作大量现代赞美诗，是丹麦对成人进行教育的人民高等学校教育制度的奠基人。

上帝的仁慈没门儿。有个大庄园主，多年来就一直是上帝的信徒。他叫马丁·托姆森，住在学校南边。其他庄园主都是些吊儿郎当的人，打牌，下酒店，听任他们的孩子去跳舞。

"他们的妻子呢？"卡尔森问。"我一直很留意争取这些人。好多人都说，我的布道最适合妇女们听。"

可是，关于他们的妻子，斯基夫特也没有什么好消息可告诉的。这个教区的妇女要么聚在一起喝咖啡，要么无所事事百无聊赖地消磨时光。说到这些，他那公羊脸变得阴郁起来。要她们虔信上帝肯定不容易。自耕农们的情况也好不了多少。唯一的希望是，旱灾和歉收才能把他们从世俗中解脱出来。

"高坡地上住着马里努斯一家，他将不得不卖掉他的庄园。"他说。"他们都说，他挨不过下次纳税期，我给他赊账，也得受损失。他是个厚道正派的人，但我知道他的妻子有点儿多嘴饶舌。他们有好几个孩子，你可以去试试，能不能把马里努斯从麻木中唤醒过来。他旁边住着安德列斯，他的地多一点儿，但种得不好，然而他却有钱。他嘴上总挂着《圣经》，但我敢肯定他只是个伪君子而已。那上面的第三家自耕农，你可得小心，他爱酗酒，又好打架。这人真没办法，他叫西利乌斯，但和他妻子谈谈可能有好处。她背着沉重的包袱，非常需要有人去减轻她的负担。"

传教士点点头，表示明白了，斯基夫特接着谈短工们的情况。他说，他们之间钩心斗角，尔虞我诈。他们一生作恶造孽，从不信教。其中有个叫名叫拉斯·谢伦格莱的，他爱嘲弄人，嘴里从没有正经话。但争取他的妻子莉纳信奉上帝还是有希望的。还有博尔－艾立克、彦斯·赫斯特、索特·安诺斯和保尔·伯格等人，斯基夫特曾时不时严肃认真地开导过他们，但都枉费心机，徒然无用。确实。这里是个精神幻灭、难以传道的地区，只有寄希望于这场正在降临的灾难，它将唤醒人们认识自己的罪过，知道向谁去求得宽恕。除了这些人以外，还有那些领救济金的人。

"哦，那些领救济金的人嘛，"卡尔森踌躇了一下说，"从他们那里开始传道不是上策。《圣经》上说，我们应当像蛇一样灵活。那些最穷的人也是上帝的子民，但我们必须想得周到些，怎样做才能对天国的事业更有利。倘若我们着眼于救济署里的那一帮人，这会有损我们的声誉。相反，我们应当从举止端庄、德高望重的人那里开始传道，然后转向其他的人，并去解救他们受难的灵魂。我想首先去拜访牧师。"

"你不会有多少成效的。"斯基夫特说。

"即使是块石板地，我们也得在上面播种。"传教士说。"再说我们还有上帝的旨意。别忘了，牧师是精神顾问，他会成为上帝的好信徒的。"

他站起身来，他们穿过店铺向外面走去。梅塔站在柜台边，正眉飞色舞地同两个小伙子聊天。她体态丰满，一头乌发，长着一对棕色的水灵灵的眼睛。她的颈项秀丽而且匀称，在她隆起的胸脯上有一颗金鸡心系在一条细细的银项链上。

"这就是你女儿喽。"卡尔森说。"你鳏居的情况下，有她帮忙，对你是个莫大的安慰。"

"是呀，她就是梅塔。"店主说。"我说，你办完了该办的事，一定来我们家吃晚饭。"

传教士卡尔森把自行车停靠在店主的小店外面，自己徒步穿过镇子。他兴致勃勃。在这里他有了用武之地，也得到了一份美差。卡尔森曾经当过花匠，但干那一行不是他的专长。他觉得自己应当干一番大事业，因此，他好多年来骑着车，东跑西颠地推销宗教书刊。他能说会道，现在成了费奥厄城新建的传道院的传教士。

阿尔斯莱弗镇是个又小又穷的镇子。镇上有一座教堂，周围有七八处中等规模的庄园，还有一所学校、一家牛奶加工场、一间铁匠铺、一家小酒馆和七八间小茅舍。光着脚的孩子们在户外奔跑嬉戏。妇女们从窗户里窥视着传教士，有关他的流言已经在镇中风传开来。他转身走到坐落在教堂旁边的牧师的院子门口，敲了敲门。一个徐娘半老的女仆给他开了门，用狐疑的目光打量着他。卡尔森说出了自己的姓名，要求同盖姆斯特牧师谈谈。他被引进一间书房，屋里的地板擦得干干净净，四处都是书籍。过了一会儿，牧师走了进来。

盖姆斯特牧师看上去比较年轻，外表像是个禁欲主义者，他是个近视眼，窄小的脸上长着一个不相称的长鼻子。他的双手大而有劲儿，从他这双手可以看出，他刚才正在花园里干活儿。

"你好！"他说着眯起眼睛打量着来客，"我能为您做点儿什么吗？"

卡尔森站起身来。"我是费奥厄城的传教士卡尔森。"他说。"正如牧师您知道的，我们传教士在工作中总希望得到本地牧师的充分谅解。阿尔斯莱弗镇是我的传教区，所以我就很自然地希望同您谈一谈。"

"哦，是这样。"牧师说着，在书桌旁坐了下来。"那我们谈些什么呢？"

"我想和您谈谈，怎样在阿尔斯莱弗教区传布上帝的恩典，怎样把人们的灵魂从地狱中拯救出来。"卡尔森脸色阴郁地说。牧师微微一笑。

"要是眼下我们能接济人们一点儿口粮岂不更好。"他说。"今年冬天的日子肯定不会好过。""正因为这样，我们或许才能唤起他们的良知，让他们认识到自己的罪愆。"传教士说。"您要以讲道去填饱人们饥饿的肚皮吗？"牧师问道。"我要告诉他们，《圣经》上说的人的第一位需要是什么。"传教士说。

盖姆斯特牧师站起身来，把那双沾着泥土的大手背在身后，在地板上来回踱着。

"您有固定的工资吗？"他问卡尔森。"有。"卡尔森说。"您一旦上了年纪，传道院会发给您救济金。"牧师接下去说。"您的职务大概相当于一个教区牧师。这样，您哪一方面都有了保障，根本不用担心自己的生活来源。而您却对那些贫困的人说什么，只要他们皈依上帝，他们的饭桌上就会有面包。"

"我要传布圣洁的福音，那上面写着，一个人首先要祈求上帝并得到他的宽恕，以后需要什么便会有什么。"卡尔森一本正经地说。

"我们牧师都有自己的宅院。"盖姆斯特牧师说。"您也算是个牧师，一定也有自己的宅院。当人们遭受苦难时，我们却对那些受苦受难的人们说：你们不要去反抗邪恶，你们要忍耐。当我们看到人们缺衣少食时，我们却告诉他们，那所有一切都是毫无意义的。但您想一下，倘若议会决定削减牧师的一半工资，那牧师协会的代表就会马上去议会提出抗议。他肯定会用那些干巴巴的数字去证明，牧师们的工资若是低于现有的水平，他们就会活不下去。要是传道院削减您的工资，你们这些传教士也会这样做的。"

"我们的薪水实在是够少的了。"卡尔森反驳说。

"无论如何，你们的薪水比起给予耶稣和他的弟子们的多得多。"牧师说。"但不管怎么说，只要您在我的教区里到处乱窜，对我的教民散布说，年成不好是上帝对他们的罪过的一种惩罚，那您就别想得到我的支持和帮助。您传布的是黑人迷信，不是基督教。"

"那就是说，您否认上帝的万能、否认上帝的裁决啦。"卡尔森说。他觉得自己在这场辩论中占了上风。这是他在传道生涯活动中第一次同一个牧师发生信仰上的冲突。他感到自己成了上帝的卫士，争论的欲望使他两眼灼灼发光。"换句话说，您不承认您所布讲的福音喽。是啊，这自然要谈到法利赛人①和那些犹太法律学家……"

"卡尔森传教士，您讲话时请别把唾沫喷我一脸。"牧师说着，并用手帕擦了擦脸。"我不想和您讨论神学。无论是您还是我都不知道基督教究竟是怎么回事。世界上或许有那么一两个人知道。但不管怎么说，基督教决不是愚昧和粗俗，而是善良、仁慈和人道。我当然不能禁止您在教区里乱窜，到处散布谎言，说上帝在对农民发怒，要毁坏他们的收成。我也不能不让您去散布，说什么到了下个星期，地狱将会打大门，把牲口统统吞进烈火中去。您爱怎么说都行，但我决不会在您任牧师的地方当教区执事。您抽雪茄烟吗？不抽，那好，那我们再也没有什么可谈的了。"

"我要为您祈祷，盖姆斯特牧师。"卡尔森说。"谢谢。"

---

① 古代犹太教一个派别的成员。该派标榜墨守传统礼仪，基督教《圣经》中称他们是言行不一的伪善者。

牧师说。

"不过，现在我得去挖我的洋葱了。再见，卡尔森传教士。"

传教士腰杆笔直地走出了牧师宅院。他在当上传教士之前常常想，他若是遇见那些不信教、不信上帝的牧师，应该怎样训导他们。他要像基督教徒路德在瓦特堡对待魔鬼那样，把圣洁的福音贴在他们的脑门儿上。

卡尔森继续走家串户。他吃力地在沙土路上骑着自行车，车后架上捆着一包书。他现在真正认识到，在这个地方传道真困难。有好几家绷着脸给他吃了闭门羹，他们说，他们没有钱买他的书，并说他们坚持他们在儿时学到的东西。在另外几家，他被请了进去，让他解释了一通《圣经》，大谈了一气耶稣和天恩。他到了住在高坡地上的马里努斯家，在低矮的屋子里坐了下来。两个孩子在角落里瞅着他。马里努斯从牛棚走了进来，托拉在炉子上烧着水。

"今年的年景不好啊，马里努斯·彦森。"卡尔森说。"发生这样的事情，自有它的道理。上帝做什么事情都是要考虑再三的。现在你们这里发生的事情也是他给你们的一个信息呀。""也许是这么回事。"马里努斯顺从地说。看起来好像他完全明白他应对这场灾害负有一部分责任似的。"当我们身处逆境时，首先得弄清楚，是不是上帝真的在降罪给我们。"卡尔森说。"你们这里的人是怎样打发日子的？我看你们这里纵情淫乐、信奉异教，罪孽不轻啊！上帝看到了这一切，现在他已经向你们发出了第一次警告！他是怜悯你们的，他要把你们从地狱和沉沦中拯救出来。"

传教士说到这里，嗓音变得低沉了，他绘声绘色地讲着世上的罪恶渊薮。他讲到那些不信上帝的人，他们只迷恋着今世的金钱财富和声色娱乐。但可以肯定，等待他们的是永世的痛苦和备受煎熬的炼狱。站在屋角的七岁的蒂努斯被吓得哭了起来，托拉上前把他抱在自己的怀里。

"您把您的孩子抱在怀里，"卡尔森说，"耶稣也是这样。他随时都愿把我们抱在他怀里，让我们享受赎罪后的甘美恩惠。无论我们的罪孽有多么深重，我们都能用耶稣的鲜血洗刷干净。这就是我要带给你们的福音。"

卡尔森拿出一本书放在桌上，书名叫作《人心之鉴》，这是一本能唤起罪孽之人深思自己罪过的书。在书里可以看到一个头上长角、手中拿叉的魔鬼坐在一颗罪人的心上，正要狠狠一扎，使他的灵魂毁灭。可以看到傲慢、懒散、邪恶和淫念如同丑陋的畜生一样围在魔鬼的周围。还可以看到奄奄一息、命在垂危的病人，他的周围全是些厉鬼恶魔，地狱的深渊正在为他打开。但书里也画着那些纯洁的、受到拯救的心灵，那些蒙受天恩的温顺美丽的动物得到了栖息之处。当卡尔森把书翻到那些上帝的忠实的信徒去世的画页时，他的声音变得温柔起来。这是因为，只要人们心中有了上帝和耶稣，那么死亡对他们来说如同一场婚礼。

马里努斯一边看着画册一边点头。这的确是本好书，他在孩提时代就已看见过。托拉也在看这本画册，孩子们也都凑了过来看。卡尔森继续讲着罪孽的丑恶和天恩的佳美。最后他问道，不久教区要举行一次布道会，他们是不是去参加。

"哦，这我可不知道了。"托拉说着，耸了耸肩。"孩子们得有人照看。再说，我们也不怎么相信你们这些传教士。过去也来过好多你们这样的人。不到一年前，这儿就来过浸礼教的传教士。他们也是挨家挨户地串门。"

"浸礼教是异教邪说，"卡尔森说，"我可以用《圣经》来证明。"

"他们那些人也很会耍嘴皮。"托拉说。"有一个黑高个儿，这家伙真是能说会道。您可不是他的对手。我要不是这一把年纪，我真会跳进海里再受一次洗礼。"

托拉双手叉腰站着，想到那个浸礼教徒不禁笑了起来。她长得粗壮结实。卡尔森抑郁地想，看来她不是那么好对付的。咖啡端了上来，卡尔森喝了两杯，然后告辞走了。马里努斯在桌旁坐了一会儿才去牛棚干活儿。

"简直不知道该相信什么。"他迟疑不决地说。"照他的说法，年成不好是上帝的惩罚，是上帝在考验我们。"

"咳，听他说的，"托拉说，"你以为上帝也像孩子用木棍捅屎壳郎似的，在作弄我们吗？不是的，该发生的事都发生了。我们知道的就这么多。我们再怎么想也无济于事。反正我根本不相信这些传教士……他们自己也不懂他们说的都是些什么……"

传教士在敲西利乌斯家的门。西利乌斯不在家，他的妻子菲德丽克请这位陌生人进了屋。屋角放着一张床。

"呀，家里有病人生病啦？"卡尔森问。

"没有，那是我的上了年纪的舅舅。"菲德丽克说。"他在这儿躺着，这样就不会太无聊了。有时候他也需要同别人聚一聚。"她绷着脸解释说。

卡尔森向床前走去。床上躺着一个老人，他的脸皱得像冬天的干苹果，胡子像是发了霉。他用冷漠的眼光看着传教士。"上帝来到了你的身边。"卡尔森说。老人狠狠地瞪了他一眼，抽搐得歪斜的嘴里发出咆哮："哦，西利瓦西昆，西利瓦西昆。"

"他在说些什么呀？"传教士问。菲德丽克解释说，老人瘫痪了，只会说"西利瓦西昆，哦，西利瓦西昆"，别的什么也不会说。"他过去的日子过得怎么样？"卡尔森问。"那当然不会好。"菲德丽克说。"老人酷爱酗酒，他把出生的庄园赌钱都输光了。""你瞧吧，"卡尔森温雅殷勤地说，"现在他的身体瘫痪了，舌头僵硬了，一定很后悔自己犯下的罪过。我们得小心点儿，别像他似的。在这个世界上，除了打牌赌钱以外，还有其他的罪孽。"

菲德丽克没有搭理他，卡尔森又问起西利乌斯。他到哪里去了？菲德丽克并不知道丈夫去哪儿了，男人总有自己的事要做。"是呀。"卡尔森说。"他干了些什么我倒是听说不少。他多半时间是泡在酒店里。你们本来就不宽裕，他又把剩下的钱都喝酒喝掉了。但这还不是最糟糕的呢，菲德丽克，最糟糕的是，你们永远也拯救不了自己的灵魂。"

卡尔森见菲德丽克没有搭腔，打心底里懊恼地叹了口气。这些人不仅仅是心灵空虚，而且简直对一切漠不关心。站在一旁的菲德丽克瘦骨嶙峋，面带愠色。尽管她已经是一个结了婚的女人，但她还是像女孩子那样容易怄气发怒、自艾自怨。卡尔森这时除了做祷告外不知道还该说些什么。可是还没等他开口，床上的老人又发出了愤怒的喊叫：

"西利瓦西昆，哦，西利瓦西昆！"

"您最好别惹他生气。"菲德丽克说。"他最讨厌牧师和布道。就让他这样躺着还能安静些。"

"唯一真正的宁静是在耶稣那里。"卡尔森柔声细气地说。"菲德丽克，把你的心奉献给上帝吧！"

菲德丽克执拗地摇了摇头拒绝了，卡尔森继续上路。他心情沮丧，到了安德列斯·约翰森的庄园，他也高兴不了多少。"我们不想买《圣经》。"女仆玛格达说。"我们也没有工夫看这些东西。""您是这农庄的主妇吗？"传教士问。"不，我是用人。"玛格达说。"但这无关紧要。安德列斯可没钱用在这上头。"

　　安德列斯从厨房里伸出头来瞧了瞧来人是谁。"我们什么也不想买。"他说。"但你们总不害怕听听上帝的话吧？"卡尔森问。安德列斯的脸色温和下来。"不，不。"他说。"听听上帝说些什么大有益处，无论是假日还是平时都是这样。请进屋吧，老弟，进来歇歇脚。"

　　卡尔森走进屋里，角落里堆满了各种废旧杂物，铁块啦、绳索啦、破合页啦、木棒啦、桶箍啦和麻袋等等。安德列斯解释说，这算是他的贮藏室。把东西浪费掉可不大好，这些杂物又都很有用处，所以他把这些东西都收集到了一处。买新的要花钱，可是又到哪儿去弄钱呢？

　　接着他们走进一间陈设简陋的房间，安德列斯请卡尔森在一把摇摇晃晃的椅子上坐下。"我很高兴你到我们家里来。"他说。"我们早就听说过，我们这里来了一位传教士。说实在的，上帝的话是不可多得的。""我们是不是把你的女佣也叫来。"卡尔森说。"我们可以在这里做一次小小的祷告，因为我觉得我终于找到了上帝虔诚的信徒。"

　　安德列斯连连摇头。"不，让她来没什么好处。"他说。"我告诉你吧，她有一颗非基督教徒的心。我还得详详细细地讲给你听，她这人到底怎么样，你也可以私下里好好劝劝她。她一心只想着世上的钱财。"

"她这样可真不好。"卡尔森表示同意。

"是呀，这不糟糕吗？"安德列斯说。"她一心就想着钱财，甚至都不择手段了。《圣经》上说得很清楚，我们应当知足、节俭。《圣经》上还说，别让贪婪充斥你的心灵，因为只有歹徒的心里想的才是钱财。我想你最好能跟她谈一谈，告诉她，上帝已经用这些话为女仆们指明了方向：你这善良而又忠实的仆人，你在几件事上忠心耿耿，我要把许多事托付给你。我对她说什么都没有用，那个牧师讲话含含糊糊，模棱两可。她不是那种能开导女人的男人。"

"那么你自己怎么样？你在耶稣面前问心无愧吗？"传教士问。

"哦，当然不是。"安德列斯谦卑地说。"我有生以来一直是个基督徒，我的信念至死也不会改变。这一点上你完全可以放心。我也知道，他们都说我在钱上斤斤计较，但是你能把玛格达的事办妥了，我不会在乎送你一点儿薄礼作为酬劳。谁都知道，你们遇上机会也要捞点儿钱的。"

"我们要是举办一次小型布道会，就把你也算上，你是会来的喽？"卡尔森问。

"当然没问题。"安德列斯说。"上帝的训谕向来就是我的行动指针。或许可以这样说，今年的年成上帝对我们有点儿不客气。但是只要我们相信他，我们就一定能过得去。聪明的人总要觅点儿东西来渡过难关。"

卡尔森又宣讲了一番罪恶渊薮和拯救灵魂的话，安德列斯对他所说的一切都颔首称是。传教士终于在不义之徒中发现了秉持正义笃信上帝的人。晚上他在店主那里吃了晚饭，在黑沉沉的八月夜晚，他骑车回费奥厄城去。星空在他的头顶上闪耀，倒映在平静如镜的海湾里。路边的庄园里亮着灯光。卡尔森独自哼着：你一旦着手上帝的事业，就要勇往直前不回头——这是一首他特别喜爱的赞美诗。但哼着哼着，他又想起了梅塔的棕色的眼睛和她的颤动的乳房。她没有得到拯救实在可惜。

二

　　不幸的是，马里努斯没能挨过六月份那次纳税期。按以往的做法，人们是可以用支付利息和分期付款的办法来延长纳税期，等到收成到手以后再交税的。但现在收成已经没了指望，又到哪儿去弄钱呢？别无他法，有一天他同斯基夫特谈起了这件事，可是店主也束手无策。

　　"你的日子确实不好过。"斯基夫特边说边摇头。"但我实在爱莫能助。你也一定知道，这场干旱让我受的损失比你们谁都大。我怎样才能把钱收回来呢？夜里我睡不着觉，总是在想这些事，要是一个人不知道还有别人也在掌管着这个世界的财富，那他准要精神失常了。这会儿我们要说说清楚，你们从我这儿买东西，以后一定要尽量节省着用。我实在不能再给你们赊账了。"

　　这是一个晴朗的秋日，马里努斯在杂货店外面站了一会儿，暖融融的阳光射在他的身上，他在思索着现在该怎么办。从别处得到帮助看来是没有多少希望了。但他觉得有责任去试一试。他接着来到安诺斯·曹夫特的庄园外面。这处庄园很宽敞，收拾得井井有条，周围笼罩着宁静安逸的气氛。马里努斯心想，也许他能在这里得到一点儿帮助。他走进门去，院子里的狗狂吠着向他猛扑过来。农庄主在牛棚门口喝退了狗。他是一个粗壮结实、面色红润的汉子，但脸上显出闷闷不乐、近乎忧郁的样子。

"哦，来客人啦。"他说着向马里努斯走了过去。"你好啊，马里努斯·彦森! 欢迎，欢迎。"

"安诺斯·曹夫特，你要是有空，我想同你说几句话。"马里努斯说。

"可以，可以。"农庄主回答说。"但真是对不起，屋里还没收拾，厨房里又有娘儿们在唠叨。你要是不介意，我们就去牛棚吧，那儿倒还可以安安静静地谈一会儿。"

他们走进牛棚，里面站着一排毛色光泽的奶牛，正在安静地嚼着饲草。在这个暖烘烘、半明半暗的牛棚里，马里努斯的心情安定了一些，他对农庄主讲起自己的处境是多么困难。"这事我也听说了。"安诺斯·曹夫特说。"我对你实说了吧，我也和你差不多了。你一直是个又能干又勤俭的人，可你觉得，你的庄园经营得还好吗？"

"今年的年成实在太差了。"马里努斯说。

"但这对我们所有的人都是一样的啊。"农庄主说。"你以为，我们这些人地多一点儿，好一点儿，就能轻松一点儿？可你别忘了，我们的负担也大。许多人都以为，一个人只要有了地，理所当然地就能经营农业，一切都会自然地安排好的，这可实在是一种误会。要想把农庄的事办好，还得多动动脑筋。我可以雇人来做工，但动脑筋的事我得自己来做。告诉你吧，要是我不动这许多脑筋的话，我的农庄几年前早就该卖掉了。我觉得，你不像是个会动脑筋的人。尽管我并不否认，你在其他方面还是一个很明白事理的人。"

"我懂了，你不大相信我，也不愿意伸手帮我一把。"马里努斯说。农庄主一下子拉住了他的胳膊。"你可千万不能这么说。"他一片诚意地说。"我一向是乐意助人的，只要对他们有好处。不过，要是我认为，这样只会对他们有害处的话，我是不会伸手帮忙的。可现在就是我愿意帮忙，我也办不到。因为我没有可以帮助别人的钱，确实没有。我的境况可没有别人想的那样好。但你要是需要好主意的话，你任何时候都可以到我这儿来。迄今我已经给许多人出过主意，他们都对我表示感谢。""那我也谢谢你的好主意了。"马里努斯失望地说。

在下一处庄园，他被请进屋去，等了十来分钟，才见到农庄主。主人叫马丁·托姆森，他因善于为小孩子祝福而出名。他是个教徒，在他屋里的墙上装有供放《圣经》的框架，还挂着一些脸色庄重、满脸胡子的牧师的照片。马丁·托姆森终于来了，他的脸刮得干净光洁，不时地神经质地抽搐着，肩膀有点儿往上耸，好像他总是冷得不行。他诚挚地同马里努斯握了握手。

"你到我这儿来真是太好了。"他说着，淡淡地一笑。"请你原谅，让你久等了。我有点儿事得先办完。我告诉你是什么事吧，我想你不是那种到处搬弄是非的人。我刚刚正在给福堡牧师写信。你也许听说过，他就是五年前斯波鲁普教区的牧师。刚才就是这事让我脱不开身。"

"不，不，我一点儿没有让你马上见我的意思。再说我也有空，等等也没有关系。"

"好吧，我还可以告诉你，我跟他有联系，现在他很想知道我们这个地区传教事业进行得怎么样了。"马丁·托姆森解释说。"我真心诚意地把我所知道的一切都告诉了他，他真是个好人啊。这封信我写了三天，不过现在马上就要写完了。费奥厄城的那个传教士到高坡地上去看望你们了吗？”

马里努斯告诉他说，传教士已经去过他们那里，马丁·托姆森生气地在地板上来回踱着。

"我对你才这么说，他要是一个处事周全的传教士，就不会那样干了。"他说。"他不来和我们这些教友商量，反而到处乱跑，那有什么用呢？是呀，是呀，他要不要从那些能够帮助他的人那里得到帮助，那是他自己的事。福堡牧师就经常跟别人一块商量。"

"他要是真有才能，这样做倒没什么。"马里努斯说。"哦，我可一点儿不敢骄傲自大。我们的才能是主赋予我们的，是为主效劳的。"农庄主说。"但我已怀着对主的虔诚，给福堡牧师写了信，我真高兴，他是这样信任我。哦，我们不是要谈谈什么事吗？"

马里努斯把他的不幸诉说了一遍，农庄主难过地看着他。

"你刚来时我真高兴。"他说。"我以为，你是为了灵魂而不是为了世俗事务来找我的。但是有关钱的事，我帮不了你的忙。尽管除了叹息和抱怨外，上帝还赐给我每天的面包以健壮我的肉体和灵魂，但我并不是一个富裕宽绰的人。我仅有的一点点的积蓄都怀着感激之心奉还给上帝了。不过你的境况这么差，你倒是想过没有，这到底是怎么回事呢？"

"天太旱了，庄稼都干枯了。"马里努斯说。

"你想想为什么上帝把这场干旱降临在我们的头上？"马丁·托姆森说。"在这个世界上任何问题都有个答案，可人们从来就不理解上帝的所作所为。上帝把旱灾降临于我们是有道理的，它要人们把自己的心从世俗中解脱出来，去祈求上帝的宽恕。旱灾的降临是要我们别只盯着世上的钱财，而要忏悔我们的罪过，用耶稣的鲜血来洗刷我们自己。"

"你认为，这些事情是有联系的吗？"马里努斯说。"谁也弄不清这些事。"

"你应当相信，这就是上帝通过旱灾给我们下达的训谕。"马丁·托姆森说。"你们现在抱怨、叹息自己受到的损失，倘若你们能把损失变为收益，天国就会为你们高兴。如果你能反省自己的心灵，你就会领悟到，你确实需要用基督的鲜血去洗清自己的罪恶。"

"人总是会有过错的。"马里努斯乐意地承认。

"你只承认这一点是不够的。"农庄主说。"你还要在救世主的脚下，卸掉罪孽深重的负担。在我看来，你还没有这样做。请记住，赞美诗上是这样说的：

> 直至那时，我才明白了他的神圣的恩惠，
> 直至那时，我才把十字架的耻辱之谜解开，
> 直至那时，我的心灵才领悟过来，
> 我要承受仁慈的耶稣交付我的重担。

"你应当把你的不幸当作上帝的示谕。一旦你顺从了上帝并得到了他的宽恕，上帝就会根据你的需要，赐予你世上的财富。因为《圣经》上说：别为明天的事发愁。每天

已有足够的烦恼。"

农庄主热心地讲着这些道理，口水顺着嘴角流到了下巴上。他殷切地注视着客人的眼睛，双手向前伸着，仿佛他已准备好要把一个忏悔的罪人拥抱在自己的怀里。但在马里努斯的头脑里，他的这些话无异于一些枯燥乏味的说教。这个人说的或许有一些道理，没有学问的人是不知道这些事的。但是，在这个困难的时刻，从他那里肯定不会得到帮助。

"你应当好好想想我对你说的这些话。"农庄主说。"哪怕你只领悟到这一点也行：上帝要考验你。你在想，你比别人差不了多少，可是正是这种想法在把人引向地狱。要是你懂得，蜜蜂从蓟花和山楂中采集蜂蜜的道理，那么，你以为是一场灾难的事，也可以轻易地转变为你的运气。你要是不从上帝此刻对你的指点中吸取教训，你就别想成为有福之人。《圣经》上说：他们身下的火焰永远不会熄灭，他们身上的苦痛永世不会消失。"

"谢谢你的这番谈话了。"马里努斯说着准备要走。

"呃，我不是那种能说会道的人。"马丁·托姆森谦逊地答道。"我从来也不想把自己装作是那种人。如果你觉得我说得对，那是圣灵通过我在讲话。或许我和你说的这些话，要比你想从我这儿得到的钱更有用处。"

"是的，我对你的好意非常感谢。"马里努斯说。

"你一定得在这儿喝咖啡。"农庄主说。"你不吃点儿喝点儿就走，我的妻子会生气的。"

马里努斯再三说，他确实该走了。农庄主把他送到门口，热情地握着他的手。

"你要知道，在我这儿，你总是能听到对灵魂有益的话的。"他说。"我真心诚意地希望，你能得到上帝的宽恕。"

马里努斯觉得又疲惫又丢脸，但他还是走进了镇子里的最后一座庄园。这是一座红色的、半木结构式的庄园，正房非常大，窗棂上摆着许多盆栽植物。这里住着镇里的头号富翁，他几乎可以算得上是一个大农庄主了。他在教区委员会里说话很有分量，只要他伸一个小拇指给马里努斯，马里努斯就可以得救了。马里努斯从厨房边门走了进去。一个短工正独自一人坐在厨房餐桌旁喝咖啡。

"布雷根特维，隆德在不在家，你知道吗？"他问。"我想和他说几句话。"

"你好，你好，马里努斯·彦森。"短工说。"隆德在家，他正在睡午觉，还得睡会儿呢。不过他倒也需要让眼睛歇会儿，他还得听他的两个老婆唠叨一整天的废话呢。"

布雷根特维咧着嘴一笑，并喝干了杯中的咖啡。他四十来岁，浓密的小胡子剪得短短的，他的一只手上有两个手指头长在一起。他是多年前本教区的一个教师的儿子，他能轻易地在农庄主那里找到活儿干。马里努斯踌躇不前地站着，不知道该不该敲客厅的门。正在这时，门打开了一条缝，一个年龄五十岁上下的女人探出头来。她上身很宽，下身凸出，好像怀了孕似的。她穿着一件黑色高领的连衣裙，那上面有些小片片在闪光。她那瘦削的弯曲的鼻子使她看上去像一只老鹰。

"那是谁呀？"她操着城里口音问。

"这是高坡地上的马里努斯·彦森，他想见隆德。"布雷根特维上前解释说。

女人消失了，但过了一会儿又出现了。

"您进来吧。"她说。"隆德醒了。"

屋里还站着一个女人，同刚才那个女人长得一模一样。一样的体型，一样的鹰钩鼻子，一样锐利的灰色的眼睛，一样的穿着打扮。马里努斯知道，刚才那一个是农庄主的主妇，这一个是她的妹妹，但谁也分辨不清她们俩谁是谁。这姐妹俩有一个特点，说话时常常异口同声。好像她们头脑中同时产生了同样的想法，又要同时说出来。农庄主躺在沙发上，还有一点儿睡后的倦意。

"这不是马里努斯·彦森吗？"他说。"请，请坐。"

"如果你愿意，我想同你谈一谈。"马里努斯说着，并瞟了那两个女人一眼。她们各自坐在自己的窗户边，谁也没有走开的意思。

"哎，有什么就说吧。"隆德说。"她们在这儿，你不必介意。你也知道，对自己的妻子是不应该有什么秘密的。"

马里努斯说出了自己的来意。他手中拿着帽子，站在屋子中间，诉说着他所处的困境。关于他的艰难情况的这番介绍，简直就像一份流水账，自己都能背下来了。这两个女人侧耳听着，不时地交换一下眼色。他讲完了，屋里一片寂静。他能听见屋里的自鸣钟的走动声音和女人们的呼吸声。他低头凝视着地板，而主人则同女人们用眼神无声地交谈着。

"是啊，马里努斯，这实在是件不幸的事。"隆德终于说了话。"谁都会替你惋惜的，你将失去自己的庄园，这实在是件让你难受的事。但我直截了当地告诉你吧，我帮不了你的忙。我也要典卖自己的农庄，糟糕透了，为了这事我夜里都睡不着觉。税收不断上涨，真不知道，该从哪儿去弄钱。好多次我真希望，让他们来，把一切都拿去，这样什么困扰和烦恼都没了。你到别的地方去寻求过帮助了吗？"

马里努斯列举了自己所去的地方，以及他在各处求援的情况。

"是呀，情况你自己都看到了。"隆德说着转动着身子，弹簧在他身下咯吱咯吱作响。"我们这些有大农庄的人尽管也想帮你一把，但是力不从心啊。我们自己也遭了旱灾，你可别忘了这一点，我们的支出要比你们多上十倍。人人只想着捞进点儿，而我们却在贴出去。不过，他们若是把我们剥得精光，那他们就再也捞不到什么了，这样我们也都清静了。可是，你想想看，若是他们没有税收收入，这个社会将成啥样子呢？"

"不成，那可不好办了。"马里努斯附和着说。

"好办？"农庄主说。"不，那样我们的日子就更不好过了。大家连从地里收进来的那点儿东西都保不住了。我直截了当地对你说吧，马里努斯·彦森，今天是你不得不卖掉你的田产，也许明天就轮到我了。我希望，要不了多久我也跟你一样。你拿你的日工钱，用不着像我们这些人那样整天忧心忡忡。你把钱装进口袋，就可以心安理得地去用，不必担心谁会来找你算账。这就比我们强多了。但是，总而言之，你尽管放心，只要我能把农庄维持下去，有工做时我会想到你的。"

"您一定得……"

"一定得在这儿喝点儿咖啡。"两个女人齐声说。

"谢谢，我实在是该回去了。"马里努斯说。

"别走啊，我们就要……"

"就要喝咖啡了。"姐妹俩同时说。

女人们出去取咖啡时，马里努斯疲乏地跌坐在椅子上。他们用咖啡和点心把他招待得十分周到，他们对他和他的家庭是如此地深表同情，使得马里努斯这时才真正明白，他是多么的不幸。

三

　　有人给马里努斯寄来了一封信。托拉接了信，马里努斯干完活儿回来时，她把信交给了他。他那粗大的手翻弄着信，看着信封上的名字，上面写着马里努斯·彦森，那是费奥厄城的斯寇特律师写来的信。马里努斯真不想把信拆开，信里肯定不会有什么好消息。

　　"你还是拆开看看吧。"托拉说。"哎呀，马里努斯，出什么事我们也得担着啊。反正是过得了初一，过不了十五。"

　　好吧，好吧，马里努斯只好把信拆开。信里谈的是预料中的事，要他现在就交付那笔到期的利息和款项。他把信递给托拉，她看完后把信放在五斗橱上。

　　"噢，这不都是些我们已经知道了的事嘛。"她说。"为这事难受也没什么用，这都是命中注定的。"

　　"可是一想到要失去自己的这份田产，总是不好受啊。"马里努斯说。"我有老婆，还有许多孩子，可是这个世界上就没有人来关心一下我怎么样了。"

　　马里努斯忧心忡忡，深感委屈地凝目注视着。但托拉心里显然没有把它当作不幸的事，她笑容满面，就好像接到了参加舞会的邀请似的。

　　"有钱万事如意，无钱寸步难行。"她说。"你一直是个老老实实的人，也尽了最大的力量，别人还能说你什么呢?

我们在这儿一直干得不坏，往后的日子还得辛辛苦苦地干下去。你应该想到，可怜的马里努斯，咱们的孩子身体都很好，品行也都端正。"

马里努斯再难受也得同意这番话。托拉又谈起他们那些孩子中最受宠爱的十二岁的安东说过的话。他曾在学校听到这个比喻，说富人要进天国就像骆驼要穿过针眼一样困难。"那他们为什么还要继续当富翁呢？"安东问。"他们把所有的家产都放弃了，不是更聪明些？难道你们不相信上帝亲口说过的话吗？我们不是什么富人，反正我对于我们不是富人感到挺高兴的。""你听听。"托拉说着笑了。

马里努斯没有搭腔，他悄悄走出屋子到牛棚去了。他心里可放不下这件事。奶牛安静地站着嚼着草，一束阳光从大门射进来，把天花板上的蜘蛛网照得闪着银光。马里努斯在挤奶用的凳子上坐下，他那瘦削的长着尖尖的山羊胡子的脸上无精打采，像是一只衰老的鸟。现在他只能算是一个无家无业的人了，没有房子，没有土地，没有一头可以称作是自己的牲口。他站起身来，抚摸着马蒂勒的两肋，这是他最好的一头奶牛。它亲昵地蹭着他的衣袖。那些长毛马驹也转过身来朝他嘶叫着。而现在它们就要落到一个陌生人的手中去了。

马里努斯自己心里知道，为了把自己的事干好，把该付的账付清，他这一辈子确实是含辛茹苦。他给牲口喂的是好饲料，他照料自己的耕地，只要他能做到，他就还清那些债务和利息。他不是那种蛮不讲理的人，而是一言一行都合情合理、谦虚谨慎的人。

他又回到了屋里，托拉已经把酒瓶拿了出来。平时，马里努斯在家里，只在节日里才喝点儿酒。

"现在你该坐一会儿，喝上一杯了，马里努斯。"托拉说。"人在思虑过度的时候，需要喝点儿东西。""一个人付不起利息，可不能靠喝酒来帮忙。"马里努斯说。"嗨，别瞎说了。"托拉说。"谁也不会说你见了酒就没命的，这是借酒浇愁嘛。"

尽管现在正是晌午，马里努斯还是斟上了一杯酒。两三口劲儿大、味香的酒下肚后，他顿时觉得轻松了不少。

"我有个兄弟劳瑞茨在美国。"他说。"我们好多年没听到他的音信了，也不知道他混得怎么样了。我们要是有他的地址，写封信求他帮帮忙，这不算一回事。"

对呀，托拉也这样想。人们常说，在美国，人们能挣许多钱。也许有朝一日劳瑞茨口袋里装满了钱回到丹麦。他可不是那种不愿帮助自己骨肉兄弟的人。

有人敲门，原来是西利乌斯。他生得膀大腰圆，长着红胡子，脸膛儿红得像太阳。"好哇，你在这儿喝酒哪。"他说。"来喝一点儿吧，西利乌斯。"托拉对他说。"谢谢，那我就从命了。"西利乌斯笑着说。"我有生以来，从来没有对酒说过不字。"马里努斯把律师写来的令人伤心的信告诉了他。一切都过去了，他将失去自己的庄园。

"你真是太老实了。"西利乌斯说。"其实，你还能维持一段时间。你看，我的情况同你一样糟糕。但只要我能维持下去，我就不卖掉庄园。我已经卖了一匹马和两头牛。如果我还欠账，我就再卖牲口。""这是违法的，我可不愿意这么干。"马里努斯吃惊地说。"你这可是在变卖家产。""人在没有饲料喂牲口的时候，卖掉牲口是合法的。"西利乌斯自信地说。"难道要我让牲口都饿死？有谁能告诉我，我可以上哪儿去借钱？"

在厨房里，玛格达来看望托拉。她们坐在饭桌旁喝着咖啡，玛格达诉说着自己的不幸。安德列斯越来越不讲道理了，真不知道会有什么结果呢。

"他太吝啬了，就是他的好朋友死了，他也会从死人眼眶里挖出五个欧耳①来。"玛格达抱怨着。"我没法从他那儿拿到工资。我在他那儿已经干了好多年了，对他一直是忠心耿耿、客客气气。可是每逢我要买一条裙子或是给女裁缝付钱的时候，我总是无法让他给我一张十克朗以上的票子。他都快欠我三千克朗了。他总说他手头没钱。"

"这可是一大笔钱啊，玛格达。"托拉说。"你这下可有钱了。"

"他也不愿意同我结婚，尽管他起初答应过我。"玛格达说。"男人比畜生还坏。他们一旦将一个穷女人弄到手，就把自己所有的起誓和许愿都忘得一干二净。安德列斯真不是人，要是你哪天听说我被人打死了，那就是他为了赖债才把我杀死的。"

玛格达用激动的声音又谈到了男人们的罪恶。什么拉斯·谢伦格莱的儿子康拉德一直在追求店主的女儿梅塔啦，什么马斯·隆德过的那种生活，同他的基督教徒和大农庄主的身份实在不相称啦，他有两个老婆啦……玛格达什么都知道。他们三人睡在一间卧室里，农庄主就睡在他老婆和小姨子中间，他要是不经常弄错才怪呢。说到这儿玛格达也笑了。

"还有西利乌斯……"玛格达说。"低点儿声。"托拉打断她。"他在屋里同马里努斯聊天呢。"玛格达放低了声音，

---

① 欧耳、克朗是丹麦货币，100 欧耳 =1克朗。

议论起西利乌斯来。他这个人真让人讨厌，整天喝酒，到处游荡。可是这样一个身无分文、从外地流落到本乡的人，还能有什么别的指望呢。"菲德丽克的老娘就是因为女儿要同西利乌斯结婚才气死的，现在，菲德丽克要自作自受了。"玛格达说。"她生不了孩子，得的是不孕症。而他在变卖牲口，你看吧，他的下场是坐班房。"

这时，玛格达的声音放得更低了，猜测着菲德丽克怎么会跟上西利乌斯的，那会儿他来到这个教区的时候，只是光棍一条。有些男人对女人有一种特殊的魅力。玛格达由于恐惧而放低了声音，说起她出生的那个教区里关于一个铁匠的事。他只要让某个女人闻一下他的手帕，他就能把那个女人弄到手。玛格达讲到那个铁匠怎样诱骗了大农庄主的老婆，甚至还让一个教区执事的太太顺从了他，她那瘦瘦的脸颊顿时绯红起来。

"嗨，这种法术肯定好多人都会。"托拉笑着说。"安德列斯是怎么让你顺从了他的？"

男人们还在屋里坐着，已经喝得满脸通红，酒瓶见底了。西利乌斯问，是不是差个孩子再搞点儿酒来。"行啊。"马里努斯说。"可是我们在他的账本上已经欠了不少钱啦。要是斯基夫特得出一个印象，以为我们把钱都花在喝酒上，那可不好。""你以为我能用别人的钱给我买酒喝吗？"西利乌斯生气地问道。"让小家伙说，是我让他去的，付现钱。我已经卖了两头牛、一匹马。我自然可以请别人喝几口。要是我保不住田产，我的继任人也别想得到一丁点儿好处。要是你缺钱，我可以借给你。我们一直是好邻居嘛。""我不要，谢谢你。"马里努斯说。"我一向敬重你，你是个正派人，马里努斯。要是你现在需要钱，就拿十克朗去用。"

西利乌斯说。

马里努斯摇摇头拒绝了。十克朗可是不少钱哪，对一个人表示信任也是件好事。可是，西利乌斯正在变卖自己的家产，沾上这种事可不好。一个男孩子被打发去买酒，西利乌斯给了他一点儿零钱买糖吃。"这些孩子对你可有用啦。"西利乌斯说。"嗨，反正不坏吧，"马里努斯说，"他们的体力智力都挺好。十个人哪，都快够得上打仗时一个下士所带的队伍了。我真想生他一打，可是不行了，不过这也没什么好埋怨的。"

西利乌斯的脸色阴沉下来。"能生儿育女该多好呀。"他说。"我没有孩子，但责任不在我。过去我在南边同一个姑娘生过一个男孩。这孩子后来死了，我也用不着为他花费和开销了。可是菲德丽克生不了孩子。""好多女人都有这样的毛病。"马里努斯说。"我曾听说过，她们可以去做手术。""这类话听得多了。"西利乌斯说。"女人要是不会生孩子，你拿她也没有办法。要是那个男孩没死，我们本来可以把他接过来的。"

男人们稳稳当当、慢慢悠悠地喝着酒，直到托拉送来了晚饭。她让孩子们出去玩，让孩子们看着自己的老子往肚里灌酒没有什么好处。不过，托拉还是满面笑容，劝酒助兴的话不离嘴。像今天这样的日子，老爷子们应该喝点儿烈性酒。

屋外传来了琴声。红色的晚霞下有个瘦小的男人在拉手风琴。孩子们围着他，互相搂着腰在跳舞。西利乌斯朝窗外看着。"唉，我真羡慕你的这些孩子。"他说。"你在床上可是个麻利人，尽管他们使你失去了田产，可你的这点儿功夫谁也拿不去。""是这么回事。"马里努斯笑了。"可是像托拉这样一个老婆，现在也不是那么好找的。""我们请法兰斯进来吃点儿面包、喝点儿酒吧。"西利乌斯提议。"为这几个钱到处奔波拉琴，也不容易啊。他的日子不比我们好过。"

马里努斯一看到自己的这些孩子，心中便感到宽慰。他走到外面请手风琴手进屋里来。一般来说可没有这个习惯，一个有房产田地的人请一个流浪音乐师来家里做客。但这恐怕也是他最后一次请人到他家来吃喝了。法兰斯谦恭地在桌旁坐了下来，马里努斯打了个手势请他自己动手吃喝。西利乌斯接着给他满满地斟了一杯酒。

"你能挣到几个钱呢？"西利乌斯问。法兰斯说，收入实在少得可怜，尤其是今年，年成这么差。"是呀，那些有钱的人，什么也不愿意给。那些想给点儿什么的人，却什么也没有。"西利乌斯说。"相信我吧，我知道这些事情。我过去找不到活儿干的时候，也是不得不挣扎着过日子。不过，四处流浪也不错，一个人自由自在，一无牵挂。"

法兰斯缩着肩膀，憔悴疲惫，并不像个流浪好汉。可是酒很快温暖了他的心，他活跃起来，跟西利乌斯一样喝得满面通红。"我年轻的时候也是到处流浪。"西利乌斯说。"我又要去过这种日子了。他们要拿走我的田产，让他们把我那个丑老太婆一块带走吧。我宁愿死在大路上，干杯，法兰斯，这样的招待，你不是每天都能碰得到的。"

法兰斯表示同意，这样的好客款待不是每天都有的。不过，平时的日子也还过得去，尤其是夏天，冬天的日子就难熬了。他举起酒杯唱起来："天寒地冻路漫漫，走了东庄去西庄，找块面包填饥肠。"马里努斯点头称是，觉得法兰斯的情绪现在好了一些。

马里努斯心烦意乱，他感到自己是在同这些名声不好的人一道做违规的事情。他觉得神志恍惚，好像走在一条危险的道路上。"我得离开这个地方了。"他说。"这不是什么秘密。我真倒霉，要不然我还算得上是条硬汉子。谁也不能说我别的。这些日子我也对付过来了，而现在我却要去流浪了，去拉手风琴了。"孩子们悄悄溜进屋来，在角落里瞅着手风琴手。"他们想听你唱歌呢。"西利乌斯说。于是法兰斯拉起手风琴并唱起来：

> 我常常坐在我那简陋的小屋内，
> 思念着我那消逝的青春年华。
> 每当我想起那悲惨的生活，
> 泪如泉水流出我的眼眶。
> 每当冰雪覆盖了原野，
> 每当严寒笼罩了大地，
> 每当小鸟停止了歌唱，
> 我感到孤独和被人遗忘。
> 把手伸给我吧，姐妹兄弟们，
> 像我把手伸给你那样，把你的手给我，
> 大地是我们共同的慈母，
> 果实既属于你也属于我。
> 丹麦母亲有着丰满的乳房，我们吮吸着她的乳汁，
> 在她的怀抱里，有我们最需要的营养，
> 尽管我要向她诀别，她仍要我在她的膝下小憩。
> 原谅我吧，我的上帝和造物主，
> 若是我的罪过违背了你的谕示，
> 那就减轻一点儿我的负担，亲爱的主，
> 原谅我吧，原谅我吧，我的上帝。

"抬起头来，"西利乌斯说，"我们这儿并没有人瞧不起你。你有什么好请求原谅的？我们生来啥样就是啥样，同别人都一样。只要有酒，有女人，我们就高兴。我爱喝烧酒，也有个女人。我同姑娘们在草堆里睡过觉，也把别人打得头破血流。"

"年轻时候谁都会有这种事的。"马里努斯说。

"你把别人打趴下过吗？"西利乌斯问，咄咄逼人地盯着马里努斯。马里努斯从来就不是一个好动武的人。"那就别在这儿吹了。"西利乌斯说。他的脸在红胡子中熠熠闪光。"有个家伙想把一个姑娘从我身边拖走，我打断了他的脊梁骨，这样的事我今天照样干得出来。"西利乌斯接着谈起他那放荡不羁的经历。那时候，人们都是海量，小伙子们全都能厮打，西利乌斯喝起酒来，比一匹马饮的水还要多。

"我真不走运，"马里努斯说，"这都是因为收成不好，他们要夺走我的田产。不过我是个硬汉子。你们好好听着，不管怎么样，我都能对付得过去。你们听不到人家说我的闲话。"

"我把一个人打趴下过。"西利乌斯声音嘶哑地说。"谁要是惹了我，那就是在玩儿命。你们认识我，我叫西利乌斯·安诺森，南边的一个姑娘让我做了孩子他爹。我喝起酒来就像你们喝水一样。"

他们三个人都显得自信、欢乐和愉快。马里努斯不再多想，反正家产就要卖掉了。西利乌斯若有所失地想着自己的事业。他把乐师拉到自己怀里。"你是我的朋友，"他说，"谁要是欺侮你，你就告诉我。世界上没有一个人不怕西利乌斯·安诺森的。只要我一进酒店，店里就谁也不敢出声。他们知道，我是他们的头头。你是我的朋友，只管相信我。"

法兰斯情不自禁地伸出了手，"把手伸给我吧，姐妹兄弟们，"他唱起来，"像我把手伸给你一样，把你的手给我。大地是我们共同的慈母，果实既属于你也属于我。"

两位客人回家时，天色已经很晚。马里努斯把他们送到院子门口。这是一个星光灿烂的夜晚，月光下的海湾波光潋滟。马里努斯站立片刻，凝神注视着这份不久就要不属于他的家产。第二天早晨，托拉把他推醒的时候，天色已经不早了。

"该起床了，马里努斯。"她说。"你记得吗，今天你要进城去见律师。"

马里努斯不记得这件事了，他的脑袋昏昏沉沉，但是如果托拉说他得进城，那他就该动身。

"能尽快做完的事，就千万别拖。"托拉唠叨地说。"我们在这里待得越久，就越舍不得离开。"

"也许还能找到一条出路。"马里努斯说。

"耗子掉进了捕鼠夹的时候，也是这么想的。"托拉微笑着说。"行啦，你该走了。我把你的好衣服都准备好了。你回来时，我给你做一张大肉饼。一个人只要没病没灾，也就该心满意足了。"

马里努斯步行到了费奥厄城，他告诉律师，这笔钱他筹集不了。他们谈妥，最好的办法是，由斯寇特律师设法给他找个买主。十四天后，马里努斯·彦森的住所卖掉了。

四

　　马里努斯在镇里租了一处房子。房子的另一头住着老寡妇多勒和她的儿子尼科拉。这是教区委员会给他们提供的栖身之处。多勒已经老糊涂了，尼科拉只是一个什么事也不会干的可怜虫。"多好的屋子啊！"托拉看到这些小房间时说。"现在不用再去挤牛奶了，要不然总得去托那些奶牛的大奶子。我该尝尝在家里当主妇的滋味了。"可不是嘛，在托拉身上感觉不出，他们是从有房产有田地的农户变成了短工。托拉动手打扫起屋子来。对托拉来说，她搬到哪儿，哪儿就应当是干干净净的。

　　庄园的新主人在买下庄园的前后都去那里看过了。他叫克里斯登·博森，原先住在海湾的北边。他是一个四肢发达、健壮结实的人，但举止文雅，目光柔和。"我看得出来，你把这儿的事情料理得井井有条。"他说。"我是尽力而为。"马里努斯说。"我说的是实话。""我真遗憾，是我把你从这房产里赶了出去。"新来的主人说。"可我们也明白，我要是不买下它来，别人也会来买的。""这不是你的过错呀。"马里努斯回答说。"我希望你在这儿会比我走运些。地是不少，可并不好，要想糊口，得在地里多下功夫才行。""耶稣会保佑我的。"克里斯登·博森平静地说。"你要知道，我们只有以谦卑的心情接受主的考验，我们才会得到安宁。"

于是马里努斯就知道，这位新主人是个教徒。

搬家的前一天，在外面做工的孩子们都赶回家来探望。其中有奥尔迦，她身材苗条，仪态秀美，一头金发，今年十九岁了。还有十八岁的尼尔斯和十四岁的卡尔。他们三人都在本教区的一些农庄主那里做工。奥尔迦眼里噙着泪水向双亲问好，两个男孩子则装着若无其事的样子。托拉也装作没有留意到儿女们的情感。"是呀，现在我们要离开这儿了。"她说。"好在我们不欠别人什么。你欠人的钱固然不好，要是欠了人家的情就更糟糕了。你们的父亲也没有什么不好意思的，谁也没有帮过他的忙。"

马里努斯这时想起了克里斯登·博森说过的那些话，他虔诚地说："能在这儿多维持一些日子也好，好用谦卑的心接受主对自己的考验。""噢，你还说什么考验，"托拉气冲冲地说，"谁还有兴致来考验你？我就不相信那些教徒和他们的那些胡说八道。我压根儿就瞧不起他们。"

可是马里努斯的神情却很庄重、忧郁，托拉的鼓劲儿助兴也岔不开他的这种情绪。吃完晚饭后，他从书桌下面抽出一本赞美诗集。托拉和孩子们向他投来诧异的目光：难道马里努斯要唱赞美诗吗？可他只是在心里念着书中最后一页的一段祈祷。在一生的节骨眼儿上，我们该用上帝的哪些话呢？马里努斯打算同孩子们一起做一次家庭祈祷。

他把书翻了一下，他那粗糙的大手翻弄这些薄薄的纸张很是费劲儿。他到底找到了一段关于旅行的祈祷，对现在正合适。他用缓慢而又单调的语调念了起来，碰到一些庄严的词句还不时地停顿一下。

"伟大的主啊，天国的父！你是全能、永久和永生的上帝。你用上天的智慧和仁慈，治理着世间万物。我祈求你，用你天父的关怀保佑我们旅行平安。没有你的意志，连一只麻雀也不会掉到地上，我们有多少根头发你都能数得清……"

马里努斯慢声细气、真心实意地念着这段冗长的祈祷，餐桌旁鸦雀无声。托拉脸上毫无表情，只是看着自己的衣襟。"主啊，保佑我们外出和归来，从现在起直到永久，阿门！"他把赞美诗搁回原处。小安东皱着眉头，眼睛盯着窗外。"你在琢磨什么呀，小安东？"托拉问。"真是怪事，我们的头发都能数得清楚。"安东说。"人有多少根头发，本来就没有什么意思。""这只是说，我们的一切罪孽和恶念都会被记录下来，到最后审判的日子，就要咎由自取。""可这还是够怪的。"安东说。"既然要说的是别的事情，为什么要扯到头发呢。""哎，谁讲话也不能这么直来直去呀。"马里努斯说。

夜幕降临，到了掌灯的时刻。一家人亲亲热热地围坐在小屋里，孩子们从外面的严酷的世界回到了自己的安乐窝。马里努斯穿着一身有点儿过大的假日礼服，俨然是家长。他问起孩子们各自的情况。尼尔斯对他的脾气急躁的主人有点儿怨言。"他毕竟是你的主人，你要同他作对就不对了。"马里努斯说。"人在年轻的时候学会顺从没有什么坏处。"

奥尔迦参加过邻近教区酒店的一次夏季舞会。她说，有些年轻人喝酒过度，还互相厮打。"大家不能客客气气、宽容忍受，真叫人讨厌。"马里努斯说。"我得告诉你，一个正派姑娘出去跳舞，要特别小心谨慎。总有人要挑剔她的行为的。你们记住，举止端正，不乱打听，这永远是小户人家孩子的规矩。""你快成了一个地地道道的牧师了。"

奥尔迦说。马里努斯笑了："是呀，要是有胡子的就能布道，那么公山羊也能当牧师了。"

翌日，马里努斯和托拉把家具搬到镇里去了。新主人就要搬来。克里斯登·博森从他那儿到海湾，要走很远一段路，时间拖得很长。马里努斯好几次跑上高坡地，终于看到克里斯登·博森的装着家具的驳船驶近了。博森从海湾北边的一个渔民那儿借了一条摩托艇拖着驳船过了海湾。夕阳西下，天上飘浮着贝壳般的彩云。阿尔斯莱弗镇教堂的钟声敲响了。克里斯登·博森和他的妻子、三个孩子站在驳船的船头上。

"这是对我们来到新家的热情的欢迎。"他说。"这真是不寻常，不过我觉得，我们好像是在做一次跨越大海的航行，去往一个陌生的国家，"他的妻子说，"这里我们一个人也不认识。""我们在这儿也会见到信奉上帝的教友的。"克里斯登·博森说。驳船缓缓滑过平静的水面，向岸边驶去。

马里努斯悄然走进了牲口棚。他要在新主人来到之前，同他的牲口作最后的告别。"你们会过得不错的。"他抚摸着马匹说。"他是一个好人，他会好好照看你们的。不过，你们这两匹老马会叫人想念的。""主妇也很好。"他对蹭着他的衣袖的奶牛说。"你们一切都不会有什么变化的，小宝贝儿。"他又在院子外面站了一会儿，凝视着他这片已耕种了二十年的土地。他熟悉这里的每一个小丘、每一条小沟、每一片洼地、每一片在草皮中显现出白色的白垩地。他比熟悉自己的孩子、妻子和自己的灵性更熟悉这一切。于是，他套好了车，把车赶向海边去帮助新主人往屋里搬家具。

拉斯·谢伦格莱是第一个来马里努斯的新居对他们表

示欢迎的人。他径直走进屋里，好像他一直是他们的一个亲密朋友似的，一边审视着他们布置得怎么样，一边慢悠悠地嚼着烟草。"啊，你现在也属于我们这帮人了。"他笑容可掬地说。"我们就要像好邻居似的住在一起了。我们短工通常都注意彼此之间不拆台。"拉斯解释说，要是大农庄主给的工钱太少，短工们就一起不给他干活儿。

"你别担心，拉斯·谢伦格莱，马里努斯是同你们站在一起的。"托拉说。"我们一直也是小户人家。""过去我们可是两种不同的小户人家。"拉斯·谢伦格莱微笑着说。"有些人干啃面包，有些人则有肉吃，还是有区别的。在我们这些短工看来，你们就是大户人家了。"

别的短工对马里努斯一家的态度有些保留，好像是要先看看新邻居表现如何。他们认识马里努斯和他的妻子，也常在一块儿聊天。但现在还是要看一看，他们是不是还有点儿自视清高，傲气凌人，因为他们过去毕竟是有财产、有土地的人啊。可就在搬来的第一天，托拉就去了莉纳·谢伦格莱家，跟他们借了一杯盐。莉纳·谢伦格莱是一个胖得出奇的女人，脸黑得就像她整天坐在冒烟的炉子边似的。一绺灰头发拖到脸上，但她的两眼炯炯有神，脸上总是带着笑容。

"来了贵客啦，"她说，"请进屋吧。"屋里很脏，好像从来就没有打扫过，但窗棂上却摆满了开花的植物。莉纳把一只小猫从一把椅子上赶走，请托拉坐下。"啊，不必了，我就同你在厨房里聊聊吧。"托拉说。"我又不是家里房上有三根烟囱的贵妇人。""可你们曾经有过地啊，我们一直是替别人干活儿的。"莉纳说到这里，偷偷瞟了托拉一眼。"现在除了在等待我们的坟地之外，我们什么也没有了。"托拉笑着说。"我看上去真的还是那么高贵吗？"

这两个女人很快就谈得十分投机，就像老相识一般了。莉纳的儿子康拉德从海湾那边收工回来了。他在一个渔民那儿当长工，那个渔民在高坡地西面的海湾附近有自己的房子。莉纳忙着给儿子弄吃的。他是一个肩膀宽、长相俊的小伙子，额前有一绺卷发。他吃完了饭站起身来，谢过了母亲就要走。"你去哪儿啊？"母亲问他。"唔，我自己也不知道。"康拉德说。"这样的晚上在屋里太热了。""现在都九月了，天够凉快的了。"莉纳说。"谁还不知道，你喜欢什么样的热。是姑娘的胳膊吧，小康拉德！"康拉德没有答话就走了。

此刻，莉纳悄声把康拉德的事告诉了托拉。他是个英俊的小伙子，对姑娘富有魅力。当她说到他还同店主的女儿梅塔常有约会时，一种隐约的骄傲使她的眼睛闪闪发光。她是有钱人家的姑娘，但按店主的愿望是不会成全他俩的。不过康拉德是有办法把她的肚子搞大的。这是一个温暖的九月的夜晚，黑暗中可以听到正在嬉戏的儿童的喧闹声。小花园里的树叶就要枯萎了。两个年轻姑娘互相挽着胳膊走过。盖姆斯特牧师晚间散步时从这里经过。他站了一会儿，同短工彦斯·赫斯特聊了几句，赫斯特正坐在自己屋外的长凳上抽烟斗。他的妻子达伍玛两手插在围裙里，站在门口听着这两个男人谈论明天的天气。牧师继续朝前走去，今晚他有事要找乌尔里克森老师。

乌尔里克森老师正坐着，一面喝他的威士忌甜酒，一面玩着单人纸牌。他是一个粗壮结实、脸色红润的汉子，头上长着一圈灰头发。他请牧师进屋，给他倒了一杯朗姆酒。

"这是一份星期天用的赞美诗。"盖姆斯特牧师说。

"我想散散步，所以我亲自把它带来了。赞美诗的开始是这样的：'啊，森林，教教我抑制欢乐吧！'这对今年秋收布道是个挺合适的开场白。"

教师笑了，他用一片挂在吊灯上的小木片点燃了烟斗。"不久前有个传教士到我那儿去过，他说这个地方复兴信仰的条件肯定已经成熟了。"盖姆斯特牧师说。"在他看来，是上帝安排了坏年成，为的是振兴基督教会。我把他轰了出去。"

教师一面嘴里喃喃低语，一面使劲儿地抽着烟斗。他是一个老格隆特维主义者，很讨厌布道团的说教。"可是，这个时候还用这样的赞美诗？"他说。"您不认为，最好还是我把您的秋收赞美诗念上一遍，盖姆斯特牧师。"

"这不必了，"牧师说，"我会马上把内容解释给你听。我的出发点是《旧约》上的说法，即彩虹是上帝在天上做出的一种表示，白天、黑夜都不会停息。这就象征性地表明，上帝不会干预具体的事情。自然有其自己的规律，是好是坏只是简单的自然现象，它不能影响我们对上帝的态度，也不能说明上帝同我们的关系。上帝已把钟上好了发条，让一切自然运转，其他的事情他概不操心。"

"您说的是基督教的观点吗？"教师问道，一面用手指梳理着自己的头发。

盖姆斯特牧师眼睛盯着一只飞蛾，它正围着煤油灯在扑棱。

"什么是基督教？"他问。"这个国家有几百万人，每个人都有自己的信仰。关于上帝我们并不知道什么，我们只知道他是伟大的造物主，现代文明的一个重大问题是：我们应当怎样对待上帝？他并没有来到我们的生活之中。对于有教养的人来说，生活无非是坏的与好的原则之间的斗争。再说，上帝只是一种说教而已。上帝成了一种象征，既然上帝不是现实存在，那他就没有什么可信的了。"

"听我说，盖姆斯特牧师，"教师说，"您对我说这些话已经不是第一次了。可是恰恰就是怀疑反映了宗教与现实。自然万物的绝妙和谐对于一个不信教的人来说也是……"

牧师打断了他的话，站起身来，激动地在地板上来回踱着。

"自然界的和谐！"他说。"生活的适应性，好吧！当我看到所有的森林都茂盛起来的时候我该说些什么呢！难道自然界不就是一个由这些动物给那些动物造成的可怕的苦难的大战场吗？您认为，小鹿被狼群活活地撕碎，幼虫无能为力地被黄蜂活活地吃掉，也得赞扬自然的适应性？整个自然界如同一个大屠场，那里的一切都在相互吞噬，它是一个不可思议的残暴和丑恶的世界。"

"我们总得相信，我们有办法建设这个世界吧。"教师说。"您不认为，最好的办法是，就像孩子相信自己的父亲那样去相信上帝吗？我们不可能也没有人要求我们去评价上帝的所作所为。我们对他只应有顺从之意。"

"您按照自己的想法塑造了一个上帝，乌尔里克森。"牧师微笑着说。"我主是一个上了年岁、满头白发的老师，他在天上坐在自己的书桌旁，仁慈地试图引导孩子们走上正道。你们这些格隆特维主义者在按自己的意思创造上帝的形象，他成了天上的宇宙之父，高高在上的主人：

> 他就这样坐在乡村的桑树底下，
> 戴着教师的眼镜，聪慧、谦和地笑哈哈；

我看到人们和牲畜从四面八方向这里聚拢，

犹如一群站在花园外的人群；

他走到人群之中，人人都向他诉说自己的苦痛，

他给发高烧的老卡恩摘了一点儿鼠尾草，

他用果子冻把小彦森的手指包好，

他还找出新的办法为彼尔·汉森的病牛治疗。

"我真不知道基督教是个什么东西。我自己是个牧师，可是我对这种信仰非常厌恶。它使我联想到那些从溃烂的手指上剪下来的指甲、流出来的毒汁和浓液。"

这个瘦高个儿上气不接下气地讲着，几乎在地上来回跑了起来。他脸色苍白，怒气冲冲地挥动着胳膊。

"我自己也遭到打击。"他说。"我的孩子死了，我的妻子得了不可治愈的精神病，永远出不了医院。要是在我的教区的居民中有人碰到了这种情况，我就会对他说，基督徒的生命就是充满着苦难的，你应该忍耐，把你的悲伤和痛苦加给耶稣吧。我说这样的话，照样拿我那一份固定工资，有我的牧师宅院。可是在危急时刻帮助过我的，还是旧时异教徒的宿命论。我对我自己说，这就是生活。对你来说生活并不比别人坏。这是古代的有益的大众信仰，即听天由命，命该如此。要是我相信，这是上帝的意志，那我就得发疯。这不是上帝的意志，这是现实生活中不可思议的盲目的残酷无情。"

"听我说，盖姆斯特牧师。"教师说。"您太激动了，您的神经需要休息。您应当去度假。"

"需要度假的是整个人类，乌尔里克森。"牧师惨然一笑，他说，"我们每个人都要去度度假。自然界不是别的，它是

原始的残酷无情。但我们的大脑则是一个从未见过的美妙绝伦的奇迹。我们的大脑或者您愿意称它为灵魂也好，是过于发达了。母鸡总是无忧无虑的，它待在鸡场里，并不为它最终会被丢进汤锅里而烦恼。它压根儿不知道自己的存在有多愚蠢。可是我们的感觉器官却很发达，我们懂得我们的命运是如此的可怕。上帝不过是试图要我们幻想脱离生活中的邪恶罢了，岂有他哉？我们所幻想的生活意义，实际上并不存在。"

乌尔里克森平静地点燃他那已经熄灭了的烟斗。然后他站起身来，拉着牧师的胳膊，彬彬有礼地请他在椅子上坐下。

"让我说几句吧。"他说。"这是一种好传统：牧师讲完了，该轮到教师讲几句了。也许我把上帝看成了一个善良的上了年纪的乡村教师，他在照管着他的孩子们。难道这不正是我对上帝应有的看法吗？我总感觉上帝在那里注视着我。每当我一时疏忽而做了错事，他就蹙眉摇头，就像我的孩子做错了一道算术题、我自己也是那样做的一样。不管怎么说，这样能帮助我控制我自己。整个人类都需要这样的约束。我们还须知道，我们内在的善良天性要求我们怎样的举止行为。为此，我们需要有一个上帝。我们应当相信我们本身具有的人性。"

牧师坐在那里，两眼直勾勾地凝视着前方，乌尔里克森老师给了他一支雪茄烟。他点燃烟，心不在焉地看着喷出的烟雾。乌尔里克森呷了一口朗姆酒，平心静气地继续讲下去。

"我也讨厌传教士，盖姆斯特牧师。"他说。"他们讲苦难、讲克制、讲死后的情景讲得太多了。我们生活在当今世界上，应当关心现在的人间生活。很可能我们会对现有的条件不满意，但是我们不能一下子就改变它们。让我们看到光明的一面，看到生活的力量和活力吧。您是一个精神受到创伤、情绪容易激动的人。您把生活看得过于严重了。唉，要是生活没有意义，那就让我们设法使它有意义吧。让我们自己尽力把人性展现出来吧。我们要允许别人去做人。生活是伟大而又丰富多彩的，人们应该伸出双臂迎接它，盖姆斯特牧师，从中去寻得最美好的东西。"

"这还得取决于双臂的力量哟。"牧师笑了。

"取决于生活的勇气和生活的意志。"教师热情地说。"过去在我们教区有一个老牧师，他有一次对驻军的骑兵们布道。他说了这样一些话：我们大家都能升入天堂，但在此之前应当有所作为。这样的基督教可能不完全符合路德教的教义，但这是一种积极的、有益的宗教信仰。让我们多动动脑子，老兄，这才是我们要做的事。"

"是啊，是啊，"牧师说，"这当然是一种看法，但它并没有解开我的谜。"

盖姆斯特牧师起身告辞。教师送他到门口，听着他的脚步声消失在九月的黑夜中。天空繁星闪烁。黑夜中，村里的房屋和庄园影影绰绰，如同沉睡着的庞大动物匍匐在地上。他在温暖的黑夜感到舒适惬意。空气中飘溢着花园里的苹果香味和凉爽的湿气，教师感到周身特别愉悦，好像他的机体同整个沉睡的自然界融为一体了。他想，一棵树生长在世界上是美好的，一个人活在世界上也是美好的。

五

　　天气渐渐冷了。庄园周围的脱谷机喧闹起来，粮食就要进仓了。可是，这样的收成真让人伤心。多半的庄稼都没了，看来，冬天牲口得挨饿。日子难过的肯定不只是牲口。农庄主也压低了工钱。发牢骚也无济于事，他们总有他们的理由。既然收成不好，东家也就没钱付工资。

　　博尔–艾立克买了一条船和两个捕鱼笼子，在海湾捕起鱼来。但是，这儿也一样，高温酷暑把捕鱼业也给毁了。尽管捕鱼挣不了多少钱，但却能搞到点儿吃的。马里努斯在马斯·隆德那里有点儿活儿干。工钱很少，可是能拿到多少钱就算多少吧。索特·安诺斯和彦斯·赫斯特在离海边较远的一个林场里找到了伐木的工作。那儿是计件工资，他们天不亮就得骑车去工地，天黑了才能回来。要在林场里维持一份像样的工钱必须苦干才行。

　　马里努斯同布雷根特维在一块儿干活儿。他们到沼泽地去装上泥炭，再运回来。有时他们也歇一会儿，坐在小土丘上闲聊。布雷根特维十分健谈，他那张嘴说起来就没个完。马里努斯不得不承认，他并不傻，尽管人们原来指望一个教师的孩子应当比一个一无所长的短工更有出息。

　　"我本来是可以去当教师或牧师的。"布雷根特维解释说。"可是这都要怪娘儿们，是她们使我一事无成。我从来就没让她们安宁过。""这应当怪你自己而不是怪人家娘儿们。"马里努斯说。"喏，现在娘儿们也不让我安宁了。"布雷根特维说。"不过，现在这一切都快过去了。就是最壮的公鸡也会受不了的。""你还年轻力壮哪。"马里努斯安慰他。"你一定还不到四十岁。""四十一了。"布雷根特维说。"可是这种事情与年龄无关。我告诉你吧，一个人的生殖能力来自脊椎骨，他们管那东西叫精髓。人要是同女人搞上万把次，精髓也就耗尽了。我们也就不再有什么价值了。"

"真是这样吗？"马里努斯吃惊地问。"对，就是这么回事。"布雷根特维向他保证说。"你可能也注意到了，有些人未老先衰，而有些人到老还能同女人睡觉。"马里努斯说他注意到了这样的事，但却不太明白为什么会这样。

布雷根特维满嘴淫言秽语，马里努斯真有些受不了了。他是一个规矩正派的人。但是每当布雷根特维谈到那些农庄主的事时，马里努斯也还是不得不承认他讲得有道理。快到十月份了，天不是下雨就是起雾，天气潮湿、阴冷，让人抑郁。马里努斯、布雷根特维和四五个妇女、孩子一块儿在马斯·隆德的土豆地里干活儿。这是一种枯燥乏味的工作。蹲在潮湿的地里挖土豆，一会儿就腰酸腿疼。晚上，马里努斯上了床，身子也暖和不起来。"你瞧，"布雷根特维说，"今年土豆收成不好，农庄主就天天对我们说：今年土豆长得又小又次，卖的钱还不够挖它的工钱呢。可是他们还是要把土豆挖出来，而且根本不按该给的价钱付给我们工钱。他们卖出土豆的时候又把价钱抬得高高的，说是因为土豆收成不好啊。这样一来，他们比平时赚的还要多。他们知道他们该从哪儿去捞钱。这只能怪我们自己，我们不会算计啊。"

当隆德来到地头，布雷根特维就毫不客气地对他说："你真会算计啊，你让我们在这儿给你干这份脏活儿，你自己却躺在家里的沙发上看报纸。赚钱得利却是你。是呀，你们是够滑头的，你们这些人都是这个样。"农庄主乐呵呵地笑了笑。"哎呀，你这张嘴呀，真会胡扯。"他说。"要是我们这些农民不给你们吃的东西，你们将会怎样呢？我们善于经营我们的农庄，你们应当高兴才是，要不，你们的盘子里就没什么可吃的了。挑起丹麦社会重担的是丹麦的农民。""哼，这话只有你们自己相信。"布雷根特维说。"但是有人说，没有你们，一切都会更好些。"

"对这些农庄主就得这样。"庄园主走开后，布雷根特维说。"应当让他们知道，人家是怎样看他们的。这是要他们尊重我们的唯一的方法。不过，今年是我打短工的最后一年了。"

布雷根特维向马里努斯谈起自己今后的打算。他可不想一辈子就为挣这么一点儿工钱去卖命。布雷根特维想去做买卖赚点儿钱。在毛毛细雨中，他蹲在地上起劲儿地解释着，这是他发家致富和光耀门庭之道。他想以养家禽和猪崽儿起家，最后发展成经营马匹和地产。这就是布雷根特维的打算，现在的问题是，只要能积攒些钱就可以开张了。

妇女们也来地里刨土豆。托拉还是第一次干这样的活儿，马里努斯本来不想让她去，但这不行，人家会以为她自视清高而不愿干活儿，这会成为别人的话柄的。托拉和大孩子们在安诺斯·曹夫特的地里刨土豆。天黑得不能再干活儿的时候，男人、女人和孩子们才回家，个个都浑身湿透，筋疲力竭。晚饭就吃点儿面包、几片香肠。女人们都累得没有力气做饭了。

等到大家都收工回来，老多勒便会摇摇晃晃地走过来找托拉。她瘦得活像一只老雕，由于年迈，她的眼睛已经看不大清了。"你们有点儿活儿干真不错啊。"她说。"一个人要是干不了活儿了，他也就活不长了。今年土豆长得好吗？"托拉说。因为天旱，土豆都受灾了，地里没有多少土豆可刨的。"有人说，过去不知道土豆是什么。"多勒说。"那时候穷人怎么弄吃的呢？从我记事时候起，土豆就一直是我们的粮食。这是我主智慧的安排啊，他让土豆生长，而不让杂草长起来。"

有时候，马里努斯从地里带一篮土豆回家，他们就请多勒和她的儿子一块来吃。多勒一边吃着盘子里蒸得热气腾腾的土豆，一边喋喋不休地说着话。她儿子傻呆呆地坐着，一个劲儿地往肚里填土豆。多勒不时地关照着儿子，要他表现得礼貌些规矩些。"你擤擤鼻子好吗，小尼科拉？"她说。"他这个小家伙真邋遢，而且什么事也不会干。有个孩子真不容易啊，这你也知道，托拉。要把他们教育好实在不容易。"

冬天临近了。农庄里没有活儿可干，短工们都回到自己家里，很难打发时光。屋子周围的小园地又翻了一遍土，屋顶和墙壁也都抹得严严实实，足以抵挡冬天的严寒，柴禾也砍好了，泥炭也堆积在一旁。家里很快就没事可干了，男人们就整天互相串门儿。

索特·安诺斯去打猎，有时他也送一只野鸭子或一只野兔给别人。"你在哪儿打的这只野兔子？"拉斯·谢伦格莱问。"你最好少问，你不知道的事就少打听。"索特·安诺斯咧嘴一笑说。"哪儿有午饭，就在哪儿吃。在这个世界上，没有东西会白白送上门来的。"康拉德在海湾边有两个捕鳕鱼的笼子，有时能捕到点儿小鳕鱼。康拉德把这些鱼放到短工屋里的餐桌上，说："这些东西还是可以吃的。"

白天渐渐短了。夜里常常刮大风。大风吼叫着吹过草屋顶，把门窗刮得乒乒乓乓直响。卡尔森在马丁·托姆森的大房间里举行布道会，有时也有个别短工来参加。他们谦卑地坐在屋里最靠后的地方，听着传道士的布道。"看来，"拉斯·谢伦格莱说，"要是这家伙有点儿权的话，他准会像他所说的让我们进地狱。"

"哦，别去听那些布道了，他说的那些话我听都不想听。"托拉说。她是从来不去的。但是，每当夜晚来临，狂风在屋角呼啸，吹打着树林和灌木丛，博尔－艾立克的妻子英昂在床上就睡得不踏实。她爬起来点上灯，手托着腮帮坐在桌旁。"你怎么现在起来啦？"丈夫问她。"我心里烦得睡不着。"英昂说，苍白的脸没有转向她的丈夫。"风刮得真可怕，可别把屋顶给掀了啊。""你别再去听那些布道了，"博尔－艾立克说，"你们女人家听了他们那些胡说八道，就满脑子地胡思乱想。"

马里努斯在卖掉自己的庄园时，得到了一点儿现款，他把欠店主的账给结清了。可是现在又没活儿干了，他不得不再去赊账。他有一群孩子要养活，不算那些在外面干活儿的，在家的就有六个。马里努斯来到斯基夫特的店里，低声下气地要求同店主谈谈。他进了账房，还是梅塔在那儿照料店铺。"是呀，事情是这样的，马里努斯老兄。"斯基夫特说。"过去嘛是可以赊货给你，可现在情况不同了。过去你有田产，而现在你是靠打工生活。我可以赊账给你，但数量不能太大。否则你怎么能还得起呢？""我会有工作的，干点儿活儿我是不怕的。"

"那可不行，尽管你有了工作，我还是觉得不放心。"斯基夫特忧心忡忡地摇着头说。"我也知道，你是一个老实人，可你付不起就是付不起，我有责任小心点儿。我要尽到我自己的责任。"

马里努斯要养活这么多的孩子，自己又是个饱经风霜的人。斯基夫特也为他难过。"倒是有一个办法，"他说，"你可以上救济署去。要是说有谁该得到救济的话，那就数你了。""到救济署去？"马里努斯目不转睛地盯着他。"你要我和我一家人都上救济署去？不，我决不会去的。"斯基夫特试图对他解释，从救济署领钱不是什么丢脸的事。但马里努斯很固执。"我们家里从来没人领过贫民救济金。"他说。"你们尽可以叫它是救济署，可我知道，出钱的还是市政府。谁也别想把我叫作穷叫花子。我没想到，老板，会从你这儿听到这种话。我宁愿饿死，也不要市政府的救济。"

马里努斯真的发火了，托拉听到这事更加生气。"我得告诉你，马里努斯。"她气冲冲地喊道。"我宁可不让你去求人救济。我们宁可一冬天就吃土豆和甜菜根，也不能丢这个脸。""我也对斯基夫特说了：我没想到会从你这儿听到这种话，老板！"马里努斯回答说。"我满以为，他知道他不该同我们谈这种事。让他去守着他的大小杂货吧。我们家里可从来没人领过市政府的救济金。"

每天早晨，短工们一起了床，就看天气如何，天有没有下雪的征兆。下雪就意味着有活儿可干，道路要清扫，要通行无阻。晚间天一阴下来，拉斯·谢伦格莱就对他妻子说："我不晓得天气会不会变，风向是变了。真想活动活动筋骨啊。"但天总不下雪。到了十二月，海湾结了冰。冰上刚刚能站住人，短工们就拿着鱼叉去捕捉鳗鱼。孩子们也跟着去。捕鱼就意味着，干巴巴的饭里有油水啦。当你没肉吃的时候，鳗鱼也是值得一尝的。远远看去，冰雪覆盖的岸边人群斑斑点点。有时他们互相招呼着，喊声在白色、宁静的海湾上空传得很远。

在高坡地上看陆地，低矮的庄园和杂乱简陋的房屋在严寒中显得又黑又暗。在地平线上可以看到贫瘠暗黑的沼泽地，更远处，座座教堂像是片片白垩土块①。天幕低垂，浓密的乌云从人们的头顶上飘过。马里努斯从海湾回来时，朝从前自己的庄院看去，并想起了他的牲口棚。那里有六头曾经属于他的奶牛，正在嚼着草料。那儿还有两匹长毛马，它们在里面一定暖暖和和的。一种奇怪的思念涌上他的心头。一瞬间，对他来说，他那些忠实可靠、性格温顺的牲口好像要比他的老婆和孩子还重要。他一辈子受穷，但他曾经有过自己的牲口棚，里面站满了安静嚼草的牲口。这是马里努斯失去的牲口啊。

一天夜里，马里努斯同博尔－艾立克、拉斯·谢伦格莱、索特·安诺斯和彦斯·赫斯特一道出去捕鳗鱼。他们在冰上凿了几个洞，在旁边的冰面上点上一堆篝火，他们站在火堆旁，黑暗好像一堵墙似的围在他们身旁。收获不错，大家的兴致高了起来。索特·安诺斯从口袋里拿出一瓶白酒，招呼着其他人："过来吧，兄弟们，来喝一口吧。"他们坐在带来的麻袋上，传递着酒瓶，一个挨一个地喝了起来。繁星在他们的头顶上眨着眼。"昨天我卖了两只兔子。"索特·安诺斯说。"要是我们干活儿弄不到饭吃，那只好自己找东西吃了。我有支猎枪，还有鱼叉，谁也别想拿走它们。"

---

① 丹麦教堂外墙用白灰粉刷，故有此形容。

篝火的影子在索特·安诺斯的脸上跳动着。他真像个坐在营地篝火旁边同自己的部落一道开怀畅饮的印第安人。

冰上传来海鸟的尖叫声，在黑夜中显得格外凄惨。"在我小的时候，那儿淹死过一个渔民。"索特·安诺斯说着，不知不觉地压低了嗓门儿。"他们说，在他沉下去的时候，他像牲口一样地尖叫。其他人无法去救他，水流太急了。"他没有再说下去，但大家明白，他想说鬼魂在那里尖叫。"经常有些稀奇古怪的事。"彦斯·赫斯特说。在海湾的水面上，在燃烧的篝火边，在这一片神秘的气氛中，他讲起他年轻时在内地的一个农庄里干活儿时听到的惨叫。"那个死去的偷移农庄界桩的人的魂灵在凄厉地尖叫，真的，你们怎么也想象不出他的那种叫声。我吓得赶快就跑，跑回家时，我已经汗流浃背了。"

现在大家都有点儿可说的了。上吊死的人在坟墓里也不安宁，被杀害的孩子黑夜里在埋葬他的地方哭泣。他们周围的黑暗显得更黑暗了，但是他们在明亮的火光周围舒舒服服、安安稳稳地坐着。马里努斯讲起在他还小的时候，教区里怎么出了个巫婆的故事。这巫婆向好几个人施了魔法，他还能记得这些人的名字。他们最后在她床底下放上一盆火，这才结束了她的生命。有天晚上，公墓里这个巫婆的坟上，坐着一条又黑又大的狗。一定是这恶魔领走了巫婆的灵魂。

"真不知道，该不该相信巫婆和会吃人的妖怪这类的事情。"拉斯·谢伦格莱说。"老人常说，这些妖怪有无边的魔力。谁要是在仲夏节的晚上头顶上放一块草皮，站在吕斯楚普教堂附近，谁就能看见巫婆同魔鬼一起飞去参加他们的节日。我有个上年纪的舅舅曾试过一次，可是后来他就变成傻子了。哎，倘若有什么最聪明的方法的话，那就是我们躲得远远的。"

其他人都赞成他说的话，我们人不知道黑暗中都有些什么东西。"我就见到过一次征兆。"索特·安诺斯说。"有天晚上我出去打猎，看见一个农庄在着火。现在我还不能讲是谁的农庄。屋里蹿出好高的火苗。将来一定会有一场大火灾，将会有人被烧死的。这事一定会应验的。"

大家沉默了一会儿，彦斯·赫斯特说话了。"不过，那些传教士到处宣讲的东西，我可不相信那些玩意儿。""就是，我也根本不信他们那一套。"拉斯·谢伦格莱说。"他们胡扯一通是为了混碗饭吃，他们拿的是高薪厚禄，由布道团给他们钱。这帮家伙可会捞钱呢。""他们跟女人很谈得来。"博尔–艾立克说。"我看他们都快把英昂搞得精神失常了。"

酒瓶又传递了一圈，酒喝干了。他们又坐了一会儿，感到周身暖融融的，篝火在冰面上活泼地闪动着。"现在岸上的人都躺在床上睡着了。"拉斯·谢伦格莱说。"弄顿饭吃真不容易啊。唉，应该去当牧师或者传教士去，这样什么都不用发愁，只管给别人布道就好了。"

篝火就要熄灭了，他们在冰窟窿旁边站了一会儿。然后大家一致同意该回家了。他们在冰上走着，冰层在他们脚下咯吱咯吱响着，他们走上了光秃秃、冻得僵硬的土地。黑暗中他们紧挨在一起走着。到了镇口，他们又站了一会儿，各人肩上扛着鱼叉和麻袋，显得有些难分难舍。酒还在他们身上发着热。

"行啦，马里努斯，"拉斯·谢伦格莱说，"你算是同我们一块儿去搞了一次吃的。""从前我也跟你们一块儿干过呀。"马里努斯说。"我们还是站在一起的。"拉斯·谢伦格莱说。"别人有别人的伴，我们有我们的伴。你有一个好老伴呀，该夸奖夸奖你。"

马里努斯觉得他这话里有话。他掂量着这话，知道这话的含意。他走进屋里，轻轻地脱了衣服。屋里各个角落都传来安睡的呼吸声。他的妻子和孩子们都睡得正香。他在这个漆黑的夜晚出去为他们搞吃的。此刻，他的心里热乎乎的，好像他还站在篝火旁边，享受着火苗的温暖。

六

马里努斯没钱交房租，不得不求房东延缓一段时间。房东是镇外的一个农庄主。这个人还好说话，马里努斯可以缓交房租，而且还可以在这个农庄干活儿挣点儿钱，尽管农庄主给他的工钱很少。不过，他们总算还有个住宿之处，也能养活好几口人了。

"有了面包、土豆，有时还有点儿鱼吃，一个人还缺什么呢。"托拉说。"咖啡不是非喝不可的，这是一个坏习惯，喝焦麦汁也一样行。咖啡喝太多了对身体没什么好处。"

托拉讲起了她年轻时曾干过活儿的一个地方，农庄的主人是三个老家伙。其中的一个整天喝酒，从来没有清醒的时候，大部分时间就是拿着酒瓶躺在床上。另一个从早到晚地抽烟，烟斗从不离嘴。第三个真能吃，让你看了都害怕。托拉列举他吃的那些油脂丰富的饭菜，孩子们都垂涎三尺地盯着她。可是他的结局也最可怕，最后，他的两腿承受不了他的体重，他就躺在床上继续吃下去。他胖得简直难以想象。他要做新衣服，得有两个人给他量尺寸，因为一个人根本量不过来。他死了以后，拆了一堵墙，才把他的棺材抬出去，棺材重得差点儿拖不到墓地。

"那谁来照看他们的农庄呢？"安东问。

"谁来照看农庄？"托拉重复了一遍。"当然是我们这些人了。他们有的是钱，要雇多少人就雇多少人。好在他们从来不干预我们的事，我们倒也乐得自在。我敢说那个能吃的家伙，他一个人吃的就和我们这些人吃的一般多。"

托拉顺着擦得褪了色的桌子看过去。桌旁坐着她的孩子们。他们长着浅色的头发，身体健康，精力旺盛。她的任务就是让他们继续保持健康，给他们吃的，可是在没有钱买东西的时候，这可不是一件容易做到的事情。每天夜里她有好几个小时醒着，考虑该给孩子们吃些什么。有甜菜根，这不用花钱，但吃多了，小肚子会像奶牛的一样耷拉下来。这不是人吃的东西啊。

莉纳·谢伦格莱一天要来托拉家两三趟，但她不愿喝焦麦汁做的咖啡。"你干吗不去救济署？"她问。"你们可别忘了，你们过去是有过田产的人。""我们能对付就算了。"托拉说。"我还听说，焦麦汁咖啡对人体健康有好处。""哼，瞎扯！"莉纳嘟囔着说。"你得注意，要给孩子们吃饱。我们这些当短工的要是没有活儿干，就应当申请救济。我们领的也不是什么贫民救济金。"莉纳有点儿生气，因为托拉认为自己的境况比别人好些。博尔–艾立克、保尔·伯格和彦斯·赫斯特都拿了该拿的救济金。索特·安诺斯没领救济金，但他偷着打猎，总有一天会被抓去关起来的。

托拉东拉西扯地说个没完，试图消消她的气。"我们总有一天也会去的，莉纳。"她说。"这不是出于清高，而是我不喜欢向那些大农庄主去乞求。就是这些大人们在管着教区委员会和救济署，我同这些人没什么可说的。"

有一天，乌尔里克森老师来了。马里努斯正在屋里看一本旧历书，这是他从阁楼上找出来的。他一看见老师就想到，一定是哪个孩子做了错事，教师来告状了。乌尔里克森穿得很漂亮。下垂的衣领下面又大又宽的领带整整齐齐地打成蝴蝶结，天鹅绒的马甲上面插着朵小花。"您好，马里努斯。"他说。"我想同您和您的妻子谈件事。你们现在又常去教堂了，该不是让费奥厄城的传教士说动了心吧。"马里努斯向他保证，他们还是信仰小时候学到的东西，托拉走进屋来问候教师。

"喏，"乌尔里克森说着，把手指插在胳肢窝下，仰靠在扶手椅上，"我来不是同你们谈宗教的，是关于绥恩的事。"

"这孩子，没干什么错事吧？"马里努斯问。"我认为这孩子还很规矩，平常也不爱闹。"

"哎呀，马里努斯·彦森，您想到哪儿去了？"乌尔里克森说。"您有选举权，生活在一个自由的国度里，您说的话如同坐着四驾马车的先生一样有价值。干吗一个乡村教师对您说了几句话，您就要像坐在木马上似的吓得心惊胆战呢？丢掉这种自卑感吧，老兄。"

"对，对。"马里努斯结结巴巴地说。"我只是担心，孩子别又做了什么错事。人们总是希望自己的孩子能循规蹈矩。"

"他没做什么错事，正相反，您的孩子很勤奋，很聪明，马里努斯·彦森。"乌尔里克森说。"现在我在想，您的孩子身上的能力像是来自托拉，我们别说这些吧。绥恩是个勤奋好学的孩子，在这个学校里，我很快教不了他了。再在这儿念书对他就像牛奶对乳牛一样的没有味道。我同盖姆斯特牧师谈起过他的事，我们一致认为，这孩子应当继续念书。"

"可是到底应该怎么念呢？"马里努斯激动地说。"我们没钱供他继续上学。对了，要是他能学会一门手艺，我们会感到高兴的。"

"钱自然由我们来出。"乌尔里克森说。"问题是他在家至少还得住上半年的时间，你们是否能负担得起他。这样，盖姆斯特牧师和我就能再给他一些必要的教育，以便他能上高中。"

"上高中！"马里努斯重复着，以为这是在做梦。他的儿子要上普通中学，要成为一个有学问的人了。这是多么伟大的时刻啊！

"可我还得说，你们别使这小家伙头脑膨胀。"乌尔里克森说。"他可不能有这样的印象，好像他有什么东西值得骄傲。不是那么回事，他只不过是好学罢了。要当心这些念书的人，应当让他们懂得，不是要他们去当主人，而是去当仆人。别让他忘了自己的出身。"

马里努斯再也看不进那本旧历书了。绥恩要成为一个读书人了。"你看怎么样，托拉？"他问。"你当年生下他的时候，我们连想也没想过这种事。不过过去也见过，穷人的孩子当上了牧师或教师的。我们也见过一位教师当上了国王的大臣。真不知道绥恩将来会怎样呢。""说我的孩子们之间有什么不同，我想不出话对在哪里。"托拉说。"依我看，其他那些孩子比绥恩也差不了多少。"

马里努斯有些纳闷儿。在不顺利的时候，托拉总是有说有笑，显得很高兴。可是当幸运终于来临了，她却像一匹倔强的野马那样尥起蹶子来了。也许她在担心孩子会离开他们。"我想这孩子绝对不会瞧不起父母的。"他小心翼翼地说。"他怎么会这样呢。"托拉对他的这种说法表示同意。"要是我们自己不许他们这样做，他们谁也不会瞧不起我们的。我们同普天下的人一样，在各方面都是好样的。"

在托拉不高兴的时候，马里努斯就不再多说话，因为她不是容易说得通的。他想起自己曾经答应过给她做一个洗衣盆，于是就悄悄地溜了出去。孩子们放学回来了。莉纳·谢伦格莱和英昂也来打听教师来这儿干什么。"哦，他就讲了绥恩的事。"托拉说。"他觉得绥恩还应该念下去。""哎呀，你说什么呀。"莉纳嚷嚷开了，并拍着巴掌。"只要是乌尔里克森说要他念下去，他就会出钱的。""说不定绥恩会当上牧师呢。"英昂说。"说不定有朝一日，你会看到他坐在这儿教堂里的布道椅子上呢。""嗨，说是这么说，"托拉说，"现在还不清楚，乌尔里克森让他念到哪一步。"

可是莉纳非常相信乌尔里克森。这是一个完全可以信赖的人。"他给了我们的孩子良好的教育，他完全配当个牧师或主教什么的。"莉纳说。"我的康拉德在小的时候总是夸他。他对谁都一样。农庄主的孩子或者短工的孩子对他来讲没有什么区别。"莉纳又讲起康拉德小时候多么有天赋。她的黝黑的、布满皱纹的脸上现出慈母的欢乐。"我不应该说我不知道的事情。"她说着，狡黠地眨了眨眼。"不过我看，姑娘们都挺喜欢他的。他要是有本事，就能把店主的梅塔弄到手。她有钱，谁能得到她，谁就会成为富翁。对你们我敢随便讲，你们不会到处去搬弄是非的。"

圣诞节快到了，农庄里杀猪宰牛，烘制面包点心，农庄主的妻子们纷纷去费奥厄城买东西。短工们这里没有太多好准备的。正值隆冬腊月，手头没有多少钱，还要派许多用场。但圣诞之夜的前一天，有人来看望马里努斯，她们是马斯·隆德的妻子和小姨子，她们把车停在门口。一个小伙子从车上拿下一个沉甸甸的篮子，把它提到屋里。

"托拉，托拉，快过来呀，来了贵客啦！"马里努斯喊着。托拉赶紧来到屋里，瞧是怎么回事。来的两个女人对她又是点头，又是微笑问候。她们脸上显得极为欢乐。看来，她们确实是出来做好事的。

"您好，托拉。"其中的一个说道。"我们来是……"

"……急急忙忙地进了屋，几乎连门也没敲。"另一个接着说。"我们刚刚宰了口猪，我们想……"

"……你们家里孩子多，没什么荤菜。"第一个女人插进来说。"我们带了些东西来，希望你们能收下。"

她们开始把篮子里的东西往外拿，这时托拉才明白是怎么回事。她双手叉腰站着，浓黑的眉毛气愤地蹙成一团。马里努斯知道，暴风雨就要来了。

"你们别给我往外拿这些。"托拉说。"我们没有要过什么东西，我们什么也不要。"

"您在说些什么呀，难道您……"

"……您什么也不要？"两个女人齐声尖叫道。

"不要，我们不要陌生人的施舍。"托拉说。"我们从来没向什么人要过接济。我们东西不多，可是还能过得去。"

"可现在快到圣诞节了，还是得……"其中的一个女人气喘吁吁地说，另一个女人立即接上去，"……快到圣诞节了，我们应当互相帮助嘛。我们应该想着东西不多的人。"

"你们要是平时也这样想就好了。"托拉说。"要是你们这些农庄主能给足工钱，我们老百姓就能活下去。如果你们真心实意想帮忙，那你们就给工钱好了，这样我们也能活下去。可现在我宁愿在圣诞节挨饿，也不愿拿别人的施舍。"

两个女人交换了一下愤然、震惊的目光。随后，她们用颤抖的手把礼物放回篮子里去。马里努斯看见，那里面有腊肉、白糖和咖啡。他暗自思忖，托拉这次自傲得太过分了。人穷，完全可以接受友邻伸来的善意之手。那会儿他自己有地的时候，也不在乎给穷人送点儿什么。篮子装好了，站在外面的小伙子被叫了进来，把篮子提了出去。姐妹俩气冲冲地离开了房间，连声再见也没说。

"哎，托拉呀托拉，你怎么能这样呢？"马里努斯说。"她们是好心好意来的，你这样不太伤她们的心吗？"

"哼，我瞧不起她们。"托拉气愤地说。"那些有钱的大户人家干吗不正正当当地给你工钱。我宁死也不吃她们的东西。出了这样的事，你在马斯·隆德那儿再也找不到活儿干了。我们非得进城不可，没有别的办法了。那儿可以找到工作，需要的话，我不在乎到别人家找衣服来洗。我要过舒心日子，要靠自己的劳动而不靠别人的施舍过日子。"

半小时后，莉纳·谢伦格莱跑来了。"你可真是的，托拉。"她说。"人家坐着车来给你送来圣诞节的食品，你却把她们轰了出去。""这得看她们是什么人了。"托拉说。"我不喜欢那些自以为了不起的女人。那会儿，马里努斯求隆德帮忙，他们就是不肯。现在也是一样。""她们把本来该给你的东西给了我了。"莉纳说。"我可没有拒绝她们。我给她们行礼问安，就好像她们是贵妇人似的。可不，这些东西从哪儿来的对我无所谓，只要有就行。我虽拿了她们的礼物，但等到她们一出门，我还是取笑她们。现在我把拿的东西分一半给你。"

但托拉很固执。她拒绝了，她不愿意要这种布施。"你真是死脑筋。"莉纳说。"你们圣诞节就啃干面包喝稀汤吗？"这正是托拉的打算。但结果并非如此。第二天早晨，她去面包店买黑麦面包的时候，碰见了教师乌尔里克森。

"现在到处都在谈论您哪，托拉。"乌尔里克森说。"您没要马斯·隆德的礼物。"是的，托拉说是有这么回事。"嗯，"教师哼了一声，"您做得对，托拉。要教育孩子们挺起腰杆。穷人们要有骨气，否则就会一事无成。不过要是我送你一点儿圣诞节礼物，您也拒绝吗？""我对您是敬重的，乌尔里克森。"托拉有点儿不好意思地说。"您待我们很好，没有瞧不起我们。"乌尔里克森拿出钱包，递给托拉一张十克朗的票子。她瞧着钱，家里已经好久没有过这么多钱了。"拿去吧，托拉，祝您圣诞快乐！"乌尔里克森亲切地说。"教育孩子们要挺起腰杆。如果有什么可以帮助的话，就这点我可以帮助。"

托拉赶到商店买东西。烤面包是晚了一点儿，但有些事还是来得及做的。马里努斯一个人同孩子们上教堂去了。托拉可没有时间。她满脸通红地坐在炉前忙着做圣诞节的菜肴，突然她想到了老多勒和尼科拉。她走到他们住的这排房子的尽头，请他们一块儿过来吃饭。"谢谢，真谢谢你了。"多勒说。"人上了年纪，就什么事也干不成了。我连去教堂的力气都没有了。不过我这一辈子听讲道听得不少了。尼科拉得把他的小提琴带上。"

他们喝着粥，吃着肉馅饼，吃饭的时候才知道，托拉还抓紧时间做了点儿小点心和果仁饼。马里努斯从屋后取来一棵小枞树，开始在树上装饰小旗子和五颜六色的蜡烛。孩子们惊奇地看着。安东想知道，为什么圣诞节时屋里要放一棵带蜡烛的树。

"这是因为，我主是在圣诞节那天降生的。"马里努斯说。他的膝头上坐着两个最小的孩子索菲娅和劳瑞茨。"我小的时候没用过树，不过这是个好传统。我们感到快乐，就像现在树在放出光芒那样，因为这天为我们降生了仁慈的救世主。孩子们，无论你们走到哪儿，你们都要把主放在自己的心上。"

马里努斯的神情庄严起来，提议大家一起唱一首圣诞赞美歌。孩子们用清脆的嗓音唱起《一个孩子诞生在伯利恒》，老多勒也用老太婆的尖嗓门儿哼着。她记不清歌词了，可是曲子她还记得。唱完歌大家就喝咖啡。"这个要比用焦麦汁做的好喝多了。"马里努斯笑着说。"可以感觉出来，这杯咖啡真让人头脑清醒。读书人常常喝咖啡喝上了瘾。这是一个教区执事对我说的。绥恩，你以后学拉丁文时，可千万要少喝点儿咖啡。"

尼科拉从盒子里取出小提琴。他那张小耗子一样的脸显得有点儿滑头滑脑的样子，他用瘦猴般的手拿着小提琴开始拉起来。他拉出的声音就像猫在哀叫，像牲口难产时的呻吟，像夜晚的风在坟头呼啸。在这个小傻瓜的琴声中，可以感觉到一切黑暗的可怕的景象，但还是有一股弱小、可怜和温柔的音调在挣扎着显露出来。尼科拉眼睛睁得大大的，由于使劲儿，呼吸有点儿急促。在他的小提琴发出的晦涩的、不和谐的声音里，能听到啾啾的鸟叫声和潺潺的流水声。但曲调他怎么也拉不准，总被他的琴中发出的猫一样的叫声所淹没，尼科拉咧嘴笑了笑，把琴放下。

"尼科拉的琴拉得很好。"多勒说着并点着头，她的脸显得苍老、干瘪。"他很会拉琴，可不会做什么事，我也管不了他多久了。"

老多勒完全是老糊涂了，她以为她现在住的房子还是她年轻时住的那一所。

"我没力气再照看这个地方了。"她说。"人老了，不能早早起床去挤牛奶了。我是很快就要进坟墓的人了。我得卖掉这个地方，可你们还可以再住下去，我会同新主人安排好的。"

"谢谢你了，老多勒。"托拉和悦地说。

"有时我夜里醒来，还以为自己是躺在坟墓里呢。"多勒说。她那嘶哑的声音真的像是从坟墓深处传出来的。"就是这样，夜里躺着，有时醒来，想想年轻时候的事。但愿我能把尼科拉也带走，要是没有我照料他，他会怎么样呢？"

"那我就结婚呗。"尼科拉说着，傻笑不停。"好多姑娘都愿意要我，这是她们亲口说的。"

"啊，耶稣啊。"多勒叹息着。"耶稣会怜悯你的，可怜的小家伙。"多勒讲起尼科拉是怎么弄成现在这个样子的。那年多勒怀着他时，中了一个长着一对毒眼的邻居的邪魔。哪个农民也不愿意让他走进自己的牲口棚。要是给他溜进了牲口棚，牲口就得害病。他并不喜欢多勒，有一天他却来到了她的房间里，盯着眼睛瞧着她。那时她已怀着尼科拉。"我马上就跑到温布莱勒斯的一个贤妇那儿去。"多勒说。"可惜太晚了。他已经使得我肚子里的孩子中了邪魔。现在他得为他所作的孽受地狱的烈火烤炙。"

孩子们累了，托拉把最小的孩子放到床上。安东和绥恩在隔壁屋子的长凳上睡。他们一人拿了一支从枞树上取下的蜡烛头，托拉允许他们放在窗台上点着。这样他们躺着也可以看到小小的明亮的烛光，烛光照射在玻璃窗上的冰晶结成的小丛林上。

"男巫师为什么要把尼科拉弄傻呢？"安东轻声地问。"我也不知道，"绥恩说，"他心里一定很生她的气。""可是那些牲口呢？"安东问道。"它们可没有妨碍他什么呀。""这我不知道。"绥恩回答说。"可现在他在地狱的烈火中燃烧了。"孩子们看着玻璃上的冰花，把那些奇形怪状的花样想象成是魔鬼、幽灵和巫婆。

七

天冷得厉害。圣诞节期间，信徒们经常聚会，有时在店主那里，有时在马丁·托姆森家里。但是上帝的事业依然没有多大的进展。卡尔森估计，博尔－艾立克的妻子英昂是唯一正在醒悟的人，但她的灵魂要得到拯救还得有一段时间。一天，他接到店主斯基夫特的一封信，问他在去阿尔斯莱弗镇前，能否先去店主家。斯基夫特有件事要和传教士商谈。

传教士同他的妻子和两个孩子——萨缪尔和约翰娜住在费奥厄城一个小后院的一套房间里。旁边是肉店老板的屠宰房，他们的房间里有股刺鼻的血腥味。卡尔森念完信后对他的妻子说：

"我得早点儿动身去阿尔斯莱弗镇，斯基夫特是我的教友，他请我去出主意，求我帮帮忙。他有个女儿叫梅塔，她让他父亲操了不少的心。"

卡尔森夫人正要结算家庭开支的账目，她心不在焉地回答说："你确实该去一次了。这个星期我们用了两磅咖啡。真糟糕，咖啡总是熬得这么浓。我们真的要喝不起了，卡尔森，萨缪尔该买一双新靴子啦。"

传教士面有愠色，他困乏地用手指压着额头。

"克里斯蒂娜，克里斯蒂娜，但愿你能学会把暂时的忧虑交给上帝吧。"他说。"你还记得吗？那次我们不知道怎样才能为约翰娜买件新外套。正在这时，奶酪商奥尔森的老婆送给我们一件挺好的大衣，她的女儿长大了不能穿了。可你好像还是没有学会看好事的苗头似的。"

"是，"卡尔森夫人顺从地说，"可我觉得我们还是少喝点儿咖啡吧。这开销太大了。我们在家里举行小型的《圣经》讲道会，就不一定每次都要喝咖啡。"

卡尔森困倦地叹了口气。只要克里斯蒂娜一谈到经济问题，她就牢骚满腹。尽管这样，她还是一个虔诚的信徒，至于经济情况，确实是有困难的。他没有牧师那么多的薪水，孩子们要花费不少钱。现在到哪儿去弄钱给萨缪尔买双靴子呢？

卡尔森赶走了这些念头，坐下来给店主斯基夫特写信。三天之后，他骑车去阿尔斯莱弗镇见店主，然后还要在马丁·托姆森的大房间里举行一次布道会。传教士骑车来到店铺时，梅塔刚刚摆完餐桌。他解开车子后架上的油布包，里面是一些宗教小册子，准备在会后出售的。

"爸爸，卡尔森来了。"梅塔喊道。斯基夫特出来迎接客人。他只穿了件衬衫，没穿外套，公羊脸显得异常忧郁。

"我真担心你不会来了。"他说。"你来了我真感谢。"

"我的车胎破了，需要补一补。"卡尔森说。"我已经注意到了，每当我为了上帝的事业骑车出来时，我的车胎常常被扎破。屡次发生这样的事情就得好好想一想了。好像总有人把瓶子摔在路上，又不把玻璃渣扫起来。但是为什么他偏偏要把玻璃瓶摔在我的车轮前呢？真该好好想想。"

他们穿过店堂，天花板下丁零当啷地挂着水桶和厨房用具。店主的账房门上挂了一张牌子，上面写着：请勿在此发誓赌咒。卡尔森说，他过去没见过这块牌子，斯基夫特解释说，这是最近刚挂上的。

"我不喜欢有人在我店里赌咒发誓。"他说。"我不知道这有啥用，但是在我看来，世上的邪恶一天比一天猖獗。"

走进屋里，卡尔森把用别针别住的上衣后襟放了下来。他心满意足地低声哼着，在沙发上坐了下来。屋子跟以往一样，使人感到舒适，也很熟悉。门上方挂着刺绣的《圣经》语录，墙上挂着传道院里伟大上帝的卫士们的相片，书桌上放着店主自己的一张照片，店铺里调料的味道同厨房里烤东西的味道令人垂涎。卡尔森闻着，猜想这是烤鸭。

"我还是马上就和你谈谈这件事吧。"斯基夫特说。"梅塔很让我担心。你瞧，好多年来她一直像个孩子那样老老实实，规规矩矩，虔诚地相信她的救世主。可是最近这半年来，像是魔鬼缠住了她身似的。最近一个月，我甚至叫她去听布道她也不去，现在她又想到城里找事做。"

"城里也有善良、虔诚的信徒呀。"卡尔森说。

"这我不否认。"斯基夫特答道。"可我成了单身一人。我觉得，梅塔应当留在家里，我也用得着她。我担心的是，她并不是为了上帝才要去城里的。在她身上，傲慢和执拗越来越厉害。我一直尽力教导她信仰上帝。我本希望，她是会走正道的。"

"梅塔快二十岁了。"卡尔森若有所思地说。"魔鬼正是在人们这个年纪布下罗网，我们年轻时也有过这样的经历。有件事我们无论如何不能忘记：我们中的大多数人在到达信仰的绿洲之前，要穿过怀疑的沙漠。你的女儿梅塔大概也是这种情况。"

"我想过，是否由你来同她谈一谈。"斯基夫特说。"过一会儿吃完饭，我去账房，你单独和她在一起。或许你能找到打动她的话。"

梅塔把饭菜端进屋来，卡尔森一眼就看出，确确实实是烤鸭。他也确实感到饿了。斯基夫特在做饭前的祷告，梅塔垂着眼帘站在他们身后。

"这鸭子看着又肥又嫩，"传教士说，"是你们自己喂养的吗？"

"是的，是我们喂养的。"店主用他一贯的温和语调说。听上去，他好像是在忏悔自己的深重罪孽和越轨的行为似的。

费了好大劲儿，卡尔森又夹起了一块鸭肉，梅塔又端进来苹果馅饼。她有一双丰满、结实的手臂，传教士的眼中不觉流露出亲昵的目光。哎呀，这样一个年轻漂亮的女子，竟要走上堕落的道路，被这个万恶的世界所吞没。不行，她应该像朵玫瑰那样在上帝的百花园中开放。

"你不做餐前祷告吗？"斯基夫特问，卡尔森念道：

感谢吾主赐予我们三餐，

使我们精神旺盛、灵魂愉快，

让我们在灵魂的牧羊人的身边，

抛弃尘世的喧闹和贪婪。

"我好像过去没听过这段祷告。"斯基夫特说。

"是的，"传教士说，"这是我自己写的感谢三餐的祷告。费奥厄城的许多教友都挺喜欢的，许多人家都在用它。要是你喜欢，我很乐意给你抄一份。"

这时梅塔走了进来，斯基夫特站起身来说他要出去清理一下店铺，便走开了。

"梅塔，我要谢谢你做的饭菜。"当店主随手关上门后，卡尔森说。"你在厨房里确实是个很能干的姑娘。但你是知道的，《圣经》上关于玛莎和玛丽亚的事写了些什么：最要紧的只有一件事。今晚你要是参加布道会，那我会比吃了你做的饭菜还要高兴的。小梅塔，难道你不能把你的心奉献给上帝吗？"

"您是来替他说话的吗？"梅塔脱口而出。她对自己说出的话有点儿不好意思，难为情地低下头看着地板。可是卡尔森却像慈父那样温柔地握着她的手。

"是呀，小梅塔，我就是来替他说话的。"他说得情深意切。"我是从天国的新郎那儿来拯救你的，梅塔。他问你，是否愿意从现在起直到永远一直做他的新娘。他在盼望着你，他的爱情光辉普照大地，如同阳光遮住了泥煤的光焰。梅塔，把你的心给了耶稣吧！"

梅塔僵直地、一声不响地站在那里。卡尔森向她靠近了点儿，直盯着她的眼睛瞧着。

"你的胸前挂着一颗金心。"他说着，抚摸着这块金属片。"瞧，这颗金心里可以放进一张男人的相片，但你也可以把救世主的相片放进去。他下凡人间，为了你而死在十字架上，把他的相片放在你心里，这样的要求过分吗？梅塔，把你的心献给耶稣吧，这样你就有朝一日在永世的光环中同他结合在一起。"

"不。"梅塔迅速地说着，并抬起头来。卡尔森还想去握住她的手，但她却把手背在身后。卡尔森阴郁地看了她一眼。"想想永存的现实吧，梅塔。"他说。"我们曾经听说过关于那炼狱里的不灭之火，人们在那儿叹息、呻吟并痛哭。

如果你不回心转意祈求宽恕和拯救，你就会走上这样的道路。也许淫荡和罪恶已经缠住了你，梅塔？你的心中有什么不洁的念头吗？"

梅塔没有回答。她挣脱了他，快步走回厨房去了。卡尔森愤愤地皱起眉头。他有点儿气喘吁吁，还能感觉到梅塔衣服上留下的沁人肺腑的气息。他走进账房，斯基夫特在等待着他。

"唉，斯基夫特。"他说着叹了口气。"我们不能排除，邪恶可能已经缠住了她。我要是对我的教友隐瞒这件事，那实在太不应该了。我没法和她谈下去，而我的说教通常对女人们是特别能起作用的。"

"你看我该怎么办呢？"斯基夫特忧心忡忡地问。

"我们应该为她祈祷。"卡尔森说。"我们一起为她求情吧。我们都知道，祈祷会产生什么样的力量。你应当拿出父亲的样子好好同她谈谈，要她明白，这是关系到她一生拯救灵魂的大事……嗯，这双靴子要多少钱？"

"哦，这是一些卖不出去的靴子。"斯基夫特说。"这些靴子对年轻人来说式样太老了。以后我再也不做靴子生意了，卖这些东西总是亏本。不过，我怎样才能阻止她到城里去呢？"

"你可不能生硬地禁止她去。"传教士说。"你试试看，能不能让她住到一个教友家里……我想起来了，克里斯蒂娜和我说过，萨缪尔要一双新靴子。像这样一双要多少钱？"

"要是你用得着，你就干脆拿一双去吧。"斯基夫特说。"反正我也没法给它们定个公道的价格。你自己瞧瞧，有没有适合你的孩子穿的？"

卡尔森在靴子堆里起劲儿地翻着。这都是些好靴子，就是式样有点儿过时了。他挑了一双出来。

"真要谢谢你了。"他说。"我看这双他准能穿得上。现在我们赶紧走吧，我们得准时赶上布道会。我可以向你保证，我带着这双给萨缪尔的靴子回去，克里斯蒂娜一定会很高兴的。"

梅塔从窗户里瞧见他们往马丁·托姆森的庄园走去。她赶快洗涮完毕，坐在窗户边上缝制衣服。可是她心里很不平静，不时地留意着厨房里的动静。终于，有人在小心地敲着厨房门。门外站着一个小伙子。这是拉斯·谢伦格莱的康拉德。"你进来吧。"梅塔说。

"传教士都和你说什么来着？"康拉德问。"还不就是那一套。"梅塔说。"我从来就不把他当回事。你要喝咖啡吗，康拉德？""不喝，我就要吻你一下。"小伙子说着，搂住了她的腰。"哼，你一定对哪个姑娘都这么说。"梅塔佯作生气地说。"我才不喜欢她们呢。"康拉德说。沉默了一会儿，梅塔说：

"我愿意把我的心给你。"

这话听着有些异常和做作，梅塔自己也觉得这些像是从书本上抄下来的，她的脸涨得通红。好在厨房里很暗，谁也看不清谁。康拉德小心、亲昵地抱住了她，把她拉到自己的怀里，用手抚摸着她胸前的小金心。梅塔拥抱着他，紧紧地搂着他。"我们到房间里去吧。"她说。

斯基夫特和卡尔森办完了布道会回来，梅塔已经把咖啡准备好了。传教士声音有点儿沙哑，眼神中却流露出欣喜若狂的目光。

"今天的布道会挺好。"他说。"我觉得，我是让圣灵在讲话……而且还卖了三克朗的小册子。可你得知道，梅塔，我们都在为你祈祷，我们还要继续敲你的心灵之门，直到你让耶稣占据你的心。"

"哦。"梅塔满不在乎地应着。

"哪天你走上了正道，那一天将是阿尔斯莱弗镇教友们的幸福的一天。"卡尔森说。"时候不早了，亲爱的朋友们……"

"还有一件小事情，我想同你商量一下。"斯基夫特迟疑不决地说。"不过，梅塔，你先睡吧。"

梅塔道了声晚安，端着杯子出去了。斯基夫特坐了一会儿，眼睛盯着吊灯暗淡的光线。传教士在耐心地等待着，他也要让自己的灵魂放松一下。

"我们过去也曾说过这件事。"斯基夫特含含糊糊地说。"可我现在还是有些顾虑。前不久我看到传道院杂志上面有篇文章，说酒是恶魔。这就是说，在我的店铺里也有这个恶魔。我真的不愿意再卖酒了。不然，我对魔鬼的伎俩也要负有一定的责任哪。你认为，我是不是应该停止做这种买卖。"

"要议论的事情当然很多，斯基夫特。"传教士思索着说。"谁都知道，你这个上帝的子民也不愿意做这种生意。可是任何事情都可以说出一大套赞成和反对的理由。尽管你不卖烈性酒了，可人家还是可以到别的酒店去买的啊。"

"是的，那我可阻止不了。"店主也觉得是这样。

"这你自己也知道。"传教士说。"咱俩得知道，哪儿有酒馆，哪儿跟着就有罪恶和卖淫。我们只是从虚弱的灵魂中把小魔鬼赶走，而让大魔鬼依旧留着，这有什么用呢。要是他们在你这儿买不到酒，那他们自然就要去酒店，就像《圣经》上说的，后者比前者还要坏。不成，这不是个办法，其他教友也会同意我的看法的。"

"可我还是犹豫不决呀。"斯基夫特说。

"你要是不卖烈性酒，你就看吧，马上就会有人来开个新酒店。"卡尔森说。"他要是一旦卖开了烈性酒，天底下的人都会到他那儿去的。你现在是个有钱的人，少做点儿买卖也没什么，但是我们还要看到，这会带来什么后果。你可以劝他们别喝，或是不再赊酒给他们喝嘛。尽管你在卖烈酒，但你还是照样在同酒这个魔鬼做斗争呀。是呀，我以为让一个信教的人卖酒要比让一个不负责任的人干这个差使好得多。教会的兄弟姐妹们肯定都是这个看法。"

"你有把握吗？"斯基夫特问。

"我完全有把握。"传教士点头说。"毫无疑问，你在这件事情上是一个善良、虔诚的人，我们知道，哪一天我们一旦让酒馆关门歇业，你也就不会再卖这些东西了。谁要是在背后议论这件事，你就理直气壮地对待他，让他到教友会去发牢骚好了。对那些背后议论的人根本不要在意，因为直率就好像咸盐一样，盐失去了咸味，还有什么用处呢？"

"我做这种买卖也没多少赚头。"斯基夫特说。

"对，这我们都知道，所有的教友都知道。"卡尔森说。"你把卖酒挣得的钱都用在了上帝天国的事业上。这就不一样了嘛。你是把酒这个恶魔拴在了犁头上，让它为上帝的园地耕耘。是呀，你没什么可顾虑的。"

卡尔森取出别针，把大衣下襟别住，然后他哼哼唧唧地骑车上了冰冻的道路。他又为上帝的事业度过了一天，车架上放着一双给萨缪尔的新靴子。他很高兴能递给克里斯蒂娜一个包裹，让她自己打开它。这再一次证明，上帝会给穷困的麻雀送来食物，不会忘记他所做出的一点儿微小的贡献。

八

有一个月的时间，天气异乎寻常地冷，终于下雪了。狂烈的暴风雪刮了两天，大雪覆盖了整个镇子。农庄里的人几乎都去不了牲口棚喂牲口。到店铺去买点儿面粉或煤油就像是一次远征。暴风雪过后，镇子好像个大雪堆。积雪厚得齐到屋顶，在新鲜而又宁静的空气中，人们可以听到扫雪人欢乐的喧闹声，他们把雪扫到一旁，互相大声嚷着。

消息传来，要清扫公路的积雪，短工们都出来干活儿了。他们中间有许多人已有好长时间没有固定工作，只是偶尔在农庄里有几天零活儿干干。他们肩上扛着铁锹，穿过雪堆干起活儿来，像孩子一样兴高采烈。"让憋着的汗流出来可真痛快呀。"拉斯·谢伦格莱说。"我真不明白，为什么《圣经》上要说劳动是该赌咒的。依我看，最糟糕的就是什么事也不干，那就会使人想入非非、愚蠢可笑。"他们分成了几个组，把大雪堆挖开，把公路上的雪扫净。这是一件挺轻松愉快的工作，他们使的劲儿不比使身体暖和起来的劲儿更大些。

干活儿的中间他们也歇上一会儿，围成一圈站着聊天，嘴巴里鼻孔里冒着热气。"现在，最艰苦的时候已经熬过去了。"彦斯·赫斯特说。"春天就要来了，这个季节总是有活儿干的。人家答应我，只要海湾一解冻，我就去砂石场工作。"其他人也谈着自己今后的打算。布雷根特维打算去卖鱼。"只有做买卖，才能赚大钱。"他说。"从来就没有什么人是靠做工富起来的。"其他人点头表示同意。这是实话。做工干活儿只能糊个口，不幸的是，可以干的活儿太少了。"真该搬到别处去了。"博尔－艾立克说。"有的地方的工钱比这儿高一倍。再说那个传教士都快把我老婆弄疯了。"经过长期的无聊闲逛，经过严冬的黑暗，干点儿活儿真让人陶醉。他们没事也故意地高声嚷着笑着，好像喝酒喝过了量似的。"现在，血液又开始循环了。"索特·安诺斯说。"整个冬天暴风雪应该每个星期来它一次，那这里就成了一个有点儿待头的地方了？"谈到这一点，老保尔·伯格来了劲儿。"我说过嘛，干点儿活儿有好处。"他嚷着。"就是要干点儿活儿才能使你的身体活动开。一冬天坐在火炉边，身子骨都快散架了。"

各家各户有空闲的人都出来扫雪了。当两队扫雪的人相遇时，相互之间就打开了雪仗，他们用铲子铲满了雪相互抛去，或者把雪搓成结实的雪球扔出去，雪球在耳边嗖嗖地飞过。庄园里的长工也需要活动身体，他们闲得身子骨都快散了。在这个时候，镇上的一个小伙子说了一些关于梅塔的闲话，康拉德同他吵起架来。"你不配说她的闲话。"康拉德气冲冲地说。"我想说什么就说什么。"小伙子回敬说。"她打开窗户让野汉子爬进去，你决不是最后一个。"康拉德冲了过去，两人在雪地上扭打起来。康拉德把那个小伙子的鼻子打出了血，殷红的斑点在洁白的雪地上散化开来。

"康拉德发火了。"拉斯·谢伦格莱一边说，一边把马里努斯往边上拉。"你可不要对别人讲，这可是千真万确的事，梅塔把康拉德放进了屋里。等到他把她的肚子搞大了，我真想看看，店主的脸色会怎么样。真的，康拉德只要愿意，他是有本事把姑娘的肚子搞大的。这小子干什么事情都心里有数。"

扫清路上的积雪还要一段时间，这时候托拉常去看望老保尔·伯格的妻子露易丝。她病倒了，不能照料自己。托拉每天早晨去她那里，帮她打扫屋子，晚些时候，还要端饭送茶给她。他们的独生子威廉得了肺病，正在疗养院里治疗。露易丝躺在床上，年老体衰，她的皮肤像石蜡一样，卧室里的空气令人窒息。

"我是活也活不成，死也死不了。"露易丝抱怨说。"我都躺了整整三年了，以后就是活着也出不去屋子了。每年我都在想，只要能过到春天就好了，可是春天来了，我还是没好的希望。托拉，你有一副结实的身子骨，你应该高兴。"

"各人都有各人的毛病。"托拉安慰她说。"天有不测风云，人有旦夕祸福。你可别以为我身体有多好。我肯定我是活不了多久的。"

托拉身体结实，精神焕发，但强装着看上去她体内各种病痛也在折磨着她的样子。谁都知道，病人看到别人身强体壮，自己就会变得忧郁消沉，所以托拉想法把自己装得体衰力弱。她又讲起她自己身上的一些难受感觉，关节炎和风湿病在折磨着她的四肢，讲起孩子生得太多几乎把身体都弄垮了。啊，托拉实在是够可怜的。

但病人却听得笑了起来。"哎呀，你身上的毛病可真不少。"她说。"看起来你好像要去牧师那儿，要他给你做临终布道似的。可是千万别拿生病开玩笑，你可不知道，这是什么滋味。尽管他们都瞒着我，可我知道我得的是癌症，我是好不了了。但是，使我苦恼的并不是死，而是活着。你们谁也不会明白的。"

露易丝沉默了，眼睛直视着前方，托拉有些不自在起来。"你这是什么意思，露易丝？"她问。"我是说，死可能是难受的。"病人说。"我们人人都有一死，谁也逃脱不掉。但这样活着岂不更糟糕吗？说什么好死不如赖活着，还不是在自欺欺人吗？"

西利乌斯也出来扫雪，但他想得周到，口袋里揣了一瓶酒以抵御寒冷。他的红脸膛儿像一团火似的，休息的时候，他就拿出瓶子喝上一口。"喂，伙计们！"西利乌斯喊着。"你们也来喝一口吧，来吧。"索特·安诺斯足足地喝了一口。"再过半年我就跟你们一样干短工了。"西利乌斯宣布说。"我为了保住我的庄园，什么都干了。现在我把最后的一头奶牛也卖了，他们要拿就把这块地产和我那丑老婆子一起拿走好了。西利乌斯要像过去那样到处流浪去了。"

现在，酒店里和杂货店柜台边的流言蜚语被证实了，西利乌斯卖掉了他的最后一头牲口，他的牲口棚已经是空空如也了。别人都凝视着他，但在他们平静的内心里都很佩服他。他是个勇敢的汉子，西利乌斯是不把法律和当局放在心上的。"西利乌斯，这样干可不会有好结果的。"老保尔·伯格忧郁地说。"你把庄园的牲口都卖了，他们会让你坐班房的。""谁也不会坐班房的。"西利乌斯满不在乎地说。"我没有饲料喂牲口，难道让这些可怜的牲口全都饿死吗？我敢做敢当。他们别想把我关起来，我曾经把别人打得头破血流，现在我还能这么干。"

西利乌斯自豪地环视四周，他突然想出了一个主意。他想举办一次宴会，一次庆祝新年的宴会，他要把短工们都请来。"我请你们到我家里来。"西利乌斯说,"我把最后一头猪宰了,你们想吃多少肉就吃多少肉。我还要请你们喝酒,我那儿现在还宽敞,我现在还是一个庄园主嘛,可以请你们来赴宴。大家都来,把老婆也带来。"大家有点儿犹豫,他们不知道这邀请是否当真。最后,拉斯·谢伦格莱说:"谢谢你的邀请,西利乌斯,我一定去。"西利乌斯确实是一本正经地发出邀请的,他要大家都来,还确定了日子和时间。

在回家的路上,马里努斯有些惴惴不安,他问踩着雪走在他身边的拉斯·谢伦格莱:"你怎么看西利乌斯的邀请,我们会不会惹上麻烦?""我们只有接受邀请。"拉斯·谢伦格莱。"西利乌斯怎么料理他自己的事情跟我们有什么相干。他自个儿做主,他请我们去赴宴,别人不会拿我们怎么样的。我们也没有责任去追究他的饭菜都是哪儿来的。""不过他不该宰猪呀。"马里努斯说。"他怎么照料自己的禽畜,那是他自己的事。"拉斯·谢伦格莱笑着说。"我不爱管别人的事,要是索特·安诺斯拿来一只兔子,我可没有必要知道,他是在哪块地上打的。我吃起来照样津津有味。你得学聪明一点儿了,马里努斯。你想想,偷来的饭食不照样可以填饱肚皮吗?"

并不是所有的短工都参加了西利乌斯的宴会。保尔·伯格要照看他有病的妻子,彦斯·赫斯特在一个农庄里照看奶牛。妇女们中间,只有莉纳·谢伦格莱接受了邀请。英昂不愿意去,托拉不敢离开自己的孩子。小家伙们会害怕的,也会玩灯弄火地惹出祸来。马里努斯、博尔-艾立克、索特·安诺斯和拉斯·谢伦格莱一块穿过雪白的原野去西利乌斯家。西利乌斯隆重地接待了他们,他的脸刮得干干净净，在门口把他们迎了进去。他们问候了老人：他正躺在床上，蜡黄的双手放在条纹状的鸭绒被上。

"你好啊，老吉普？"马里努斯问道。老人的一只眼睛眨巴着，费力地把眼睛转过来："啊，西利瓦西昆，西利瓦西昆。"他吃力地低声说。"这是说他觉得不大好。"西利乌斯解释说。"天太冷，他受不了，热了也受不了。""真是少有，他还能照旧活下去。"拉斯·谢伦格莱说。"他离不开这儿呀。"西利乌斯说，好像他在为老人家表示歉意似的。"不过他躺在那儿对我们也没什么妨碍。他是很能干的，别人要能像他这样也就心满意足了。嗯，请吧，乡亲们，请。"

莉纳去厨房给菲德丽克当帮手。所有的客人马上都入了座，西利乌斯坐在桌子的横头。桌子原有的油布上面又铺上了一层白色的桌布。菲德丽克做好了菜端进来。这是一大盘烤猪排，周围放着香肠，还有大盘的红卷心菜和土豆。"这都是些好菜啊。"索特·安诺斯看了惊讶不已。"我说，动手吧，乡亲们。"西利乌斯说。"只要还有得吃，我们就要吃个痛快。"他往各人的杯子里斟上了酒，大家一口接一口地喝了起来。

吃饭的时候，桌上没人说话。大家把自己面前的盘子满满地盛上菜，再浇上肉汁。油汤从他们的嘴角边流了下来，盘子吃完了又盛满。酒瓶子传递着，喝干了一瓶，西利乌斯又取来一瓶。"吃吧，乡亲们，吃吧。"西利乌斯说，"菲德丽克，你得照看着，让他们都吃饱。你们来之前是不是已经吃了点儿东西啦？每人再来一段香肠吧。"

莉纳·谢伦格莱的圆脸容光焕发，她还在往自己的盘子里盛菜。其他人也在猛吃猛喝。他们习惯于吃烤肉和卤汁腌青鱼，而这次宴会吃的都是刚宰的新鲜肉。"啊，天呀，"博尔－艾立克说，"肚子就像没有底似的。""那你就塞吧。"西利乌斯说。"还有好多菜要上呢。我说，你们要多吃啊。""我的肚子都快撑破了。"莉纳喃喃地说。"但是我还是停不下来。"大家都笑了，菲德丽克又给她盘子里添了更多的菜。

西利乌斯起身把背心的纽扣解开。客人们脱掉了上衣。屋里热得烤人，每个人的脸上都挂着汗珠。现在大家吃得缓慢、文雅起来了，像是在干着一件沉重的工作。菲德丽克端来了下一道菜，是糖浆红香肠。"我不能再吃了，菲德丽克，我实在不行了。"莉纳说。"打我怀康拉德以后，肚子还没这么大过。"但其他人还能吃。他们给自己添上满满的红得发亮的血肠。菲德丽克正要给床上的老人喂饭，这时脸喝得通红的西利乌斯站起身来，他拿起酒瓶和一只汤匙向老人走过去。

"让老人也品尝品尝吧。"他说。"张开嘴巴，老爹，这可是好东西。"老人像一只昏昏欲睡的老鸟，他眨着眼睛，张着无牙的嘴巴。西利乌斯小心翼翼地把酒喂给他喝。"这可是解馋的东西。"他说。老人满意地吧嗒着，竭力想笑一笑。"哦，西利瓦西昆，西利瓦西昆。"他嘴里嘟囔着，信赖地看着西利乌斯。

"现在该喝点儿咖啡，打会儿牌了。"西利乌斯说着，从抽屉里摸出一副脏乎乎的纸牌。女人们收拾完桌子，出去煮咖啡了。西利乌斯从口袋里摸出一把零钱，开始分牌。"来多大的？"马里努斯问着，看着这些硬币。"你们说多少就多少吧。"西利乌斯说。"我赌过几百克朗的，也玩过几个小铜子儿的。"

他们点上了短烟袋，女人们把咖啡端了进来。"我赌过大钱。"西利乌斯说。"我干过玩命的事。我们的口袋里常带着一块马蹄铁，因为不知道什么时候会打一架。我们根本不把钱当回事。""是啊，你是有过一番经历的人，西利乌斯。"马里努斯说。"我曾把一个人打得头破血流，他再也不敢来惹我了。"西利乌斯说。"至于打牌，乡亲们，要是你们乐意，我们少玩点儿钱也行。"

他们开始玩起来。索特·安诺斯出牌时使劲儿往桌上一摔，马里努斯则小心翼翼地出牌，这可不是闹着玩儿的。西利乌斯出王牌时，使劲儿朝桌上啪地一拍，可是一输了牌，嘴里就骂骂咧咧，看到别人牌打得不顺手时，他又是出点子又是想办法。博尔－艾立克只是坐在一旁观战，他不喜欢打牌。拉斯·谢伦格莱是赢家。他不动声色，稳稳当当地坐着，从容不迫地出着牌。他每隔一次就把赢到的钱搂到自己面前，嘴角还带着一丝微笑。

"这张桌子上经常玩牌。"西利乌斯说。"是老吉普把牌桌弄到这儿来的，他把自己的庄园都输掉了。他曾经有六头奶牛，也都给打牌输光了。"西利乌斯转过身去。"我对他们说，你年轻的时候很能打牌，是吧，老爹？"

现在西利乌斯手气好了起来。他敲着桌子，嘴里哼着小调。"你为什么不出爱司、老 K 或者疙瘩，要不这钱就归你了。"他说。"有赢有输是常事。"马里努斯说。"输赢要看最后，该赢就得赢。""能赢的就要赢。"拉斯·谢伦格莱附和着说。"黑桃。"索特·安诺斯喊道。"好，这牌正中我的下怀，牧师亲吻教会执事的老婆时，教会执事也会这么说的。"拉斯·谢伦格莱回答说。马里努斯又看了一眼手中的牌，放弃了叫牌。

床边传来了一阵呻吟声，五个人全都转过身去。老人的头半垂在床外，用那条还能活动的胳膊使劲儿地比画着。"哦，西利瓦西昆，西利瓦西昆。"他吼叫着。

西利乌斯扔下牌，一步跨到床前。"你不舒服吗，老爹？"他焦急地问。"哦，西利瓦西昆，西利瓦西昆。"老人像只发怒的猫呼哧呼哧地叫着。

"我看，他在要什么东西。"索特·安诺斯说。老人把颤抖的手指向了桌子。西利乌斯拿着酒瓶递过去。"你是要这个吗，老吉普？"他问。"你就尽管喝吧。"

"哦，西利瓦西昆，西利瓦西昆。"老人喊着，显然他要的不是酒。西利乌斯一下明白了，便把马里努斯的牌拿过去看了看。"他的意思是，你应当叫牌。"他说。"西利瓦西昆。"老人咕哝着，把手缩了回去。

"哎呀，可不是嘛！"马里努斯说。"我正在这儿考虑着怎么打法，可你们瞧，他真行。这老人要不是这么衰老，他准打得挺好。""我们得重新发牌。"西利乌斯说。"可我看，这……"索特·安诺斯有点儿不大同意，但西利乌斯不让他说话。"老吉普在这张桌上把庄园都输掉了。"他说。"他说现在该怎么打就怎么打。我们不能太认真了。"

他们又重新打牌，马里努斯赢了。马里努斯转过身对老人说："哎呀，我真得谢谢你的帮忙，老吉普。"莉纳·谢伦格莱感到累了要回家。"明天我们还得早起。"她说。"没事。"西利乌斯说。"等我们入了土，我们可以睡个够。"可是莉纳执意要走，男人们便起身告辞了。

外面月光皎洁，白雪皑皑的原野几乎认不出来了。从高坡地上看去，海湾和陆地浑然连成了一体，房屋在白雪中几乎难以分辨，他们好像身处在一个奇妙而又陌生的世界之中。但马里努斯还是注意到了，在他过去的庄园牲口棚里亮着灯光。这使他心头一动。该不是牲口出了毛病啦？但这同他有什么关系呢？他对它们的成长再也没有什么责任了。"我觉得天冷得很呀。"他说。他们预言天还要下雪。

托拉已经上床了，她胳膊里躺着小劳瑞茨。"你们吃得好吗？"她问。"菜可真不少。"马里努斯说。"吃完了又玩牌，真够倒霉的，我不走运，输了一个黑面包。""你把孩子放到他的床上去好吗？"托拉说。

马里努斯把熟睡中的小家伙抱在自己的胳膊上。"小东西，你可睡着了。"他说。"输掉了整整一个黑面包，真不应该……"

九

所有的水坑在夜晚的严寒中都结上了一层冰,一连几天,太阳总躲在厚厚的、潮湿的云层后面。松软的泥土中蒸发出湿冷的水气,村子房舍的上空弥漫着泥煤的烟雾,大地正在苏醒,空气慢慢变得暖和起来。脏雪堆还没完全融化,但是已经解冻了的水塘里倒映出初春碧空的景致,新嫩芽已经从泥里冒了出来。

牲口在棚里昏昏欲睡,嚼着甜菜根和土豆,每当厩门被打开,它们都向亮处转过头来,发出充满期待的哞哞叫声。人也是这样。遇有舞会,农庄里的小伙子们动不动就为了姑娘们打架斗殴。姑娘们紧紧围成一团,被他们的粗野举动吓得不敢动弹。尽管东风吹在身上还有些彻骨凉意,可春天毕竟来了。

圣诞节以来,马里努斯一直有活儿干,他人缘好,也挺有主见。一般来讲,他总能有点儿活儿干,有时在这个庄子干上几天,有时在另一个庄子干几天。可工钱很少,家里人都张着嘴要吃饭。现在又得为孩子们的衣服操心。他们身上的衣服都已经破得不行。托拉还在说要搬到镇上去住。她可以帮助别人去打扫卫生。是呀,她什么事都可以干,马里努斯也不是那种怕干活儿的人。但是举家搬迁、另觅住处得要花钱。

其他人家也都度日艰难，谁都不宽裕。晚间，妇女们拿出针线缝补衣服，因为没钱买新的。但是，春天和夏天就要来临。它给人以希望、工作和多一点儿的工钱。每当太阳在天空中探头露面时，他们都是这么希冀着，昔日的忧虑又被忘记得一干二净。有些人正在把计划变为现实。博尔－艾立克没花多少钱就买下了一块沼泽地。他打算把它开垦出来，作为自己的庄园。布雷根特维搞了一匹跛腿驽马和一辆大车，开始贩运起鱼来。老多勒找出一把刷子，开始粉刷房子。她说，她打算到春天就把房子卖掉，所以得把房子收拾一下，买主来看房子的时候，让它像个样。"不过我会安排好的，你们还能住在这儿，我只是自己照管不了这所房子了。"她在陈旧的墙上刷上了两条白道道，就再没力气干下去了，以后她也就忘掉了她的计划。

博尔－艾立克从教区南面的一个农庄主手里买下了十几英亩沼泽地。他是这样打算的，他可以花几个钱，租上几匹马，把几英亩的地犁上一遍。他还希望，当这片土地经营得像点儿样子时，再贷上一笔款。这样他就能搬到自己的土地上去，盖上自己的房子了。英昂就要临盆分娩了。当博尔－艾立克说到这些事时，他那愁眉不展、瘦骨嶙峋的脸上显出了生气。

"我真不明白，那个传教士能对她有这么大的魅力，一般说来她是挺明白事理的。"他说。"她听了传道以后人就消瘦下去了，变得顾虑重重，谁也弄不明白女人是怎么回事。她们的意志没有我们这些人坚强，很容易变得愚蠢糊涂。可现在她确实是怀孕了，这可是好事。我们可知道，女人们遇上了这类事情，将会怎么样。"

"别扯淡了！"英昂吼道。"我就讨厌听你说这些话。我真不该同你这样的傻瓜结婚。"博尔－艾立克只是用他的粗大手掌笨拙地拍拍她的肩膀。"你说什么我也不在乎，小英昂。"他温柔地说。"生米已经煮成熟饭了。不过，你现在这种情况，最好别去参加布道会了。"

博尔－艾立克是个能吃苦耐劳的人。当他在农庄干完了活儿后，还要肩扛铁锹和锄头骑车去他的沼泽地。他在那里挖沟开渠，直忙到天黑得伸手不见五指。拉斯·谢伦格莱问他，那块地里能种些什么。可博尔－艾立克没有听出他话中的恶意，却一五一十地解释着，只要把地整好了，没有什么是不能种的。干多少活儿对他是无所谓的，自从他知道英昂怀了孕，他身上就添了使不完的劲儿。

青鱼又回到了海湾里。布雷根特维在渔民那儿买了鱼，再用车子拉回到村里去卖。他颠簸在漫长的荒郊野地上，用不上他那张能说会道的嘴巴，实在是件难受的事。他感到孤单寂寞。有天他问马里努斯，在绥恩或安东不上学的时候，能不能让他们帮帮忙。绥恩当然不行，他放了学就坐在桌旁，甚至用两手堵住耳朵念他的功课。现在已决定了，过了夏天，他就去费奥厄城念高中。"不行，绥恩不能去帮你的忙。"马里努斯说。"要不，乌尔里克森会对我发火的。他要他多念书。"

不过让安东做布雷根特维的帮手，那倒没什么问题。"我拿鱼作为工资给你。"布雷根特维说。"卖不掉的鱼我们得自己吃。"安东对此也没什么不同意的。春天里，马里努斯家的饭桌上有了青鱼和平鱼，安东未免有点儿得意。他成了能为家里挣饭吃的大人了。

一大早，他们赶车去鱼市场，渔民们在晾好渔网后也来这里。布雷根特维做生意很精明。他买进鱼的价格总是很便宜，他也知道怎样让农民出钱买下他的鱼。他说起他的货来头头是道。"做买卖得有诀窍。"他向安东传授生意经。"买进的要便宜，卖出的要尽量贵。别人看到你的价钱低，会以为这不是好货。我好多钱都是从农民那儿挣来的，他们总是付给我好价钱。"

他们在沙土路上赶着车，到各个偏僻的农庄去卖鱼。布雷根特维的一张嘴巴总是喋喋不休，对什么样的问题都能对答如流。有人抱怨青鱼太小了，布雷根特维会马上做出解释，青鱼同鸡蛋一样，东西都是有大有小，可一个鸡蛋终归是一个鸡蛋，一条青鱼还是一条青鱼。要是农民的主妇说，青鱼头太红了，布雷根特维就会就颜色大谈一通。"哎呀，老妈妈，只要鱼新鲜，这又有啥关系呢？"他说。"要是我到费奥厄城跑个来回，那血也会冲到我头上来的。你想想这些青鱼，它们在网里挣扎了一夜。嗨，就是鱼头变红了，我们也没什么可说的呀。"

早晨他们出车时天还很冷。安东坐在布雷根特维的身旁，他只穿着单薄的衣服，冻得直打哆嗦。马是匹老马，腿力已经不济，走得很慢。但布雷根特维以他的妙谈趣语使时间大为缩短。"瞧这匹老马。"他说着用鞭子轻轻抽打着驽马。"它能按人的需要去干事，从不要什么报酬。我曾听人讲过一个故事，有个会巫术的人，他能在晚间把马变成女人，白天又把她变成马。这个人可真有福气。他用不着听女人的唠叨，而且过得也很舒服。""真有这样的事吗？"安东饶有兴趣地问。"不，这只是个故事。"布雷根特维说。"但是故事含有寓意。我要是找不到一个既长得漂亮又沉默寡言的女人，我这一辈子就不结婚。"

人们开始春播了，安德列斯也在高坡地上犁着地。他的大部分土地都很荒芜，而且长满了野草，可是地里总得种些庄稼。一个男人从他犁地的地头走过来。安德列斯停下手来看着他。来人是城里人的装束，戴着一副宽大的玳瑁架的眼镜。他的脸色黝黑，显得有点儿局促不安。

"这儿可以走人吗？"他一边走一边问道。

"行啊，"安德列斯回答他，"我的地里不禁止通行。您来这儿大概有什么事吧？"这人解释说他没什么事。他只是来海边看看风景，他问了一声好就继续上路了。安德列斯又赶起了他的耕马。

安德列斯寻思这事毕竟有点儿奇怪。一个城里的有钱人此时来这儿干什么呢？现在又不是夏天，谁都知道，只有到了夏天，城里人才出来避暑。安德列斯饱经世故，从来不轻易相信别人。他又停下手来看着远去的人，那人已经走到高坡地的尽头，显然是想沿着陡坡爬下去。

他赶紧向陌生人追去，赶上了他。这时那陌生人只有脑袋还在坡地上面露着。"我得警告您，"安德列斯上气不接下气地说，"从这儿爬下去是危险的，那边有条路可以下到海滩。这全是为您好，老兄，我可不愿意您在我的地面上摔死。""我曾爬过比这更危险的坡地。"这人说着，随之脑袋也消失在高坡地的下面。安德列斯趴在地上往下看。看来这人讲得有道理。他沿着陡坡往下爬，这儿停停，那儿站站，安德列斯还看见他用小刀挖出一点儿白垩土，装进口袋里。

"仁慈的救世主啊，这个傻瓜在这儿干什么呀？"安德列斯自言自语地说。"他要把这些东西带回家去，这里面一定有什么名堂。"他扔下他的耕马不管，赶紧沿着小道向海滩跑去。陌生人下来的时候，他已经站在下面等候着了。

"我真担心，怕您出什么事。"安德列斯说。"土坡常常塌方，弄不好您会受伤的。顺便问问，您到底在这儿查看什么呀？"

现在弄明白了，这是个有学问的人，人们称之为地质学家。他想调查一下，高坡地是由什么物质组成的。安德列斯知道，这些地质学家的工作就是调查全国的各种土地的情况。这个人能说会道，安德列斯转弯抹角一个劲儿地问他叫什么，原来他的名字叫赫普诺。

"那您同费奥厄城的老板老赫普诺也许是至亲了？"安德列斯问。正是这样，老板就是他的父亲。"原来是这样。"安德列斯说。"是呀，他老人家好多年前去世了。想来也真怪，他儿子竟成了地质学家，在地上到处掘土。我真不知道他会怎么想。""您今天不再犁地了吗？"赫普诺问。"哦，那不急，要是我能给您帮点儿忙的话，"安德列斯说，"我们这儿大家都相互帮助。"

安德列斯还想进一步知道，为什么要把所有的土地都调查一遍。可是陌生人这会儿有点儿不大乐意再扯下去了。"这儿有旅店吗？"他问。"今晚我不得不在这儿过夜了。我还得看看海湾的海底情况怎么样。""旅店这儿倒有一家，不过对住惯了上等住处的人不一定合适。""我习惯于入乡随俗。"赫普诺说。"房钱贵吗？"不，在安德列斯看来，旅店老板不是那种乱敲竹杠的人。

第二天，安德列斯去店主那里有事。快下午了，小店里人不少。"听说昨晚旅店里住人了吧？"安德列斯说。是的，其他人也都知道得一清二楚。这是个有学问的人，人们称之为地质学家。今天早晨他租了渔民的一条船去海湾了，他把一根长棍伸到水里，查看海底是泥还是沙。"他准是那个破了产的老赫普诺的儿子。"安德列斯说。"他没多少钱，因为他打听住旅店贵不贵。我倒是有点儿担心，他来这儿干什么。同城里人打交道可不能不特别小心。不过此人确实没多少钱。"

早晨，牛奶车驶到牛奶场门前，卸下了牛奶桶。学校里传来孩子们朗朗的读书声。大车隆隆驶过小镇，田里的犁具已经卸掉。光阴流逝。保尔·伯格的露易丝身体一天不如一天，看来她是快不行了。卡尔森已经从费奥厄城骑车来过，准备为她接受最后的审判。有一天，盖姆斯特牧师也来了，他坐在病人的身旁。她面黄肌瘦，形容憔悴，躺在宽大的双人床上。

"您看起来还不是那么糟糕，露易丝·伯格。"牧师说。"谁也不知道天意如何，或许您还能再活上好多年。"病人没有答话，只是呼哧呼哧地喘着气。"我得的是癌症。"她说。"再重的病我主也有办法治愈它。"牧师一面说着同时感到有些纳闷儿，他的声音怎么听着这样坚定和自信。病人缄默不语，牧师接着含含糊糊地说："尽管您就要离开这里，但是您将存在下去。您过去的日子是美好和谐的。您将满意地看到正在等待着您去的地方。赞美诗上说：人间是美好的，灵魂的朝圣更美妙。生活尽管俭朴，可它就像朝圣一样。"

他沉思着，赞美诗确实好听，毕竟他也愿意相信这种说法。生活中哥德式的和谐，对生活活力的坚定信念，这是万物之中最为珍贵的。突然，他注意到病人的目光。她的双眼不再暗淡无光，而是闪烁着奇特的光彩。

"盖姆斯特牧师，您并不相信您所说的那些。"露易丝说。"我过的是一种什么样的生活？我们来到这个世界上，自己却不能决定应该怎样活下去，就像掉在捕鼠夹里的老鼠一样。我一直卧病不起，我真不想这样苟延残喘地活下去。我丈夫一直是个循规蹈矩、心地善良的人，我们的儿子也快给肺结核毁了。这难道是在朝圣吗？我躺在这里，真希望我能有投身卖淫的肉体。这难道是朝圣吗？无论我的身体还是灵魂，从来都没有卖淫之举。但我要是能自己决定自己的生活，我真希望能这样做。我就是躺在坟墓里也要哀叹，叹息我过去就是这样地生活着。既要对付贫穷困苦，还要违背自己的本性，这能是美好的生活吗？"

"我这一辈子一直是正正派派。"露易丝歇了一会儿又说。"但是我一直想着卖淫，只是我从来不敢。您可别坐在我的床边对我撒谎。生活是肮脏的，我们不能按照自己的本性去生活。我看得出来，这些您自己都知道。"

盖姆斯特牧师拿出手帕擦着汗涔涔的手。"如果我是个基督徒，我就要说这是个受难的灵魂。"他暗自思忖着。"魔鬼正在这儿逞威，我要呼号、喊叫，直到把魔鬼赶跑。但我不这样做，我觉得这个垂死的女人实在令人讨厌。"

"我不相信您，盖姆斯特牧师。"病人呻吟着说。"我更相信传教士。他知道我们这些人怎么样，人生就是一口罪恶和淫荡的深井。他也知道，来到这个世界没有什么好处，因为他也有他自己的罪恶，我快死了，所以我能看得出来。""您讲得太过分了。"牧师忧虑地说。"我从来没有像今天这样爱讲实话。"露易丝说。"我这一辈子都是人家要我怎么干我就怎么干，要我怎么说我就怎么说。可是脑子里我一直有淫乐的念头，现在还有。它就是魔鬼。"

牧师起身告别，他的心绪很不愉快。可几天以后他听说，露易丝又好起来了。顽强而又冷酷的生命还不愿意就这样离开她。

天气暖和起来，转眼又到了春天。花园里的灌木丛一天绿似一天，老人们遛到户外，享受着午后的阳光。尽管托拉赶走过给她送礼的马斯·隆德的女人，但是马里努斯仍旧在他的庄园里干活儿。"你瞧，"马里努斯说，"他不是那种记仇的人，我看，你那时也是太厉害了点儿。""哎，他从你的劳动中有利可图呀。"托拉绷着脸说。"我看不起那样的女人，她们一点儿也不老实，他也是一样。""真不知道该拿你怎么办才好。"马里努斯说。"你一会儿硬得像块打火石，一会儿又软得像团棉花球。我反正是个笨伯，摸不透你们这些女人。"

农庄主要到费奥厄城春季集市去卖一匹马，马里努斯跟着去帮着照料牲口。"又要去集市了。"马里努斯说。"我把安东带去。绥恩要学习，他不该为这些无聊的事情浪费时间。"安东随着父亲牵着马，一同站在灿烂的阳光下，插在四周的旗帜被风刮得呼啦啦的响。

这里到处是一派热闹景象。卖主在场子中间来回地遛着马，穿着白罩衫的商人老练地审视着这些膘肥体壮、毛色光泽的牲口。透过喊叫声和喧嚷声，还可以听到远处旋转木马发出的刺耳的噪音。有时马匹突然长嘶一声，从那些体态庞大的公牛站立的角落里，传来它们互相抵撞的声响。每当有商贩向马里努斯牵着的马瞥上一眼，他的眼睛就流露出期待的目光。要是这马是他自己的，他一定会把马夸上一番，并且还会解释一通这马是如何的好。可是卖马不是他的事情，他只要牵着马就行了，等马斯·隆德找到买主。

马里努斯已经遛了五次马，最后总算来了个买主。"这可是一笔不小的买卖。"农庄主心满意足地说。"让你在这

098

儿站了这么久，应该给你点儿酬劳。这是饭钱，你拿去同孩子买点儿吃的，去尽兴地玩一玩吧。"农庄主把一张两克朗的票子塞在马里努斯手里，自己同买主走进集市的一个帐篷里，去喝契约酒了。

马里努斯和安东在货摊中间溜达了一会儿，感到该是吃点儿什么东西的时候了。他们在集市外面找了一块地方，安安静静地享用他们从家里带来的饭食。"这里来的人真不少啊。"马里努斯说。"那些变魔术的和演戏的能挣不少钱呢。不过我听说，他们也不愿意干这一行，所以他们把钱都喝光了。"

安东想知道，有一个帐篷里展出的食人兽是不是真的。马里努斯说不是，如果它确属危险动物，政府会禁止他们带着它到处旅行。它可能会从笼子里逃脱出来。马里努斯有好几次看见人牵着熊在路上走，他们像拴牛一样在熊鼻子上穿孔。要是它真是个食人兽，那他们在抓到它之后也已经把它驯服了。这样就不会有吃人的危险了。

安东还是要进去看看那只可怕的食人兽，他还要去坐一坐旋转木马。可他还注意到一个帐篷，外面写着"流动哈哈镜室"。安东问："这是个什么玩意儿？"马里努斯说，哈哈镜室就是一间房间，人们在一些特殊的镜子前面可以看到自己，"流动"这个词是从救护车来的。"救护车就是送病人去医院的车子，我想你还是别去那个帐篷的好，小安东，你是来玩的，要看生病是啥样子，将来有的是时间。"

可是安东还是想看看流动哈哈镜室，他的口袋里装着所有积攒下来的零钱，这些钱全得花掉。他们又走进了集市广场，突然有人在马里努斯肩上拍了一下。"老战友。"他说道，马里努斯也亲切地握住了他的手。原来好多年前他们在一起当过兵。这人叫托马斯·库斯克，他已经在海湾对岸结了婚，有个小庄园。这会儿托马斯·库斯克和马里努斯除了一起去喝上一杯外，也没什么好干的了。

"那你就在广场上玩玩吧。"马里努斯对儿子说。"你看完了你要看的，就在广场入口处等着，我来找你。"安东一溜烟儿地跑了。

两个战友走进一家小店，对坐着喝开了酒。托马斯·库斯克卖了一头小母牛，已经喝得有点儿醉意，执意要请马里努斯吃晚饭。"你把自己的庄园给卖了。"他说。"你怎么不来找找我呢？我本可以拉你一把。我们这些老战友应当抱成一团才行。现在咱们来点儿面包，再喝上一杯吧。"他们喝了不少，到八点钟才分手，这时马里努斯也已醉醺醺了。

人们都在离开集市往回走，街上行人熙熙攘攘，马里努斯感到有点儿担心。好几个小时，他一直让安东一个人到处乱跑。不过，他一眼看到安东在入口处站着，自己的脚步也就慢了下来。现在可不能让孩子闻到酒味，这样，孩子就不会注意到他喝了酒了。"喏，小安东，这下你可以对别人好好说说，你来过集市了。"他说。"你见到的那些东西，都能对别人说的出来吗？"行，安东认为完全可以。不过流动哈哈镜室并没有什么病人。他还买了一些蜂蜜夹心饼干带回家去给弟弟妹妹们。

"你真是个好孩子。"马里努斯说着，一面抚摸着他的头。"我们知道，也要时时想到让别人也高兴。"

两个喝得烂醉如泥的小伙子步履蹒跚地朝他们走来，安东说，他们一定是喝过了量。"是呀，这些人就是约束不了自己。"马里努斯说。"你瞧，安东，他们瞧着有多寒碜啊。只要你记住他们这副模样，你就再也不会沾酒的边儿了。"

马里努斯突然来了劲儿，要教育教育孩子。既然有了孩子，那就有义务告诫和教育他们，酗酒会把人变成什么样子。"一旦你成了酒鬼，小安东，你就再也不会讲一句真话了。"他说。"能撒谎的人也会去偷。小偷最后总得进监狱。小心点儿，千万不要去酗酒。"

马里努斯正讲着，一个喝得醉醺醺的家伙停在了他们面前。他弯着身子，蛮不讲理地挡住去路，脑袋像头要抵角的公牛似的弯了下来。"人怎么不能酗酒？"他恶狠狠地说。"你在对我们说什么胡话？"

马里努斯开始发怒了。世界上哪有这样的事，老子都不能对自己的儿子说句告诫的话了吗？他怒火填胸。马里努斯遇事总是忍让，可是忍让得有个限度。马里努斯挺了挺身子，庄重地说：

"我没同你讲话，你这小子，你还是快滚回牛棚去，给自己套上笼头吧。"

那人举起手来要打架，可一下子就失去了平衡。安东拉着马里努斯的衣服，把他拽到一边。"我要教训教训他。"马里努斯说着，跃跃欲试地想大打出手。"我要揍这小子一顿，他欠打呢。"可是安东紧紧抓住父亲的衣服不放，马里努斯知道，孩子怕他打架。"好吧，让他滚吧。"他说。"不过我对你说，安东，我见过血流成河的场面。在这个世界上，我谁都不怕。我照《圣经》上的话去做，有了《旧约》中的祝祷文，再也不用怕得发抖。"

安东还是拉住爸爸不放，他们到了买主的庄院，农庄主就在这里同他们分的手。隆德还没来，他们又在院子里等了好几个小时。安东并不觉得无聊。院子里有好多辆大车，他们还进了马棚，把里面的马匹仔细地看了个遍。

隆德终于来了，这时天已经黑了。他的两腿已经有些不灵便，酒劲儿已经过去的马里努斯明白，他喝酒喝过了头。

"我们得快走了。"隆德说。"最好你来赶车吧，马里努斯，我晚上看不清路。我还买了一包鳗鱼带给女人们，这是她们最爱吃的。总不能忘了她们啊。我们把它放在车上吧。"

大车在黑夜中奔驰着。马斯·隆德嘴里叼着烟头，对马里努斯滔滔不绝地讲着他从买主那里听来的故事。大车前后都有车，自行车不时从他们身边掠过。在安东看来，好像全世界的人都来光顾费奥厄城的集市了。农庄主很快就困倦了，后面的一辆大车轰隆隆驶了过来，这时他已经快睡着了。显然，那个赶车的人已经烂醉如泥、不省人事了。他站在自己的车上，手中拿着鞭子，像个疯子似的喊叫着。他的车子从离他们的大车只有一指宽的地方擦肩而过。马里努斯不得不把自己的车赶到一旁。但隆德的马突然受了惊吓，马里努斯驾驭不住，车子闪电般地沿着大路冲了出去。

"往地里赶！"农庄主喊着，似乎已经从睡梦中清醒过来，"路边没沟，逼马往地里跑，马里努斯！"马里努斯总算把马赶进了松软的地里，可是大车碰到了放在田里的一把耙子，马车翻了个个儿。马里努斯的双手没有松开缰绳，他立即站了起来。

"安东，马斯·隆德，你们在哪儿？你们伤着了没有？"他在黑暗中叫喊着。

安东在他的身旁冒了出来，他一点儿也没伤着。"马斯·隆德，你说话啊，这样我们才能知道你在哪儿啊。"马里努斯叫着。这会儿听见了农庄主的声音。他呻吟着，声音也变了样。"哎哟，我可摔坏了。我算完了，我躺着，肠子流了一地。肠子从我肚子里流出来了。"

马里努斯哆嗦着手，找到了火柴，但是车灯摔碎了。
"天哪，你们过来帮我一把呀，我的肚子摔破了，肠子也塞
不回去了。"马斯·隆德呻吟着。马里努斯顺着声音往他那
儿跑去。黑暗宛如一堵墙，矗立在他们周围。他几乎绊倒
在农庄主身上。他弯下身去，点着一根火柴。

"天哪，我怕我快要死了。"马斯·隆德叫着。"我没
命了，我的肠子流了一地。"

"安静点儿，马斯·隆德，你没搞清你是怎么回事。"
马里努斯说着忍不住咯咯地笑了起来。农庄主的肚子上，
有四五条又凉又黏的鳗鱼。"你的肠子真够怪的，你要是想
把它们塞进肚子里，还不如先把它们放进锅里去。""主啊，
难道是这些讨厌的鳗鱼吗？"农庄主说着，吃力地站起身来。
"我吓坏了，吓坏了。我以为我的末日到了。"

他们把大车放好，整理好缰绳。幸好，马仍站着，马
斯·隆德完全清醒了。"剩下的这段路，还是让我来赶吧。"
他说。"要是我赶，也不至于翻车了。"马里努斯没有答话，
只是在黑暗中暗自笑着。安东冰凉的手握着父亲的手。他
在想，亏得他把夹心饼干放在自己的裤袋里，不然，车翻了，
这些饼干也就完了。

十

　　尽管露易丝·伯格这一辈子再也起不了床了,可是她的病情还是日见好转。妇女们差不多天天来看她。托拉和莉纳·谢伦格莱为她做吃的,彦斯·赫斯特的娴静的妻子达伍玛烤了面包点心也送点儿来。玛格达也从高坡地的住处跑来探望病人,并带来十来个鸡蛋呀或者一块火腿呀什么的。"你可千万别告诉安德列斯,说我给了你东西,"她说,"要是这个吝啬鬼发现从他屋里往外拿东西,他会发疯的。"

　　"可你马上就要成为他家的主妇了。"莉纳·谢伦格莱故意打趣地说。"这样一来,就该由你当家做主了。""喔,别见鬼了。"玛格达说。"他倒是答应过我,说得也很痛快。他们总是这样诱骗我们,到头来说过的一个字也不算数。我没怀孕,这真叫我高兴。""喔,是吗?"莉纳笑了。"跟这样的老家伙睡觉可不算是件难事吧。他这个年纪,什么也干不了了。"说到这里,玛格达就把自己的经验全都抖搂出来。年轻的小伙子可真行,但是那些老家伙干这种事刚一开始就控制不了了。玛格达讲起她干过活儿的那些地方,男人们是怎样对待她的。一个无依无靠的女人过日子可真不易啊,现在那些小伙子也还是这样对待女人。"我只希望拿回我的工钱。"玛格达伤心地说。

女人们总是不乏好主意的。玛格达只要去找个律师，就能把钱全要回来。国家有法律，安德列斯会被判刑，他拖欠的每一分钱都要偿付清，这是毋庸置疑的。玛格达听了直摇头，她可不敢这么做，安德列斯会因此而把她打死的，"他把金钱奉若神明，正如别人称他为金钱拜物教徒那样。"她说。"他这样经营庄园真是死不要脸。"达伍玛说。"我们这些人只能从这个世界上得到一星半点儿的东西，而他却可以大捞一把。""我不相信他会把农庄白白送给别人。"玛格达说。"要是能把农庄带进坟墓，他准会把它带去的。"

这些天，马里努斯同拉斯·谢伦格莱和彦斯·赫斯特一起在马斯·隆德的沼泽地里挖泥煤。这活儿是计件工资。要想维持每天的工钱，得多出活儿才行。天气已经转暖，可沼泽地里还是彻骨透凉。最讨厌的是那些苍蝇，总是围着他们打转。从沼泽地可以看到阿尔斯莱弗镇，再远处是高坡地和上面的小庄园，每当马里努斯直起腰来喘口气时，一眼就能看见克里斯登·博森放牧在草地上的牲口。

"这些泥煤简直就像粪土。"拉斯·谢伦格莱说。"我真不明白，居然有人要买这种泥炭。可是事情就是这样，只要我们能赊账，别人不买，我们也照样买。穷人家的炉子里总该有些什么东西烧烧才行。""这种事历来如此。"彦斯·赫斯特说。"过去短工就净吃病死的牲口肉。我吃过的肥马肉比吃过的黄油还多。""而我们还不是照样活着。"拉斯·谢伦格莱说。"他们欺骗我们，可我们只要有机会，也要作弄作弄他们。"

阳光在沼泽地的污水面上闪烁，时间似乎停滞不前。沼泽地四周是鸟类繁衍的世界，一只小野兔就在他们面前戏耍，一条草蛇从他们身旁蜿蜒而过，游进沼泽地的洞穴中。

沼泽地里散发出发酵和腐烂混杂在一起的甜滋滋的味道。最后，拉斯·谢伦格莱瞅了一下日头，瞥了一眼挖出的泥炭。他说，"嗨，哥们儿，是收工的时候了。干得太少不好，可干得太多更糟。"

他们收工回来，常常到杂货店去买啤酒，他们在小店里一边喝着啤酒，一边听着这一天村里发生的大小事件。又有几个地质学家去过高坡地了。他们对白垩土做了试验，还画了图。"我真想知道，这里面究竟搞的是什么名堂。"安德列斯说。"不管怎么着，这种人在咱们的地里跑来跑去终究不是什么好事。""你害怕他们踩坏你地里的种子吧？"有人问。"要不就是怕他拐走玛格达。"另一个说。男人们哄笑起来。

不过他们都觉得在地里挖挖土，查看一下土里都有些什么，这样混饭吃太容易了。而干这种活儿也没什么用处，谁还不知道自己地里都能长些什么东西来。他们为什么一定要勘探海底的情况呢？海里也不会因此多出几条鳗鱼。"他们在要把戏。"拉斯·谢伦格莱说。"他们为了领取国家支付的大笔工资，总得要干点儿什么。这会儿叫作什么官员的、科学家的实在多得满天飞。"

斯基夫特站在柜台后面。他很少参与聊天，而是一门心思地在想事情。近来梅塔的举止实在不像话。她整天在外面游逛，斯基夫特曾怀疑过，她在追求康拉德。有好几次夜里，他听到她屋里有响动，他就轻轻打开房门朝里张望，可那儿没有人。他想，梅塔还不至于这么荒唐，竟会让一个陌生小伙子溜进她的闺房。

一天晚上，马里努斯从沼泽地收工回到家里，看见安诺斯·曹夫特在等候他。这位农庄主坐在一把旧扶手椅上四下里打量着。"你们在这儿住得挺不错嘛。"他说。"你老婆很能干呀，马里努斯。我也听说了，你们这一冬天日子过得不宽裕。可你没去教区委员会，也没去救济署，而是自己想办法，真让我佩服。所以我一看到这个就首先想到了你。"

农庄主从口袋里拿出一张报纸，在桌上摊平展开，指着上面登的一条广告。霍勒农庄的主人需要立即聘请一个既能干又可靠的照料牲口的人。马里努斯知道，霍勒农庄是邻近教区的一家大农庄。他对那个农庄主的长相也很熟悉。

"这是你的差使啊。"安诺斯·曹夫特说。"我怎么敢在这么大的农庄里照料牲口呢？"马里努斯顾虑重重地说。"我也没受过这方面的正规教育。""嗨，别胡扯了，这又要什么教育呢？它只需要有个能干活儿会管事的人。你自己有过庄园，也知道应该怎样照料奶牛，托拉也是个挤奶能手。你拿着这张报纸，明天以前你好好考虑一下吧，可是最好还是早点儿去应聘。这年头许多人都想有个固定的工作哩。"

农庄主走后，马里努斯问托拉："你觉得这事怎么样？""倘若能有一个固定的工作，那也不坏。"托拉说。马里努斯频频颔首，同时思量着，又能在暖烘烘的牛棚里干活儿，将会是个什么滋味。第二天清晨，他早早地起了床，穿上自己的好衣服就出发了。一层白色的雾霭笼罩着所有的低洼地。看起来，小镇像是浸泡在小湖里似的，房子和庄园高高地耸出水面。到霍勒农庄要走两小时的路程，当霍勒农庄低矮的房屋出现在翠绿的树丛中时，已是八点钟了。这个时候要去求见农庄主是太早了点儿。马里努斯在沟边坐了下来，想着他该说些什么。据说这个大农庄主是个脾气暴躁的人，千万不能因为说话不慎而惹恼了他。要谦恭小心，不提任何要求。不过大家也都知道，有些嘴上厉害的人却往往心肠很好。

时间终于差不多了，马里努斯壮着胆子走进了庄园。他走过庄园前面的大空场，来到正房门前，这时一条拴着链条的狗狂吠着向他扑来。哎呀，上帝保佑！他在这儿差点儿走错了门。他若是从主人走的正门进去，他就甭想得到工作了。他赶快转过身来，找到了旁门，一个姑娘正在那儿擦洗锅盘。

"我能见见你们的农庄主吗？"马里努斯问。姑娘瞅了他一眼。"能呀，"她说，"可我们没有把他藏在厨房里呀。""我想同他谈谈。"马里努斯解释说。"我想，我从正门进去有点儿太冒失了。我也不清楚，这个地方都有些什么规矩。"

姑娘打量了一下这个已是中年、老气横秋的汉子，看见他穿着一身肥大的、只有星期天才穿的衣服，谦恭地站在她的面前。她的脸色和气起来，问他要同农庄主谈什么事。

"是这么回事，你们的农庄主在报上登了一条广告，我是来找照管牲口这份差使的。"马里努斯说。"他大概还没有聘到人吧？"姑娘说还没有。马里努斯从她的谈话里了解到，这差使并不是急着要人。他还得先同农庄的管家谈谈，在庄园后面的甜菜地里能找到他。"太谢谢你了，你告诉了我应当怎么做。"马里努斯说。"要不，非捅出娄子来不可。我最后一次找活儿干已经是二十多年前的事了。"

在庄园后面的菜地里，他找到了管家，这是一个矮胖的年轻人，手里拿着一根榆树棍。马里努斯向他说明来意。"您可以马上去同农庄主谈谈。"管家说。"只有他才能做主，我们现在就去找他。"

　　管家走在前面，穿过大院，从正门走了进去。在宽大的前厅里他敲了敲门。"进来。"一个命令似的声音喊着。大农庄主坐在写字台旁边，面前放着一只鼓鼓囊囊的钱包。他体格健壮，脸上满面红光却冷漠无情，下巴和脖子连成一气，充血的眼睛向外鼓着。马里努斯早就听说，此人有嗜酒的名声。是呀，他有的是钱，谁也不会去查他的账。

　　"这人想来这儿照料牲口。"管家解释说。"您过去是干什么的？"农庄主问。"我有过自己的庄园。"马里努斯回答说。"可是年景太坏，我破产了，实在是维持不下去啊。""您都能干些什么呢？"农庄主问。"您的妻子会挤牛奶吗？"马里努斯回答说，他年轻时在大农庄里干过活儿，觉得自己能照料好牲口。"我是个兢兢业业的人，我老婆也是个挤奶能手，干这活儿没问题。"

　　"您有几个孩子？"农庄主问。"有六个。"马里努斯说。农庄主用手啪的一声拍着桌子，像是发现了一个狡诈的意图："六个孩子！我得用全脂牛奶养活他们！不成，您想骗人。"马里努斯变得愈发低声下气，连声解释他的孩子并不需要喝全脂牛奶。确实，他们长期以来，除了脱脂牛奶以外没喝过别的。他自己也决不会提出这样无理的要求。

　　"得了，谢谢，我懂得你们这一套。"大农庄主咆哮着。"你们开始的时候都像润滑油一样好使，可是用不了多久，你们就会要这要那。你们要盖鸭绒被，要铺绸床单，这才是你们想要的。可是经营农庄是为了赚钱，我不能用全脂牛奶来养活您的这些孩子。""哦，不是这么回事。"马里努斯惶恐地说。"我只要土豆和脱脂牛奶就行了，我决不会怨这怨那，我只想能在这儿先试试，干上几个月。"

"试试？"大农庄主跳了起来。"我可不想把我的农庄办成试验站，哪一个破了产的农民都能来这儿糊弄几个月，然后一走了事。不成，我不能随便让人来我这儿。我知道你们这些人。这里是农庄，不是幼儿园。你们干吗要生这么多孩子呢？你们从来就没想过谁来照顾这些孩子吗？到厨房去，弄杯咖啡喝喝吧。您不能在这儿照料牲口，再见！"

他转过身去，椅子在他笨重的身躯下似乎被压得承受不了。马里努斯沮丧地朝门口走去。"等一下，梅森！"大农庄主命令道。马里努斯蹑手蹑脚地走出房间，到了走廊里，他听见农庄主生气的责骂声。管家因为没有直截了当地回绝他而受到训斥。他出来时脸有点儿红。

"你怎么做也是错的。"他嘟囔着。"本来是他自己说的，他想聘个上岁数而又可靠的人。我又看不出您有这么多的孩子。""该有多少孩子就得有多少孩子。"马里努斯带着歉意说。管家把他领到厨房，吩咐送咖啡来。

还是那个刚才同他说话的姑娘给他倒了杯咖啡。"让你在这儿干吗？"她问。"不让。"马里努斯说。"我没得到这份差使。不过我还是要谢谢你，你待我很好，我看得出来，你是个乐于助人的人。""你会很快找到工作的。"姑娘深表同情地对他微微一笑。

马里努斯回到家，托拉只需看他的脸色，就知道他没得到这份差使。可是蒂努斯却跑进来迫不及待地问："爸爸，你在大农庄找到差使了吗？""没有。"马里努斯说。"这差使不是给我的。"他站了一会儿，看着他的最小的四个孩子：维拉、蒂努斯、索菲娅和劳瑞茨。他这一辈子心中第一次涌起这样的情感："是呀，尽管大农庄主不愿让他们喝全脂牛奶，可他们还是长大了。不管怎么讲，我们不欠他什么。

我们就这样过下去。"

　　当天下午，安德列斯来了。"马里努斯，你怎么样啊？"他问着。"日子还过得去吗？你能为自己和一家人挣到吃的吗？"哦，行啊，马里努斯没什么可抱怨的，到现在为止家里也还没有饿死人。"是啊，只要我们相信穿着锦衣绣袍的上帝，那我们总会找到出路的。"安德列斯虔诚地说，"不过，我们很为你难过，我很想伸手拉你一把。"马里努斯现在明白了，安德列斯的来访是有打算的。拐弯抹角说了一大堆废话以后，安德列斯才吐露，他打算请马里努斯到他那儿去干一段时间的农活儿。

　　"听说你在沼泽地里干活儿，可是这活计对你这样岁数的人来说太劳累了。"他说。"别人都以为，我只想着自己，可我也常常想到别人。我想请你在农活儿上帮我一把。我年纪大了，只有一个小短工帮着干活儿。""我到你那儿去干活儿跟到别人那儿去干活儿都是一样乐意的，"马里努斯说，"可是我得拿跟在别处干活儿同样多的工钱。"安德列斯奸猾的老脸抽搐了一下，像是快要哭出来似的。"喔，上帝拯救我们吧，我们现在过的是什么日子呀！"他抱怨地说。"大家除了一味地要求这要求那，从不想想别的。从来没人想到过自己的罪孽，唉，可怜的孩子。"

　　马里努斯很坚决，若要他给安德列斯干活儿，就得给工钱。"我靠干活儿挣饭吃。"马里努斯说。"这一点你我都知道得很清楚。"他们最后谈妥，从明天开始，马里努斯就替安德列斯干活儿。

十一

西利乌斯要去集市。尽管安德列斯可怜巴巴地抱怨个没完，他还是借走了他的马匹和车辆。西利乌斯先是卖掉了自己的牲口，然后又来借邻居的马车。安德列斯都快哭出来了，可他又不敢不借。西利乌斯这人倔得很，你要是不顺从他的要求，不知道他会干出些什么事来。谁都知道，他准会喝得醉醺醺，像个疯子似的赶车回家。

晚上，西利乌斯驾着车回来，他把马车赶得飞快。在游艺场里他同两个人打了一架，狠狠揍了他们一顿。飞奔的车轮边上迸出了火花，行人害怕被大车撞倒，不得不站到沟边上。西利乌斯手中拿着鞭子，站在车上对飞跑的马匹吆喝着。他赶着车冲进了庄园，马已经浑身汗如雨注。菲德丽克站在门口，她裹着一条灰披巾，像是隐蔽在黑夜兜里。

"屋里有人在等你。"她简短地说。"喔，是吗？"西利乌斯说着不由得打了个寒噤。这时候有人来找他准不是好事。莫不是抵押权人发现了他是怎样处置庄园的，兴许会把他抓起来。"你这样赶牲口跑可不好。"菲德丽克说。"把马套在车上不就是为了赶路嘛。"西利乌斯说。"你可从来没有赶着马车闯进庄园过。"菲德丽克说。"刚来这儿的时候，你连匹马都没有。"

菲德丽克进屋去了，西利乌斯解下了马车套具。干完了这些，他又站了一会儿，凝视着晴朗的天空。他真希望他还在城里，还在那里痛饮。他走进厨房，把头伸进一桶凉水里。他的眼中布满了血丝，身上一股酒味。现在要来报应了，但他并不为菲德丽克感到难过。他同她一起睡过觉，掌管了她祖传的家产，他若被抓，他同她的关系也就算完结了。可是对老吉普来说，举目无亲的日子就不好过了。

　　最后他还是进了屋，打量了一眼他的客人。这是个骨瘦如柴的人，一双小眼睛惴惴不安，脖子上围着一条长羊毛围巾。西利乌斯认识他，他是费奥厄城的房地产经纪人，名叫达伍高。这会儿西利乌斯还不知道，达伍高不是代表抵押权人来的。他对经纪人怒目而视，问道："哦，原来他们派你来了，要把我从自己的家里赶出去吗？"客人惊恐地看着他，用手护着自己。"不，不，你可别这么想。"他说。"我只是来问一声，你是不是愿意出售这块地方？"

　　老吉普半睡半醒地躺在床上，不时地在睡梦中辗转反侧，并叨叨着他的西利瓦西昆。噢，此人原来是来买土地的，他还以为能同我聊聊，再让我感谢他。可不管怎样，他不是当局或抵押权人派来的。西利乌斯又得意起来，危险过去了。"拿瓶酒来，菲德丽克，把咖啡也拿来。"他叫着。"这人是来做生意的，你怎么让他不吃不喝地干坐着呢。我还是能在自己家里款待客人的嘛。"

　　"哦，不行，不行，我身体不好，我的胃也受不了烈性酒。"经纪人哀求着，但西利乌斯毫不理会。他默默地盯着经纪人：难道他要在西利乌斯自己的家里惹西利乌斯生气吗？"你是不是太高贵了，不愿意同我这样的小人物喝一杯？"他问。

"不，不，"经纪人几乎要哭出来了，"我平时从来不喝烈性酒的，可我不想冒犯你。你实在要我喝，那我就少喝一点儿吧。"

菲德丽克把咖啡端了进来，西利乌斯往杯里斟上酒。他一点儿不怜悯他的客人，把酒杯斟得满满的，经纪人的脸色显得越发阴郁和尴尬起来。"我本不是农民，我是个到处流浪的粗汉。"西利乌斯说。"我想喝就喝，就是对国王我也是想说什么就说什么。对你我这么说吧，你要是来哄骗我离开这块地方，你还是赶快回家去的好。能在买卖上骗我的人还没生出来呢。"现在西利乌斯开始解释，这片庄园有多好，他在这儿能有多少收入。真是让人难以置信啊，任何东西都能在这块高坡地上生长，要西利乌斯卖掉这块地方，他还要好好考虑考虑，掂量掂量。他这一辈子就没见过这样好的庄园啊。此外，经纪人还得想想，这庄园本是这位主妇的祖传产业，而女人是很不愿意丢掉自己的家产的。

"去年这儿不是受了旱灾吗？"经纪人说。"也许你没注意到吧。""旱灾？"西利乌斯说。"你知道，农民除了抱怨就不会说别的。我除了时而感到嗓子干燥外，就不知道什么叫干旱。嗓子干了我是有办法的，干杯！""哦，那你没受什么损失。"经纪人和气地说。"这可能是因为海湾里有这么多水吧。喔，对了，你们这儿可是近水楼台呀。"西利乌斯冷冷地打量着他，看他是不是在嘲弄人。但是经纪人看起来是好心好意的，大可放心。他并没有想对西利乌斯的说法表示怀疑。

"是你自己要买这块地方吗？"西利乌斯问道。经纪人解释说，他是替别人来的。他自己年事已高，不敢再经营庄园了，要是西利乌斯肯出一个公道的价钱，他那儿有个买主。西利乌斯又愤怒起来。"公道的价钱？"他说。"这是我老婆的家产呀，怎么才能算是公道的价钱？我宁愿让房子都变成废墟，让牲口都饿死，也不愿意三钱不值两钱地把它卖掉。"经纪人点头对西利乌斯的话表示赞同，一个人是得想想自己的利益。买地的那个人也愿意出一个公平合理的好价钱。那个人多年侨居美国，现在想在高坡地上买块地方，以观赏海湾的美丽景色。只要价钱合理，要他出多少钱是不在话下的。

行呀，行呀，西利乌斯点着头，漫天要起价来。"啊，那不成，那不成。"经纪人嗫嚅着说，话音里带着哭音。西利乌斯又暴跳起来，要是让他贴钱卖庄园，那他压根儿就不想把它卖掉。"你对我太苛刻了。"经纪人哭丧着脸说。"我从来没有把谁从自己的家里赶出去过。上帝怜悯我们吧，你到底是什么人呀？""我到处流浪过，还把一个人打趴下过。"西利乌斯说。"我并不像你想象的那么简单。我们再喝一杯吧，看看还有没有合适的价格。"

老人在床上喘着粗气，菲德丽克悄悄溜进屋里，她身裹毛毯坐在屋角落里倾听着。他们正在做的交易是她继承的遗产，可就没人来问问她是什么想法。菲德丽克倒也并不在乎。她早已经结束了过去的生活，她让一个小伙子进了自己的房间，同他一起睡了觉。这一切同她梦寐以求的生活完全不是一码事。尽管如此，她还是很佩服西利乌斯。虽然他急于想把庄园脱手，免得因变卖家产而受惩罚，但是他还是在那里拍桌打凳、威胁恫吓说不愿卖掉自己的庄园。

"你有多少奶牛？"商人问道，匆匆地瞥了西利乌斯一眼。"奶牛！"西利乌斯说。"我连牛毛都没有一根。我告诉你吧，我主要种植粮食。我不愿意鼓捣那些牲畜，是农业顾问劝我这样做的。前不久我同他聊过，他说：'西利乌斯，我们不再养奶牛了，养它们总是亏本。我佩服你，西利乌斯，在这方面你走在前头了。'这是他的真心话。"

西利乌斯乐不可支地讲个没完，经纪人在一旁强装笑脸。西利乌斯突然紧皱双眉，又疾言厉色起来。西利乌斯曾是个流浪汉，了解人是怎么回事。尽管强迫拍卖庄园就在眼前，可是只要有人来买，那西利乌斯就可以要个价。他又往杯子里倒进了更多的酒，经纪人必须得喝下去。西利乌斯又讲述起他在这个庄园里曾付出了多少劳动，为了维持这份田产又曾做出了多少努力，菲德丽克裹着灰披巾，冷冷地怀着敌意坐在角落里注意听着。

"哦，西利瓦西昆，哦，西利瓦西昆。"老吉普在床上呻吟着。西利乌斯站起身来，找到了一把汤匙，给他喂酒。"你也得想想他。"他对经纪人说。"你当然用不着对这老人负什么责任。也许你会把他送到贫民救济院去吧？""西利瓦西昆。"老人吧嗒着嘴。"你可以自己听听。"西利乌斯说。"他很机灵，我们讲的每句话每个字他都能听懂。"经纪人现在改变了策略。他小心翼翼地打了几个哈欠，并漏出一句话来，说他回家还要走很长的路，他们是不是改日再谈。然后他就起身告辞。他在门口又站了一会儿，显得很难过，于是他们听到了他走出庄园的脚步声。

"西利乌斯，你发疯了，我们都要被赶出去吗？"菲德丽克说。"这事也要娘们儿来多嘴吗？"西利乌斯问。"我卖也好，不卖也好，都用不着问娘们儿。""是呀，就你厉害。"菲德丽克挖苦地说。"世上没有你干不了的事。""对你我能说什么呢？"西利乌斯恶狠狠地说。"连孩子都不会生的女人别人怎么会看得起？""跟你生孩子？"菲德丽克高声叫道。
"就是生出来我也得把他淹死。感谢救世主，他免除了我生
儿育女的事。"他们怒气冲冲地对峙着，看起来西利乌斯要
动手打人了，但他突然转过身来跑出门去。他追上了经纪
人，一把抓住了他的肩膀，几乎把他掀翻在地。经纪人惊
恐地喊叫起来，西利乌斯抓住他的胳膊，又把他拖回到庄
园里来。

　　"你在干些什么？"他们又回到屋里以后，西利乌斯说。
"人家还以为你从来没有做过大生意呢。你就不能再出个
价？""我坚持我出过的价。"经纪人不高兴地说。"庄园算
你的了，把丑老婆子也带去吧。没有她，老吉普和我也照
样能对付。"经纪人坐下来要笔墨纸张。菲德丽克把东西找
了来，契约写完了。西利乌斯卖掉了自己的地产。经纪人走
了，西利乌斯独自拿着酒瓶喝着。马上就会流言四起的，说
他是个怎样的人，说他变卖了地产，把厩里的奶牛和田里
的庄稼卖了个精光，而他却顺顺当当地太平无事。说他卖
掉了庄园，钱落进了腰包。西利乌斯是从来不吃亏的。他
曾把一个人打趴下过，还跟南边的一个姑娘生过一个孩子。

　　安德列斯也去了集市，他在那儿卖了一匹小马驹，得
了一笔好价钱，然后他头脑清醒、平平安安地回到了家。
安德列斯可不是那种花天酒地的人。他既温柔敦厚，又谦
和谨慎。安德列斯就是这样的人。每当西利乌斯向他借马，
安德列斯从没说个不字，他自己完全可以安步当车。他不
愿意拿自己的性命去冒险，去同那个疯子共乘一辆马车。
安德列斯六点钟左右回到了家，他轻手轻脚步入屋里。他
走进屋子的样子就像狐狸悄悄接近鸡舍一样。

　　前厅里挂着一件漂亮的灰大衣和一顶帽子，安德列斯

明白，一定是城里来了贵客。也可能是哪个地质学家又来了，要不然就是哪个代理商来让他买农业机器或者风力发电机什么的。他走进屋里，惊讶地站住了。来客不是别人，而是费奥厄城的律师斯寇特，他是来偷偷找玛格达的吧。原来她趁丈夫去集市的机会，在这儿同律师偷偷约会哪，他们一定是在这儿算计，她怎么才能拿回她向往已久的那笔钱。

斯寇特律师是个四十开外的人，皮肤粗糙，龇着大牙，即使那一把厚密的大胡子也遮盖不住那几只牙。他还有点儿斜肩，走路时活像螃蟹爬。他站起身，横着步朝安德列斯迎来，热情地伸出一只手问候。"晚上好，安德列斯·约翰森。"他说。"我在这里恭候您都快一个钟头了。集市怎么样，卖了好价钱啦？""哎，哪有什么好价钱？"安德列斯满腹狐疑地说。"价钱太低了。""你们这些农民啊，整天就是抱怨。"律师说着，在他身边蹒跚地走着。"你们并不知道自己的东西该要多少钱。譬如说，现在您对您的庄园要多少钱？"

安德列斯听了这话，脸上虽然不动声色，可他现在才知道了客人的来意。律师是来谈买卖的，而且此事来得突然，所以他要谨慎小心。"我不愿意把什么都卖掉。"他说。"这是一个好庄园，一个人只要在这块地里付出了劳动，他同这块地就分不开了。我不想把我的家业卖掉。"安德列斯记起有次他听到的一个报告，说农民在精神上同土地有密切的联系。"我卖掉了庄园往后住到哪儿去呢？"他接着说。"就是狐狸也得有个洞，鸟儿也得有个巢呀。"

"听着，我告诉您一件事。"律师一说话，嘴上的胡子就往上翻。"我有一个想买您田产的买主，所以我立刻上您这儿来了。这个主顾想买，也出得起钱，他住在京城里，打算在高坡地上置办一处能俯瞰大海和陆地的游玩消遣的庄园。眼下我还不能说出他的名字，但我可以以他的名义签订契约。""那他可以去找别的风景胜地嘛。"安德列斯说。"我认为想把我从自己家里赶出去，这也太过分了。"安德列斯注视着律师，像是来人伤了他的自尊心，与此同时却在盘算着，他该要多少钱。"这确实是个再好没有的庄园了。"安德列斯说。看上去他确实是个老实巴交的人。"我在这儿付出了劳动和心血呀。为了挣饭吃，我一年到头含辛茹苦。""您在这片薄地上收不了多少粮食。"律师说。"房子也都要倒塌了。您出个价钱吧，安德列斯，我们谈谈看。"安德列斯出了个价，自己对要价太高都感到有些不好意思。他要的价比这块地方的实际价值至少要多出五千克朗。律师点点头，立即取出了纸和笔。"我们马上就写契约吧，生意成交了，我买下了。"

安德列斯脸色一下变黄了。上帝啊，他对房产的要价是不是太低了？"这里头不包括庄稼和牲口。"他沙哑着嗓子说。"那些老马和瘦牛仍旧归您。"律师说。"在这儿签字吧，契约一旦生效，就付钱给您。您做了一笔好生意。"安德列斯颤抖着手签了字。他觉得自己很不幸，几乎是上当受骗了。钱这东西，你若要得到它，就得机智灵活。为了钱，安德列斯一生中干过许多卑鄙的小勾当。现在他有了一大笔钱，他在这场公正的交易中，正大光明地得到了成千上万的克朗。但是这些钱却像是失去了光泽似的。它们来得太容易了。

"玛格达，"他怨气十足地喊着，"你把柜子里的葡萄酒拿来，再拿两只酒杯。我把庄园给卖了。"这话听着就像是发生了什么不幸似的。"哎呀，玛格达，我们得离开这个家了。"他一面说着,一面向两只小得可怜的杯子里斟酒。

律师斯寇特来到克里斯登·博森家里时,他们一家正在吃晚饭。克里斯登干活儿干得挺晚,孩子们也都得做些力所能及的事。克里斯登·博森双手握在一起在做祷告。直到祷告完了,他才抬起眼皮,朝律师点了点头。"我好像不认识您。"他说。"请吧,请进屋来。""对不起,我在这个时候还打扰您。"律师说着,通报了自己的姓名。"我可以同您谈谈吗,博森。"克里斯登把他引进正房,屋里有点儿陈腐的泥土味,不过收拾得干净整洁。斯寇特律师瞟了一眼挂在墙上的《圣经》语录,主人原来是个教徒。他脸上的表情不知不觉地变得庄重起来,讲话的声音也显得真挚和严肃了。他解释说,他的委托人非常想买这块地方,价钱还没有定下来。"我经营这个庄园历经了千辛万苦,这不是什么秘密。"克里斯登说。"当年我买下这块土地时,我身上没有多少钱,也许我最好还是待在我原来待的地方。""现在您鸿运高照了。"律师说。"您可以说是交上好运了。""我可不相信有什么走运和不走运的说法。"这个农民说。"万事的背后都有上帝的天意。如果您要买这块地,并出个合适的价钱,我知道我该感谢谁的。"律师报了他想出的价钱,如果这笔交易马上就能成交的话。"天哪,我真不敢相信。"克里斯登说着,连连摇头。

斯寇特竭力劝他接受这个价钱,可是在克里斯登看来,用这样高得不合理的价钱卖掉庄园是不大应该的。这人愿意出这么多钱,他一定是疯了,他连利息也付不起呀。"这事您就不必往心里去了。"律师说。"可是让他花这么多钱,我的良心上说不过去呀。"博森说。"这样会加重一个人的罪孽的。"律师摇摇头,"他有的是钱。"他说。"要是这个价钱让您的良心为难，他也愿意少出点儿钱。这事好办。""哦，"克里斯登说，"我不是这个意思。如果那个人有的是钱，这个价钱也是说得过去的。"克里斯登有点儿心慌意乱。人的一举一动需要诚实善良，但一个人只要知道自己在干些什么，那也不妨碍他做一笔好交易。"这么说您愿意出卖地产啰。"斯寇特说着，把一张写好的契约拿了出来。"这上面都有了，庄稼和牲畜仍旧归您所有。我的代理人对这些东西不感兴趣。"

能为穷人做点儿好事，律师感到洋洋自得，他的脸上显出温良的善意。他在这里坐着，像是一个小上帝，他把幸福撒向四方，而这用不着他花费一个欧耳。这些庄园里的几头奶牛、几桶种子又算得了什么。他穿上大衣，戴好帽子，徒步回到阿尔斯莱弗镇。他在酒店里的一间漂亮的小屋里坐下，要了一杯朗姆酒。到现在为止，一切都算顺利。他用合算的价钱买下了高坡地上的两处庄园。要是庄园主们知道这些地方将要派作什么用场的话，那要价准会上涨一倍。

最后达伍高也来了。他瘫坐在椅子上气喘吁吁。"啊，上帝呀，那真是一个可怕的人。"他说。"他几乎要了我的命。""契约订了吗？"律师问。"多少钱？"经纪人报了价，斯寇特满意地点了点头。"他用酒灌我，差点儿要动武。"经纪人诉说着。"您不应该让我去对付这样的人，律师。我简直受不了了。""要是我自己去，事情还要糟糕十倍。"律师说。"这个醉鬼强盗压根儿不会出卖庄园的，我们还得办抵押证书那些麻烦的事，并让他强迫拍卖他的庄园。上帝知道，我们将要被迫付出多大的代价。您已经尽到您的责任了，达伍高，我们总算把这些可恶的农民蒙骗过去了。我明天就发电报。"

❧ 十二 ❧

克里斯登·博森的妻子伊达简直不能相信，庄园就这样被卖掉了。早晨醒来以后，她弄不清楚，这庄园真的给卖掉了呢，还是她在做梦，克里斯登只好把签有律师名字的契约拿给她看。"这会儿要是他说的话不算数呢？"伊达问。"不会的，就是他想反悔，也不成了。""那我认为如今仍有奇迹这一说。"伊达说。克里斯登很不以为然地看看她。她竟然怀疑起上帝至高无上的权力，这可不好。"我们又不是不知道，上帝可以使任何事情发生。"他说。"是呀，这我知道，"伊达略带气恼地说，"我当然相信我们在《圣经》上读到过的那些奇迹，只是不相信奇迹居然会发生在我们这种人身上。"

现在他们的境况一下子变得这么好，这对伊达来说实在来得太突然了。他们不仅拿到了买这处庄园时所花去的钱，而且还差不多多了两千克朗。他们成了有钱的阔人啦，可以去买一所更好的住处了。是呀，不仅如此，他们还能买得起家具了，买那些考究的丝绒家具。这一直是伊达梦寐以求的。她正在盘算着这样一套家具要花多少钱的时候，克里斯登的脸色却变得越来越阴沉抑郁。"你可不要失去了分寸，伊达。"他说。"那我们住的地方就不要家具啦。"伊达气呼呼地回答说，并数落着谁家的正房里摆的是丝绒家

122

具。他们中间好些人的家境还不如他们呢。

"我现在另有想法。"克里斯登踌躇不决地说。"我们庄园的前主人马里努斯日子过得很艰难，他的孩子又那么多。过去有过自己田产的人，去替别人干活儿是很不容易的。我看，我们能不能从卖庄园得的一份钱里分一半给他。""你疯啦？"伊达问道，用惊愕的目光瞪着他。"我们还没富到能把大把钞票送人的地步。""我是这样想的，他本该像我一样走运。"克里斯登心平气和地说。"要是他再在庄园里维持上半年，那得到这么大笔收入的就该是他了。他真是个能吃苦耐劳的人啊。"

平日里伊达是个温柔善良的妻子，但当她发脾气时，她也会火冒三丈的。她在向丈夫解释他的想法有多傻时，气得浑身哆嗦。"有谁想到我们来着？"她说。"什么时候有人跑来给你送钱来了？我从来没见过这种事情。没有，人都是这样，能捞到什么就捞什么，没有不要钱的东西。只有你才这么傻。""《圣经》上讲，我们都是兄弟呀。"克里斯登显得犹豫不定。"要是一个人心中有了耶稣，那他就应当是那些心地不洁的人的榜样。""得了，你少跟我来这一套！"伊达吼道。"我只问你，谁为我们做过什么事了？你在什么时候得到过多于你所要求的东西啦？"

克里斯登竭力使自己平静下来，他对她解释，《圣经》上的话是什么意思。不要为自己图谋什么，这话是毋庸置疑的。《圣经》里还说，你们就同盐一样，一旦盐失去了咸味，盐还有什么用呢？凡是识字的人都会看到，《圣经》里清楚地写着：四海之内皆兄弟也。克里斯登还在喋喋不休地讲着他的那些道理，而伊达却气得快喘不上气来了。她说："我看你简直是在亵渎神明。"

"你说什么？"克里斯登惊讶地问，"你把帮助别人叫作亵渎神明？""我就这么说，只要我还活着，你就别想说动我。"伊达不留情面地说。"我敢说，所有上帝的信徒都会赞同我的。"伊达一个劲儿地解释应当怎样看待这件事。这是一个奇迹，这是他俩一致的看法。但若上帝有意要帮助马里努斯的话，上帝就会在他还占有这份田产的时候让奇迹出现。而现在，在克里斯登成了这儿的主人之后，奇迹才出现，要是把钱都送掉，这不是在违抗天意吗？"你怎么说都行，但我不想为这事受你的连累。"伊达说完了，并挑战似的瞧着他。

"你以为你要的那些丝绒家具也是上帝的意志吗？"克里斯登问道，但是伊达并未就此罢休。"我不去假装知道上帝的意志。"她说。"我只知道，要是上帝想把钱给马里努斯，这笔买卖在他那时就已经做成了。并不是我在怀疑上帝能不能做到他要做的事。"克里斯登无言以对。他知道，伊达的话是有道理的。上帝若想赐予马里努斯金钱，那他总有办法的。

"我不否认你说的有一定道理。"克里斯登说。"但我要是送给马里努斯百把克朗，你也觉得这是完全不应该的吗？对一个身无分文的人来说，这是一大笔钱了，而这点儿钱不会改变一个人的命运。""你实在要送，就送给他吧。"伊达回答说。"不过我说了，我要买点儿好家具。只要我们能过上好日子，就应当把家里布置得漂漂亮亮的。""行啊，行啊。"克里斯登说。"可是钱我们还没拿到手哪。在钱到手之前，我还不能相信它。"

上午，西利乌斯驾着马车去安德列斯家。他很乐于把他做成的交易吹嘘一番。但安德列斯不在家，他只好自己把马送进马厩里。他朝厨房里瞧了瞧，里面也没人，于是他就信步走到镇上去找人。安德列斯正在杂货店里买东西。西利乌斯走近柜台说："我请你把我赊的账算清了，斯基夫特，我把庄园卖了。""你把庄园卖了？"店主惊讶地问。"昨天晚上我签了契约。"西利乌斯说完，便不再说话了。

他对这种情景很是得意。这里的人都瞧不起他，因为他是从外乡来的流浪汉，不属于他们本地人这一伙。他们看不起他，他也看不起他们。他们指望他失去这所庄园，并希望看到他因变卖家产而受到惩罚，他们也都替菲德丽克感到惋惜，因为她同他这样的人结了婚。可现在他要翻身了。他根本不把什么抵押权人、什么法律放在眼里，他不仅顺顺当当地太平无事，而且让钞票也进了腰包。

"我已经把庄园卖了。"他说。"我把它卖给了达伍高，就是那个房地产经纪人。他是替别人做买卖的，我让他吃了点儿苦头。这家伙可真不容易对付，不过我还是让他上了钩。我要的数目他一个子儿也没少给。"西利乌斯讲他卖了庄园得了多少钱。"你总抱怨欠你的账，现在我只要把钱拿到手，就分文不少地还你的债。你们想看我的笑话，可我对付过来了。对于女人和金钱，我总有办法对付的。"

西利乌斯这时有点儿趾高气扬，神气活现。事情再次证明了，他是不受命运摆布的人。他精力充沛、十分自信地站在柜台前面。安德列斯目不转睛地盯着他，脸色苍白，双手颤抖。"上帝可怜我们吧。"他说。"要是你也把庄园给卖了，那我们两人都上当了。我是有过怀疑的，但都怪我总把别人看得太好了。西利乌斯老兄，我们算是倒了大霉了。"

安德列斯叙述着，昨天晚上，律师怎样偷偷地溜到他那里，提出要买庄园。安德列斯只是说价钱还是合理的，而不提数目多少。他那时无法拒绝。据安德列斯了解，肯定是个美国人要买他的庄园，可是一个美国人买两处庄园作什么用呢？小店里的人越来越多，其中一个知情人说，昨天克里斯登·博森也把自己的庄园卖掉了。安德列斯缄口不语，嘴唇紧闭。现在真相大白，他们中了好计了。

杂货店里的人们议论纷纷，这些庄园将要派什么用场。在离海湾不远的地方已经有一家石灰厂，但那家工厂经营得不怎么好。要是有人再想建一家石灰厂，那实在是不可思议的事。于是有人说："现在我们才明白，这些地质学家到高坡地上干什么来了。他们要调查土里都有些什么，他们还是比你们聪明呀。要是你们等一等再卖，你们可以多要点儿价钱。""喔，天哪！"安德列斯唉声叹气地说。"不过他们这样做是不合法的。国家也应该有法律保护我们这些平民百姓。"

西利乌斯尾随着安德列斯离开了小店。他们路过酒店时，安德列斯说："我请你喝一杯。"西利乌斯斜睨了他一眼。过去从来没听说过安德列斯会请别人客的，他下酒馆已是好多年前的事了。"我请你喝一杯。"安德列斯又说了一遍。"我是个有节制的人，不过这笔生意同我们两人都有关系，应当喝点儿什么。"西利乌斯对这种千载难逢的邀请是不会拒绝的。他们在酒吧餐厅里坐下，要了两杯酒。"国家应该有法律的，西利乌斯老兄。"安德列斯说。"我们应当把这笔买卖退掉。""那又怎么样呢？"西利乌斯问。"要是我们把这笔交易退了，那庄园仍旧归我们所有，没有买主的份，一个人不能这样招摇撞骗。"安德列斯郁郁不乐地说，"他们在我们的地里东挖西掘，从中赚钱。我们可以上告，判他们的刑。不过律师就是贼，是狐狸，不该把他放进屋里，可我还请他喝了葡萄酒呢。"

他们又喝了好几杯，安德列斯付了账，并没有要回家去的意思。两人都有点儿醉意。"我来这儿时几乎一无所有。"西利乌斯说。"我可不是那么容易完蛋的，我年轻的时候到处流浪过。我喝起酒来就像马饮水一样。可你不行，安德列斯，我看你的眼睛就知道，你快醉了。"

酒吧餐厅里还坐着一个矮小肥胖的商人。他是来买小猪崽的，西利乌斯和安德列斯很快就同他搭讪起来。"我们让人给骗了，"安德列斯说，"所以我们才来酒店。我平常是不喝酒的，可今天我要喝它一瓶。""你有猪崽要卖吗？"猪贩子问。"我再也不卖什么东西了。"安德列斯说。"你把我的女用人买了吧。""把我的老婆也一块给捎上。"西利乌斯添了一句。

他们吃着，喝着啤酒和白酒。他们喝得满脸通红，沙哑着嗓子大声喧闹。镇里面已经传开，安德列斯已经卖掉了自己的庄园，正在酒店里喝酒。这可是件大事。过去谁也没有见他喝醉过。酒店里又来了好多人，一会儿在餐厅中央的圆桌周围坐了好些人。"我相信，所有的律师将来都得进地狱。"安德列斯说。"你这话说错了。"猪贩子说。"谁也不会进地狱的。我告诉你吧，灵魂总是在四处游荡的。"

猪贩子讲起他读过的那些书，餐桌旁鸦雀无声。他是从北边的一个城市来的，他信仰的是见神教。属于这种教派的人认为，灵魂在不断地从一个生命向另一个生命游荡，一会儿在动物身上，一会儿又在人身上。"你讲的这些真够新鲜的。"安德列斯说。"不过我倒相信那个律师过去是只狐狸，来世他准是个贼。""你可不能拿这个开玩笑。"猪贩子说。他的一对小眼睛显得一本正经。"当你在想这些事时，你得自己好好想想，你的前一世是什么来着。""你的前世是什么呢？"西利乌斯问。"我是头大母猪。"猪贩子说。"我还能认得北边那个庄园。我就在那里面的猪圈住过。你们别笑，老兄，我说的是千真万确的。你们仔细看看我，就能看出我像一头猪。我呼噜起来比谁都像猪。"

大家都注视着他，确实如此，猪贩子的确像头猪。他呼噜着，听起来同大母猪毫无两样，好像它正在猪圈里躺着，乳头旁边围着一群小猪崽。"我今世投的胎比前世高了一级，他们是这么说的。"他说。"我现在成了一个人，可我身上还有许多母猪的东西。我们人不应当小看动物，我们中的大多数人就是从它们那里投胎而来的。而且我们还会再投胎变成动物的。并不是所有的灵魂都能升迁的。""依我看，我们还是相信自幼学到的东西吧。"安德列斯说。"让我们再喝上几杯吧。我被律师骗了，我现在要的就是喝酒。"

安德列斯大吵大嚷，唠唠叨叨地讲他卖掉庄园的事。他的周围坐着一圈人，他们都认为他讲得有道理。大家都知道了，律师是只狐狸，他们干不出什么好事来。"既然他们骗去了我的庄园，那我不如把它全喝了。"安德列斯说。"弟兄们，我请客，你们要喝多少就喝多少。我们在签契约时，我居然还请他了喝了葡萄酒哩。"安德列斯掏出钱包，把一张钞票使劲儿往桌上一摔。"我可以看看你的钱包吗？"西利乌斯问道，一面伸过手去就要拿。"你看它干什么？"安德列斯问道，并紧攥着钱包不放。"我只想看看钱包是什么样。"西利乌斯说。"没有几个人见过你的钱包。你这时候倒不怕把它拿出来了。"大家哄然大笑。

一直到了晚上，安德列斯才回家。一眼就可以看出，他喝得太多了。"你到哪儿去了？"玛格达问。"我在这儿等了你整整一天。我看得出来,你灌了一肚子酒。""我请客了,几乎把全教区的人都请了。"安德列斯说。"我受骗了,事情既然到了这种地步,还不如多喝点儿酒。我花了不少钱,玛格达,不要收集那些会被虫蛀、会发霉的金钱财宝啦⋯⋯"

玛格达不想听那些《圣经》语录,不愿听他抱怨别人诡计多端。她满腔怒火。既然他能下酒馆,把钱挥霍掉,那他自然也能付给她工钱。好几个小时里她担惊受怕,担心他会出了什么事,而他却连想也没想到她。男人只有对女用人才是这样,要是对明媒正娶的妻子就不敢了。"既然能下酒馆,拿钱去花天酒地,那我的工钱也该给我了。"她冷冷地说。"唉,玛格达。"安德列斯说着,想用胳膊搂住她的腰。"够了,别左一个玛格达,右一个玛格达。"玛格达气冲冲地说。"我要我的工钱。你自然还记得我的要求,你当初把我搞到手时是怎么答应我的。你说,你要同我结婚。你既然不守信用,那你就付钱吧。"

"威胁人是犯法的。"安德列斯沉着脸说。"《圣经》上说过,女人应当是男人的帮手,你还是想想吧,玛格达,你像个帮手吗?"这会儿玛格达真的火了。她双手叉腰对安德列斯说:"我做了我该做的事。可你呢?"她接着说:"这么大一个庄园,至少得有几个男女帮工,可你就一个人干,就好像你雇不起人似的。你别跟我讲什么合法不合法,昨天在你回来之前我同律师说过了,他是赞同我的,说我应当拿回我的工钱,你放明白点儿,我可要去法院告你。"

玛格达气冲冲地奔进厨房,砰的一声把门关上了,安德列斯愣愣地站着。他想狠狠地揍玛格达一顿,让她知道知道厉害,但是她会因此而去找律师,而他将会因为打人而受到惩罚。他悄悄地溜进厨房,玛格达正往炉子里添火。

"这么说，你跟律师谈过了？"他说。"我谈了。"玛格达说。"你也告诉他，我们在一块儿睡觉了吗？"安德列斯问。"没有，这关他什么事？"玛格达说。"是呀，我想你也不会告诉他的，玛格达。"安德列斯假惺惺地说。"因为一个女人向跟他睡过觉的男人要钱，这是不合法的。""呸！你以为你还能唬我吗？"玛格达说。"你得想想你的灵魂，玛格达。"安德列斯规劝地说。"《圣经》上说，对人要和善，而你却像一条充满毒汁的毒蛇。你应当平心静气，世上有不公平就让它去有吧。""你对那些扫把去布道吧，我可要去打水了。"玛格达说着，拿起了水桶。

安德列斯怒气再起，他跟在玛格达身后，想对她说上几句尖刻的话。她对着井口弯下身去要提水桶，这时他正站在她的身后，突然起了一个铤而走险的念头。要是她现在掉到井里去呢！他的额头上渗出了汗珠，喘着粗气。他那双瘦削而有力的双手抓住了她的肩膀。玛格达丢掉了水桶，水桶咕咚一声掉在石头地上。不一会儿，他已经把她推到了井边，她高声喊着挣扎着。"救命啊！"她尖着嗓门儿呼叫着。"他要谋杀我，救命啊！"

马里努斯赶紧跑了过来。他正在庄园外的甜菜地里干活儿。"出什么事啦？"他喊道。安德列斯赶紧放开了玛格达，向着井底的深处凝视着。玛格达气喘吁吁，在离他几步远的地方站着。他们谁也没答话。"我好像听见玛格达在叫救命。"马里努斯说。"你们这儿没出什么事吧？你没动她吧，安德列斯？""我有点儿不舒服。"安德列斯说。"我喝得太多了，有点儿晕乎。"他站在那里，脸色苍白，毫无表情，摇摇晃晃的好像就要摔倒。然后，他就转身回屋里去了。

"怎么啦？"马里努斯问。"你的脸白得像纸一样。他是不是想害你？""没有，没有。"玛格达赶紧说。"他只是喝醉了，想打人。他还在想那个律师的事。你去干你的活儿吧，马里努斯。我们都知道，醉酒的人是怎么回事。他打了我，我只是给吓坏了，安德列斯平时还是挺好的。他不是那种动不动就动手打人的人。"

马里努斯摇了摇头，又回到菜地里去了。他想，夫妻打架，还是少管为佳，不然的话，会自讨苦吃的。玛格达和安德列斯也算一种夫妻。这经验马里努斯是从别人而不是从自己家里得来的，他和托拉之间一直是称心如意，互敬互让。

玛格达回到卧室，安德列斯和衣躺在床上。她在离床稍远的地方站着，眼睛盯着他。"我要是想整你，我就让马里努斯去报告区长把你关起来。我真没想到，你竟然要害我。""我病了，你又惹我生气，玛格达。"安德列斯呜咽道。"我实在得求你原谅。"

玛格达没有理他，也没有同他言归于好的意思。安德列斯拐弯抹角地讲了许多好话、引了许多《圣经》里的句子，并声称要是只得如此、别无他法的话，那只有到牧师那里登记结婚了。"你说话得算数。"玛格达生硬地说。"你的那些遁词借口和胡扯八道我已经听够了。我们要么结婚，要么你就还我的工钱。""你可以像相信上帝那样相信我。"安德列斯哭着说。玛格达知道，这次安德列斯是当真了。现在她是自己家里的主妇了。

十三

　　教区里到处流传着，高坡地上的庄园被以不合理的价钱卖出去了。如此购买庄园的人一定是个傻瓜，要不就是还有什么特别的打算，这样推断确实合情合理。不过有些人还是认为，律师讲的是真话。他说，一个外国人想住在能够看到大海和陆地景色的高坡地上。这一定是个美国人，他的口袋里装满了钱，不知道该把钱花到什么地方去。

　　马里努斯就是这样认为的。"现在我在想，这一定是个美国人。"他说。"你怎么知道？"拉斯·谢伦格莱问。"就是一个美国人要住在那儿，也用不了这许多地呀。""嘿，那些人可神气了，"马里努斯说，"他们的钱堆在一起，比他们人还高，我们知道这些人，他们在美国住惯了宽敞的地方，地方大了才能活动得开。"

　　马里努斯的看法是不容争辩的。他回家见到托拉，还是坚持他的看法。"你们看吧，我的话没错。"他说。"不过我只是对你讲讲，我不知道这是不是在美国的劳瑞茨买下了这些地。我一直在期待着，他会腰缠万贯地返回丹麦。""哎呀，马里努斯，这都是些胡思乱想。"托拉说。"我只是对你才这么说说。"马里努斯说。"这很像是劳瑞茨买下了所有的高坡地。他一定是听说了，我卖掉了庄园，他想让别人看看这是怎么回事。""你爱怎么想都行，马里努斯，但千万不要对别人讲。"托拉说。"你的这些话，弄不好会闹出大笑话来的。"

但是，几天以后，工程师又来了，还带来了四个人，他们手中拿着标杆和地图。白天他们在高坡地上测量地形，到了晚上就住在酒店里。许多人跟着看热闹，可谁也不好意思上前去问问他们在干什么。他们怕工程师们会天花乱坠地瞎说一通，并声称他们是科学家和地质学家。工程师们在酒店的餐厅里吃饭，饭罢就坐在酒吧间里喝甜威士忌酒。没有人走近他们，只有布雷根特维例外，他刚赶着鱼车回来。他径直走进酒吧间，就像那儿并没有发生什么事似的，然后高声对陌生人道了个晚安，他们也客气地回答了他。布雷根特维在角落里坐下，喝着啤酒，听着这些陌生人的交谈。他听懂了，他们谈的是件大事。原来他们要在这儿盖工厂，要在这儿生产水泥。

当他们在谈论海底的结构情况，在什么地方挖土，最好在什么地方盖厂房和码头的时候，布雷根特维一直仔细听着。他们面前放着地图，低声交谈着。看得出来他们都是些年轻人，他们不能做主，但知道很多情况。

"哎呀，你们正在干的都是些大事情啊。"他突然说，并老相识似的向他们点了点头。"喔，是的。"一个工程师说。"我们早知道了。"布雷根特维说。"我是跑买卖做生意的，什么地方都去闯荡。你们觉得，在这儿盖工厂能行吗？"行呀，工程师们这样认为，但是他们不是来建厂的，而是为了设计先来测量的。"当然。"布雷根特维说。"是得先设计才行。这样也能给人带来工作，你们想从本地招募工人吗？"工程师们回答不了这个问题。当布雷根特维想请他们每人喝一杯时，他们有礼貌地婉拒了。他们正忙于自己的工作。

布雷根特维付了酒钱又赶车上路。在拉斯·谢伦格莱的家门口，一群短工正聚在一起聊天。"对他们要在这儿干什么，我已经问出个所以然来了。"布雷根特维说。他们要从高坡地里挖出水泥来，要在这儿盖一座水泥厂。"我还一直以为，水泥是从外国买来的呢。"马里努斯说。布雷根特维解释说，丹麦的地里也有水泥，他还知道，别的地方也盖起了生产水泥的大工厂。大家都在听着。是这么回事。几百年来，高坡地一直是作为贫瘠的农田存在着，种出的东西还填不饱人们的肚子。现在这些人来了，高坡地里出了水泥。大家都知道，水泥是值钱的东西，你只要买它一袋就知道了。

"这样也许能有活儿干了。"拉斯·谢伦格莱低声说。"他们总得要人去把水泥挖出来吧。"谁也说不出什么。大家都感觉到，这里正在发生着重大而富有意义的事件。但是水泥究竟是怎样生产出来的，谁也不晓得。也许就是直接从地里挖出来，再装到袋子里。或许还得烧制一下，在能使用之前还得掺和些别的东西。既然要盖工厂，那就会有工作。人们有工作可做了，而工作就是面包。

"真不知道那些活儿我们会不会干。"索特·安诺斯说，别人无法回答。世界上有许多工作，他们不知道该怎样做。他们是短工，习惯于在庄园和地里卖力气。这些活儿他们知道该怎么干。至于工厂里的活儿呢，也许还得有点儿专门训练才行。"他们那些人挣的工钱可不少。"老保尔·伯格说。"他们都有一技之长。我们也知道，要是我们什么都不懂，那就什么也得不到。"其他人默默地表示同意。对他们来讲，前程并不远大。

"不过，他们要是盖工厂，那就得挖地基。"拉斯·谢

134

伦格莱说。"很可能上冻之前的秋天里还能有活儿干。"其他人都点头称是。看来挖土的活儿肯定会有的。"乡亲们，我可不知道。"彦斯·赫斯特说。"要真是那样的话，那些庄园主们就得自己干活儿了？"大家都咯咯笑了。要是他们能够不依赖那些大农庄主，每次有农活儿时不用低声下气地去乞求，这该有多好啊。

这是一个平静的夏日黄昏，整个镇子里洋溢着熟透了的干草的甜味。这几天大家都在忙着收垛干草，草料房和仓库里都堆满了。他们又去干场院里的活儿。他们已经把最苦最累的活儿干完了，他们围坐在桌子的一头。一群小伙子飞快地骑着车去海湾游泳。几个年轻姑娘胳膊互相挽着走向海边。"瞧啊，"保尔·伯格说，"他们又是飞又是跑的。他们现在还不懂事，不过他们会知道的。"其他人微笑着，他们都回忆起，在他们年轻时在干草收获季节度过的幸福时光。"是呀，他们会知道的。"保尔·伯格重复着，塞了点儿鼻烟。"他们以为，在草堆里只是接个吻，玩一玩……不过他们一定会知道的。"

他们看着那些年轻人，想着没有多少年前，在干草收获的季节里，他们也曾是那样傻乎乎的。想当年他们也是热血沸腾，血气方刚。但现在那种时光已经过去了。现在，他们经过常年的劳累，背已经有点儿驼了，但四肢却很强健，肌肉就像结实的硬树疙瘩一样，他们懂得了生活就是为面包而斗争。

博尔－艾立克骑车回家来了，别人把听到的消息告诉了他。"喔，"他说，"这么说我们有些人能有工作了。""是啊，可这对你是无所谓的吧？"拉斯·谢伦格莱问。"你都快成了大农庄主了。不过对我们这些小老百姓来说，这是个好消息。"艾立克没有答话，他走进自己的家。他急于告诉英昂，他工作进展得怎么样了。他已经在半英亩的地里种上了土豆，要是他没有什么别的要紧的活儿，他能很快把全部土地翻一遍。

"他真是个傻瓜，"拉斯·谢伦格莱说，"他以为，他能自己干出一份田产来。他倒是能把沼泽地全都开垦出来，可是等到他要盖房子时，你瞧吧。那时他就得为借押款、付利息而奔走忙碌，于是他就又希望当个短工了。""有了孩子还得花费。"马里努斯说。"只要是我们只能为自己混饭糊口，那景况就好不起来。""这是句真话。"拉斯·谢伦格莱说。"要是女人们都会下猪崽，那我们的日子就会好过一些。"

下午，玛格达到镇上串门来了。她带来了新闻。安德列斯已经去过牧师那里。他是去登记结婚的，玛格达就要成为自己家里的主妇了。"那你那些钱怎么样呢？"托拉问。"那些钱你就不要了？""我们既然结了婚，我就不好再向他要钱了。"玛格达说。"一切都是我们两人共同所有的了。""要是我，我宁愿要那笔钱。"托拉说。"有这笔钱存在储蓄所里，你一定可以找个更好的丈夫。""咳，安德列斯也不赖嘛。"玛格达说。"你只要能把他攥在手里就行了，现在我已经把他攥住了。"

别的妇女们都觉得玛格达有道理。你只能知道自己有了什么，而不能知道将会得到什么。他既然同安德列斯结了婚，那她的生活就有了着落。他一旦闭上眼睛，寿终正寝，她就可以继承他的遗产了。"从前你都能同他在床上对付，现在更没什么问题了。"莉纳·谢伦格莱说。"现在田产卖了，你们打算住哪儿呢？"玛格达对此早有打算。她要在镇上找所房子，同其他人住在一起，她现在已经是安德列斯正式婚配的妻子了，没有必要再偷偷摸摸。"你不要戒指啦？"莉纳问。要的，玛格达当然要戒指。她早买好了戒指，已经放了好多年了。因为安德列斯是不会想到要花这笔钱的。"我们真佩服你，玛格达。"莉纳说。"谁也没想到，你会让他服服帖帖的。"

安德列斯是老实了，他是去登记要结婚了，但他这样做并非出于真心实意。他对牧师讲明了来意之后，盖姆斯特牧师说："喔，是这样吗，安德列斯？你要结婚了，好呀，好呀。""我这样做并不是心甘情愿的啊，盖姆斯特牧师。"安德列斯说。"可我又甩不掉她。要是您还能同她谈谈……唉，算了吧，谈了也没有用。我要给您一个忠告：您要离您的女仆远些，盖姆斯特牧师。""我是这样做的，安德列斯。"牧师微笑着说。"谢谢您的忠告，能招待有经验的客人是件好事。""我得告诉您，那些女仆是怎么回事。"安德列斯神秘地说。"你不同她们睡觉吧，你就管不住她们。同她们睡了觉吧，又摆脱不了她们。当然这是一般人的情况，不包括您牧师。"

玛格达戴上了戒指，也说服安德列斯戴上戒指。玛格达满面春风，浑身上下光彩夺目，连声音也变得娇柔温和了。而安德列斯同别人在一起的时候，总想把戒指隐藏起来，不过别人还是看到了。"你到底还是戴上戒指了。"西利乌斯故意逗他说。"是呀，公牛长大了，得戴上笼套呀。她怎么同你搞上的，安德列斯？我还以为，你不会沾她的边呢。""哎呀，老天爷，"安德列斯支支吾吾地说，"女人就像水，水总往低处流。水要流到哪里就流到哪里，女人想找谁就能找到谁。"

137

工程师们在酒店住了几天，别人想从他们那里问出些什么来，可他们并不多说。大家感到，他们只是派来搞测量和核算的。有一天西利乌斯来到高坡地，同他们聊了起来。"你们大概就是土地测量员吧？"是呀，他们是来测量的。"你们知道不知道，我们本地的这些人会有什么活儿干？"不，同他谈话的那个人对此并不知道。不过，活儿总是会有的。"我们也是这么想来着。"西利乌斯说。"你们骗去了我们的庄园，要是有什么工作的话，得先照顾我们。"

　　西利乌斯告诉了安德列斯他同工程师们都谈了些什么，安德列斯说："嗨，那些狐狸，他们无耻地欺骗了我们，倒过来不会给我们什么好处的。""哦，可你也不需要什么呀。"西利乌斯说。"你在储蓄所里有的是钱。""这你可不知道了，西利乌斯老兄。"安德列斯说。"《圣经》上说，面包只能从脸上的汗水中得到。""《圣经》上还说，人不应当崇拜金牛犊，安德列斯。"西利乌斯回答说。"可你却巴不得去舔它的屁股。"

　　在店主斯基夫特的杂货店里，人们谈论着，工厂一旦盖好，会给他们带来什么结果。他们中有家道殷实的农庄主，也有住得离教区很远的自耕农，还有镇上的一些短工。偶尔也来个妇女买点儿东西，顺便站会儿听听男人们谈论些什么。有一件事情是大家一致同意的，要是真的盖起了工厂，这个地方就会富裕起来。这对那些做工的、做手艺的和做买卖的都会有好处，但对种庄稼的有没有好处，却是个问题。

　　"斯基夫特，你店里生意可要兴隆了。"安诺斯·曹夫特说。"也可能这儿还会多出几家商店来呢。"斯基夫特说。"哪儿有豌豆，哪儿就会招来许多鸽子。不是所有的消息都是好消息。我们还得要估计到，事情的背后还有什么名堂。"
斯基夫特对于这些新的事业并没感到十分高兴，按老样子
下去也挺好嘛。

小店低矮的天花板下烟雾缭绕。"不过，这种工厂也会
带来许多毛病。"马丁·托姆森说。"到那时对年轻人的诱
惑要比现在更多了。"多数上了年岁的人都觉得他讲得有道
理。现在的年轻人就够放荡不羁的了，要是这儿再盖起
工厂，这个地方就会更加热闹，更多的舞会，更多的淫
荡事。你只要进城去瞧瞧，那儿的妇女怎样穿衣，怎样打扮，
那你再也不会让这种时尚传到我们这儿来。马丁·托姆森
还说，现在的女人们也都会抽香烟了。他还听说，费奥厄
城里那个大夫的妻子抽烟抽得跟男的一样厉害。

不过最重要的是，假如这儿盖起了工厂，那么市政府
的收入和开支将会怎样。农庄主们一谈到这件事情，声音
里显得惴惴不安。税收要增加，这是肯定的。可是开支呢，
开支要多少？做工的对于节约储蓄是没有概念的。尽管他
们钱挣得不少，可是他们手上有多少就花多少。到头来在
他们晚年时出钱养活他们的，还是农庄主和那些纳税大户。
他们这些人真是寡廉鲜耻，他们不想自己养活自己。

要是小店里进来个短工，关于地方政府财政的谈话就
会停下来。农庄主们就闭口不语，有个人扯起了天气。天
气炎热对庄稼有好处，今年准是个好年成。雨水下得及时，
紧跟着天也热了起来，真是风调雨顺。

从高坡地上俯瞰田地，可以看到一片片成熟了的金黄
色的庄稼。在沼泽地里，可以看到一片片的郁郁葱葱的枞
树林，以及水塘和浅泽。海湾里星星点点的美丽的海藻和沙
滩在闪闪发光。整个世界似乎都在深深地吸着这清新的空气。

十四

　　一天，高坡地上的三处庄园都收到了信。男人们要去费奥厄城，在契约证书上签字，取回该付给他们的钱。他们乘了安德列斯的马车一块儿进城。律师在办公室客气地接待了他们。现在他们才明白，他们的庄园究竟是卖给谁了。买主并不是个要盖庄园寻消遣或造别墅看风景的人，而是名为阿尔斯莱弗水泥厂的一家股份公司。再没有什么可怀疑的了。真的要在这儿生产水泥了。

　　他们签了字，拿到了钱，律师拿出了雪茄请他们抽。"好了，事情都办妥了。"他说。他们三人都明白，他是在下逐客令。安德列斯和克里斯登起身要走，西利乌斯却一动不动地坐着，吞云吐雾地抽着雪茄。"我们该回去了，西利乌斯。"安德列斯说。"是该回去了。"西利乌斯说。"我做过那么多交易，这次算是最抠门儿的一次。我们卖了房子和所有的田产，可连杯酒都喝不上。"安德列斯和克里斯登不好意思地沉默不语，西利乌斯的话说得太过分了。但是律师却心平气和。"当然要请，先生们，"他说，"我们到餐馆去吧。"

　　在餐馆里律师请他们吃午饭，他竭力表现自己是个慷慨大方的人，餐桌上除了牛排以外还有啤酒和白酒。安德列斯和西利乌斯喝个不停。克里斯登面前只放了一杯水，他不喜欢那些烈性的玩意儿。"趁你还活着的时候，你就享用点儿好东西吧，克里斯登。"西利乌斯说。"一旦进了棺材，你还不知道会怎样呢。"但克里斯登不喜欢拿正经事开玩笑。"我倒知道我会怎样，要是你也知道是什么在等着你，你大概就不会再沾这些玩意儿的边了。"

克里斯登·博森在这个场合里感到很不自在，律师也是如此。他总斜眼瞧着邻桌，西利乌斯看出来他是怎么回事了。"干杯，律师。"西利乌斯说着举起了酒杯。"改日我来请您一顿。我常到城里来，我们总能在一起喝几杯的。""好，好。"律师不好意思地说。"有一次我在桑霍尔特庄园还给令尊除过草呢。"西利乌斯说。"那是在他破产以前。他们说他在牛奶里掺水，不过我可不知道这件事，我从没见他这样干过。""可不，那些人净瞎说一气。"安德列斯打圆场地说。"只要我们牢记《圣经》上是怎么说的：你说的话，是就是是，非就是非，说过了头，就是恶意中伤。""真要是这样，那些败坏别人的名誉、散布流言蜚语的事情就会少多了。"斯寇特说着，狠狠地瞪了西利乌斯一眼。"那么那些可怜的律师将靠什么来过日子呢？"西利乌斯彬彬有礼地问。

喝完咖啡律师表示歉意，说他该回办公室工作去了。"好吧，好吧，"西利乌斯说，"这顿饭时间虽然不长，不过吃得还算不错。"律师走后，安德列斯对西利乌斯说，他的举止实在不当。"你不该要他请客。"安德列斯说。"尽管他老爹确实往牛奶里掺过水，但你不该对他提这件事。""我才不把这些律师当回事呢。"西利乌斯有点儿醉意地说。"我同他一样，两只眼睛中间长的是鼻子。我才不对他脱帽行礼呢。我曾经把一个人打趴下过，谁要是惹恼了我，我还会揍他。"

西利乌斯声高气粗地说着，他钱包里有的是大票子，在这个世界上他什么事情都能对付得过去。"我欠谁什么吗？"他问。"我欠你钱吗，安德列斯？我当初来阿尔斯莱弗镇时，确实是身无分文。可我都对付过来了，我不欠任何人的钱。我要同律师讲话，我想说什么，就当着他的面说什么，什么也无须顾虑。"现在安德列斯已打定主意，天黑以前应该同西利乌斯一起走哪条路回去。他又是和颜悦色又是连唬带吓地把西利乌斯拉到了储蓄所，让他把大部分钱存了起来。安德列斯看不起西利乌斯，但是他一想到这些钱会丢掉，心里就很不安。安德列斯自己口袋里也带着存折，但当他们站在储蓄所柜台边上时，他十分小心谨慎，不让别人瞧它一眼。

安德列斯和克里斯登·博森回家去了，西利乌斯还要到餐馆里再喝两杯。他说，傍晚时分他总能搭人家的顺路车回去的，要是菲德丽克问起来，就说天黑以前他无论如何能回到家里。"不要我替你拿上存折？"安德列斯担心地问。"存折我拿着，没事。"西利乌斯说。"不会出什么事的，我在钱上面不会有差错的。放心吧。""唉，天哪，"安德列斯同克里斯登一块儿驱车离开费奥厄城时说，"这笨蛋身上带着那么多的钱，那儿又有那么多的流氓。""他自己一人真够他瞧的。"克里斯登说。"不过我们知道，会有人来帮他忙的。""可钱呢，老兄，这些钱会怎么样呢？"安德列斯说着都快哭出来了。

现在，安德列斯回家可有的说了。他说的没错，是要在这儿盖水泥厂。为了要把他所知道的事情告诉别人，他找了个借口到镇上去了一次。他站在小店里，讲述着城里发生的事，以及契约上写了些什么。"这事便宜了他们。"

安德列斯说。"要是我知道，这块地将派什么用场的话，我决不会以这种价钱把它卖了。"

消息从小店里传遍了教区。老人们直摇头说：真乱了套了，现在难道要用高坡地上的白垩土来做水泥吗？过去，在东边的沼泽地里，有人曾经试图用泥煤来制烧酒，钱花了不少，结果一事无成，这次大概也是如此。任何事情都有自己的安排，人们想要改变那些已经决定了的事情完全是徒劳的。

那些有田地紧挨着高坡地的农庄主开始盘算起来。既然要盖工厂，那地价还要看涨。来了工人，就要用地盖房、筑路，现在可要注意，能多赚点儿就多赚点儿。但是短工们的兴致最高。教区里有工作可做了，你要是有幸找到一份工作，那将是一份好差使，一份固定的工作啊。谁要是运气好，兴许能到白垩土场去工作，那儿将为生产水泥提供原料。谁都知道，要想挖到白垩土，并且大量开采，就得先把表土挖掉。

"是呀，你们现在有活儿干了，弟兄们。"安德列斯说。"依我看，这是件大事。他们管它叫股份公司，也叫工厂。那些能把握机会的人有事可干了。"

在杂货店里，安德列斯周围围着一圈人，其中有马里努斯和拉斯·谢伦格莱。"马里努斯，你该有活儿干了。"安德列斯说。"那位律师就直截了当地对我说：你们教区这下是时来运转了。我真希望你和其他人都会交上好运。"安德列斯平时总是愁眉苦脸，可今天却满面春风，容光焕发。他像施主似的带来了好消息，而这种事又不用他破费花钱。他只要把自己知道的事抖搂出来就行了。"我希望你们交好运呀。"他说。"我太老了，干不了啦，要不我也去报名，

143

我跟你们说吧，工钱是真够多的。"

马里努斯回到家里，克里斯登·博森正坐在屋里等他。"我进城取钱去了，是我卖田产的钱。"博森说。"我请你务必把这点儿钱收下。"他递过去一张一百克朗的钞票。"这我可不能要。"马里努斯说。"我根本没有提过这样的要求呀。""我还是请你收下。"克里斯登说。"这点儿钱我给你了，本想多给点儿，可我自己也是个穷人啊。"

马里努斯道了声谢接过了钱，这就是克里斯登·博森：他是个心地善良的人，而不只是用基督教义责备别人的人。"你真是个忠厚老实的人。"马里努斯说。"要是所有信教的人都像你这样就好了。""我也并不是一个没有缺点的人。"克里斯登谦和地说。"上帝的子民就应当这样，我们自己每天都要努力把天生的罪孽从我们的灵魂中清除出去。"

谁也没有指望西利乌斯会在城里的所有酒店打烊以前能回家来。可是西利乌斯根本就没回家。两天过去了，菲德丽克害怕起来，就去找安德列斯。"西利乌斯还没有回家哪。"她说。"哎呀，"安德列斯说，"他不会出什么事吧。坏人这么多，他们要是知道他带着存折就坏了。他这个人就不该有钱，有了钱就拿去喝个精光。"现在大家都在打听西利乌斯的下落。安德列斯和菲德丽克去找了区长，区长打了电话，了解到西利乌斯最后露面是在什么地方。第一天他在费奥厄城的餐馆里喝得酩酊大醉，夜里就在牛棚里过夜。存折里的钱又都取出来了。但是后来西利乌斯又去了哪里就不得而知了。有人说，他乘火车到另外一个城市去了，还有人看见他曾同几个宰马的屠夫在一块儿待过。"我们是不是去报警寻找？"区长问道，但菲德丽克觉得没有必要。西利乌斯清醒过来就会回家的。"可是那笔钱呢？"安德列斯担心地问。"哦，既然他什么都干得出来，那些钱就随他去吧。"菲德丽克说得很干脆。

有人失踪了，此事已经家喻户晓。西利乌斯是不是遭谋杀、被抢劫了？要不他携款逃跑、把菲德丽克给甩了？西利乌斯是什么事都干得出来的，他是个外乡人，又是那么粗鲁。可是在一个阳光明媚的日子里，西利乌斯又在小镇上出现了。他没有回家，而是把所有的男人都请到酒店去，看来他卖田产的钱还留着一些。他叫去了布雷根特维、拉斯·谢伦格莱、索特·安诺斯和彦斯·赫斯特，请他们喝白酒和白兰地。在他们的一再追问下才知道，他去了很远的地方。西利乌斯去了哥本哈根。

"你是怎么去那儿的？"布雷根特维颇为佩服地问。"我也说不清楚。"西利乌斯说。"我到了一个城市，突然醒来时我已经在一列火车上了。我实说吧，我把存折里的钱都取出来了，没钱你哪儿也去不了啊。我到了哥本哈根，自打我当兵以后就再也没去过那儿。这个城市真大，我在那儿遇上了一个女人，这你们可不能告诉菲德丽克。钱就这样花掉了，当钱快用光的时候，我就回到了日德兰①来了。""你太傻了。"布雷根特维说。"我不傻。"西利乌斯说。"我年轻的时候到处流浪，那时我在南边同一个姑娘有过私情，做了孩子的爹，这次我又同哥本哈根的一个女人有了私情，又该当爸爸了。"

"你还有多少钱哪？"拉斯·谢伦格莱问。"你把钱都喝光了？"西利乌斯把钱是用得差不多了，大家都对他敬而远之。钱应当存到储蓄所，这是人所共知的。但令人奇怪

①　日德兰是个半岛，与德国北部接壤，是小说中阿尔斯莱弗镇所在地。

145

的是，他能把大把的钱就这样花掉。"你这样会变成乞丐的，西利乌斯。"布雷根特维说。大家都同意他的说法。"我进坟墓的时候除了菲德丽克什么也不带，我非同她一块儿躺进棺材不可。"西利乌斯说。他又讲起他在哥本哈根住在一起的那个女人。他说她模样儿真不错，人也温顺极了。

直到酒店快要打烊时他们才各自回家。西利乌斯独自一人回到高坡地，使劲儿地敲着自家的门。菲德丽克为他开了门。"啊，是你呀。"她说。"你怕我不回来了吧？"他问道。但菲德丽克只是咕哝了几句，说他恶习难改，于是就上床睡觉去了。

西利乌斯从口袋里拿出半瓶白兰地。这是他在首都为老吉普买的。他拔掉塞子，捅了老人一下，老人醒了过来生气地哼哼着："西利瓦西昆。"当他看到是西利乌斯站在身边时，目光马上亲热起来。西利乌斯拿来一把汤匙，喂起老吉普来。他喂得稳当细心，就像母亲在喂自己患病的孩子似的。老人吧嗒着嘴巴，用他那厚厚的、肉鼓鼓的舌头舔着自己的嘴，哼着："西利瓦西昆，哦，西利瓦西昆。"

十五

　　布雷根特维赶着车在教区里各处卖鱼，也给各处带去了新闻。高坡地是卖给了一家股份公司，那里要盖一座水泥厂。布雷根特维还打听到，这一切的后台老板是谁。他是费奥厄城多年前已经去世的老商人赫普诺的儿子。他到过美国，挣了一大笔钱，现在他想开一家水泥厂。布雷根特维同周围庄园的生意做得不错。他的那些小鳕鱼和长嘴鱼都能以高价出售。因为大家都愿在买鱼时听听他都有些什么新闻。

　　"赫普诺我记得很清楚，"布雷根特维说，"老的和小的我都记得。我小时候同我父亲一块儿去跑买卖，我们还被请到他家里去过一两回。小赫普诺在美国一定是当上了工程师。这个人够野的，在费奥厄城同一个姑娘生了个孩子。我还记得很清楚。不过，他现在是家财万贯了。"

　　安东还在给他做帮手，他想知道赫普诺是怎样发财的。他们两人随着大车走着，那匹枯瘦如柴的老马在荒凉的沙土路上吃力地拉着车。"是呀，人怎么才能发财呢？"布雷根特维说。"有的人昧着良心赚钱，让别人连片面包都吃不上。人要有点儿魄力才行，并能算准哪儿有钱可赚。也许他在美国找到了金矿，也可能是做生意赚的钱。"安东对这样的回答感到不满意，到了晚上他又问马里努斯，是不是聪明人才会发财，愚笨的人总是受穷。

"我真不知道该怎样回答你，小安东。"马里努斯说。"有钱人总是要人相信，他们有钱是靠他们的智慧。不过，有时候我在想，只是他们的手腕高明而已。现在我认为，一切都是命中注定的。统治我们的上帝对世上所发生的每件事都有他的安排。我们不能违抗他的意志，这是世上最重要的事情。你明白吗，我的孩子？"

安东点点头不再问什么。他知道了要是有些事他还弄不明白，那是上帝的智慧所安排的。但安东已经暗下决心，他长大以后当上兵，就要像劳瑞茨叔叔和赫普诺那样到美国去，成了富翁以后再回国。别人都说，从美国回来的人嘴里都有金牙，他们在外国就这样有钱。安东真想用金牙换下他现在嘴里宽大洁白的牙齿。

收割季节气候炎热。海湾平静如镜，小苍蝇和黑昆虫嗡嗡地飞来飞去，雷雨前，奶牛哞哞地叫着。大地上空乌云凝聚，变天前的雷声隆隆地回响着，世界如同黑夜一样，天空不时地划过道道长剑似的白色的闪电。暴风雨过后，空气又变得清新温和、芳香浓郁，远处荒地上的野火吐着金黄色的火舌，清晰可见。庄稼收进了仓库。繁忙中人们忘记了谈论就要在高坡地上盖工厂的事。

但是在一个天气晴朗的日子里，盖工厂的事情当真起来了。赫普诺带了三个工程师来到酒店。酒店的老板娘急得快要哭出来了，她怎么才能为这些大人先生们提供适当的食宿呢。不过，赫普诺安慰她说，他住过比这儿更简陋的地方，只要她把饭菜做好，把房间收拾干净，对她再无别的要求了。同一天，赫普诺还去拜访了安德列斯，对他说，现在他得把庄园让出来了。

"哦，天哪，"安德列斯哀叹道，"难道现在就要我离开自己的家了？《圣经》上说，哪怕是狐狸还要有个洞，天上的鸟也要有自己的巢，我这会儿到哪儿去找安身之地呢？我一直以为，尽管我把地卖了，我还能再在自己屋里住上一段时间。""这办不到。"赫普诺生硬地说。"工人们得住在房子里，这儿要改成临时工房。""可是我就要结婚了，让我搬到哪儿去呢？""这我管不着。"赫普诺说。"既然当初您把庄园卖了，您就应该准备好从这儿搬出去。三天之内您必须从这儿搬走，再见。"

赫普诺举了举帽子走了，安德列斯站在那里不知所措。他的牲口还没有卖掉，因为他还没有同买主把价钱谈妥。他就要结婚了，可是连给老婆住的房子也没有，真是天晓得。不过有件事他感到可以聊以自慰，既然他没有房子，那就不好再要求他举办结婚筵席了。玛格达曾要求过婚事要办得热热闹闹的，现在办不了了。由此可见，坏事不一定都是坏的。因为一次结婚筵席得花一大笔钱哪。

赫普诺和他的工程师们拿着地图沿着海滩走走停停，他们成了大家注意的目标。晚上，短工们收工以后，聚在路上谈论着这一天发生了些什么事。安德列斯得离开自己的庄园了，那儿要改建成工房。那么说此地还是要来工人啦，尽管这儿有的是人，也都愿意去挣一份工钱。

"他们瞧不起我们，因为我们只会干农活儿呀。"保尔·伯格说。"我看，他们准是需要有特殊本领的人。""不，不是这么回事。"拉斯·谢伦格莱说。"有个承包商要来这儿包工，他要把自己的一批人马带来。"西利乌斯打这儿路过，他知道不少情况。"这儿要来一批挖土工。"他说。"他们干起活儿来比你们麻利多了，你们没法同他们比。这个我知道，我

149

年轻时自己就干过这活儿。"

"哟，我们也干过不少活儿的呀。"拉斯·谢伦格莱说。"你不相信，我们也能卖力气把活儿干好？""农活儿和挖土的活儿不一样。"西利乌斯固执地说。"你们干不了的。我自己都不知道我过了这些年以后还能不能再跟他们一块儿干。"现在大家都聊上劲儿来了。博尔－艾立克说起，在他的背上曾经背起过多少桶黑麦，什么地方的苦活儿、累活儿他没有干过。索特·安诺斯年轻时曾经扳直过一块马蹄铁，在摔跤场上还把伏努姆的铁匠大汉摔倒在地。拉斯·谢伦格莱曾经拦住过两匹受惊狂奔的马，尽管它们暴跳撒野，他还是牢牢地把它们拉住了。他们就是这样的人，谁也别想来教训他们该怎样干活儿。他们知道是怎么一回事。

"干这活儿还得讲究耐力。"马里努斯说。"有耐力才能把活儿干好、干完。这不只是看你一小时干了多少，还要看一整天干了多少。"短工们都点头称是，马里努斯说得切中要害。这是一种简单平凡、需要耐心的活儿，这种活儿一干就是很长时间。这一点大家都清楚。

"我们要是想干活儿，可以去找赫普诺谈谈。"西利乌斯说。"我们就问问他，我们能不能在他那儿找个活儿干，这没什么了不起的。""我们都还不怎么认识他。"马里努斯说。"再说也太急了点儿……""他也不过是个人嘛。"西利乌斯说。"前两天我同工程师聊过。那还是他们在高坡上勘察的时候。我对他们说，要有活儿干应当优先照顾我们。你们骗去了我们的庄园。管他是工程师还是律师，对我来说都一样。他还不是同别人一样，两个肩膀扛个脑袋。"

"你真会说大话。"保尔·伯格说。"可这涉及好多事呢，这关系到我们这些人的工作。""我不是说大话。"西利乌斯生气地说。"可我从来也不知道什么叫害怕，我这就去酒店打听打听。我要直截了当地问他，我们能不能在他那儿找个活儿干。"别人没再说什么，西利乌斯就去了。

当西利乌斯要求同赫普诺谈谈时，酒店老板娘不知该怎么回答好。"您要同他谈什么呢？"她问道，"您总不能就这样直接跑到他房间里去吧？""他不也是个人吗？"西利乌斯说。"您大概要像集市上的那些帐篷一样，谁出钱就让谁进去瞧瞧。"老板娘气得直摇头，怎么能这样编派酒店最尊贵的客人呢？但是多年来她是了解西利乌斯的为人的，她知道要是不让他见，西利乌斯会自己闯进去的。"给我来杯酒，"西利乌斯说，"去告诉赫普诺，说有人要跟他说几句话。"

赫普诺来到酒吧间，这儿除了西利乌斯外没有旁人。"您有什么事吗？"他问。"我来问问我们这些打短工的能在您那儿干活儿吗？"西利乌斯温文尔雅地说。"每个想干活儿的、能干活儿的人都能在我这儿干活儿。"赫普诺回答道。"您可以对您的伙伴们讲，我给的工钱不少，但我对他们有个要求，谁要是跟不上速度，谁就另谋高就。"赫普诺客气而自信地站着，双手插在裤袋里，叉着两条腿。西利乌斯觉得，他还没让这个人了解他是怎么样一个人。

"我从来没见过我不能干的活儿。"他说。"无论是喝酒还是干活儿，我都是一把手。我年轻的时候在公路上流浪过，当过挖土工。""公路上流浪，在什么地方？"赫普诺问。"在丹麦的公路上。"西利乌斯说。"没有我没去过的地方。我来这儿时身无分文。我要是早去美国，我就成了有钱的人了。"赫普诺微微一笑。"像你这种人是积攒不了钱的。"他说。"在丹麦能允许有人在公路上流浪吗？我在美国还当过叫花子呢。""这一点我毫不怀疑。"西利乌斯有点儿生气地说。"不过对那些有身份的人来说,这种事就不一样了。受过训练的人干起来容易多了。我们这些人除了用双手干活儿外,没有受过训练。""您的嘴皮子训练得不错。"赫普诺说。"不过,你们不管有多少人都会有活儿干的,再见。"

赫普诺点了点头,走出了酒吧间。西利乌斯又回到路上的短工那儿。"有我们的活儿干的。"他说。"我当面问了他,事情究竟怎么样。他有点儿敷衍了事,但我还是问到了一些情况。他说,不管你们有多少人,都会有活儿干的。他不是那种说话不算数的人。""这确实是个好消息,西利乌斯。"马里努斯说。于是他们又开始谈论起,赫普诺会给他们多少工钱。这一定会比干农活儿要多得多,现在秋收已经结束,时间是最合适不过了。

消息在教区里不胫而走,到处在传:水泥厂那儿有活儿干,工资也很优厚。农庄主们直摇头。这些短工们真是愚蠢可笑,但是再要找劳动力来给农庄干活儿也不那么容易了。这些人有钱有什么用,他们根本不懂怎么花钱。谁都能举出例子,这些人对于钞票是多么漫不经心。他们挣了点儿钱要么喝得一干二净,要么就花费在无用的开支上。

卡尔森从费奥厄城骑车来镇里。他的使命还未取得什么成果,大家都不愿意接受他带来的伟大的信息。但卡尔森并不灰心丧气。他仍旧耐心地一个星期骑车来阿尔斯莱弗镇一次,拜访朋友,在斯基夫特那儿吃晚饭。只要一有机会,他就喋喋不休、心诚意挚地同梅塔谈话,可是这姑娘的脑筋太顽固。她怎么也不愿意忏悔。"我真不知道你女儿将成什么样子。"卡尔森对店主说。"我越是同她谈,她就越拒绝。我一般是知道怎样才能赢得女人的心的。""她的心绪不宁,"

斯基夫特说，"我担心她是爱上谁了。她总是说要到城里去工作。""要不就给她在城里找个事儿干吧，"卡尔森说，"最好是她去的地方我们能照顾得着。我留心着能不能给她找个事情。"

卡尔森还去了别的地方。他骑着车在教区里到处转悠。各处都有上帝的信徒在等待他，病人也在等着他去安慰。他去看了露易丝，她还是老样子，不死不活地躺在床上。卡尔森向她描绘着天国的壮丽景色，说她一旦了结此生，就会去那儿。露易丝脸色蜡黄，但仍目光炯炯地聆听着他的讲道。"谢谢您来我这儿，卡尔森。"她说。"您自己也知道您是怎么回事，这我看得出来，""是呀，罪孽缠绕在我们每个人身上，"卡尔森说，"所以我们要尽守职责，时时提防魔鬼的狡诈伎俩。"

其他人也来探望露易丝，短工们的妻子常常聚集在她的病榻旁。露易丝的儿子威廉也从疗养院回来了，他脸色苍白，走到哪儿咳到哪儿。"你把威廉找回来，这对你再好不过了。"莉纳·谢伦格莱说。"哦，那也帮不了什么忙。"露易丝说。"在他们快死的时候，疗养院就把他们打发回家来了。""你这是想到哪儿去了。"莉纳说。"你看你自己，你总在说死呀死呀的，也许你比我们这些人活得时间还要长呢。"

莉纳说起她认识的一些人，尽管他们得了重病，可是过了一两个月就又起床并且还去跳舞。托拉也附和着她。事情并不像牧师讲得那样坏，露易丝也不老。她的病一定会好起来的。"你们都在瞎说。"露易丝说。"只要我能活下去，我也并不总想到死。可是这样活着实在太没意思了。威廉和我都要离开人间了。"

星期天奥尔迦回家，同她母亲一起来探望露易丝。"你干活儿的地方有小伙子吗？"露易丝问。"有那么几个。"奥尔迦说着脸上泛出红晕。同一个又老又病的女人谈这种事儿真是难以启齿。"我在年轻的时候，可不让那些年轻人沾我的边。"露易丝说。"但现在对此还有什么乐趣呢？不过我还是知道情况的。天下有两种男人，一种只是同女人睡睡觉，另一种是专门玩弄女人。后一种男人最坏，你可得记住，奥尔迦。"露易丝又讲起她年轻在外面干活儿时听到的和看到的事情。露易丝知道这些小伙子怎么样，有些小伙子最会勾引姑娘，有些粗野得像公牛一样。露易丝在讲这些事情时，她的脸色也有点儿红润起来。这时威廉走进屋来，露易丝便不再讲下去了。

　　安德列斯在离镇子不远的地方找到了一个住处，那是所又旧又破的由水泥厂提供的房屋，简直不用付什么房租。他和玛格达不声不响地结了婚，也没有像玛格达希望的那样举办结婚筵席。玛格达对别的女人解释说，安德列斯这样做是有道理的。在那么小的房间里什么客人也招待不了。再说他们也算是结婚多年了，是呀，确实没有什么道理要办筵席。玛格达像个新婚妇女那样又温顺又自重。现在她不再谈论安德列斯在家里和在床上的举止行为了。她的嘴巴像鸡屁股似的紧闭着，在这些已婚妇女中，她的嘴倒成了最紧的一个。

　　"现在你可以用钱了吧？"莉纳·谢伦格莱问。"安德列斯对你一定是服服帖帖了。""我看他没有什么钱，"玛格达留有余地地说，"就是有钱你也不能马上就开始乱花呀。圣诞节前我得做一件新衣服，我已经对他说了，这衣服我可是做定了的，别的我也不需要什么。"女人们来看安德列斯和玛格达的新居，他们用咖啡和自家制作的点心招待她们。但是她们无从知道安德列斯有多少钱。玛格达变成另一个人了，自从结婚以后她就变得守口如瓶了。

她们又聊到了店主的女儿梅塔，她就要去城里做事了。这一定是那个传教士给她谋的差使。"她也实在够放荡的。"玛格达说。"这都是因为我儿子康拉德的缘故。"莉纳·谢伦格莱说。"不过他们把她送走也无济于事，他会追踪而去的。这小子要是看中了哪个姑娘，传教士再从中作梗也是白费劲儿。他从小就是想干什么就一定能干成。"但女人们聚到一块儿谈得最多的还是工作。她们一谈到将会有些什么活儿可干的时候，她们的声音就变得谨慎起来。秋天即将来临，冬天跟着就要到了。只要在圣诞节前男人们都能有固定的活儿干，那就没什么别的奢望了。

十六

　　建厂工作如同一股强风刮到这个地区。安德列斯的庄园要改建成临时工房。赫普诺把所有报名者都招了下来，工作得加快进行。一个星期以后，挖土工们就要来了，睡觉的床铺啦、吃饭的地方啦等等都得准备好。从费奥厄城还来了些木匠，赫普诺亲自带领他们干活儿。隔墙被拆除，新的板壁修了起来。庄园原貌荡然无存。现在看得出来，赫普诺是个实干家。"把斧子给我。"当他看到削一根横梁的活儿干得不够快时便这样说。他的手不停地砍着，木屑纷纷落到了他的身边。

　　短工们都干一样的活儿，就连克里斯登·博森和安德列斯也来了。是呀，事情就是这样，安德列斯卖了地产，挣了一大笔钱，并把钱都存在储蓄所里，可他也在这儿同别人一起干活儿。有时候他休息片刻，他便抱怨说他的家被改了样。"啊，耶稣呀，难道原来那个样子他们就不能住吗？"安德列斯哭着说。"房子全被毁了，人也没法住了。""可是你把钱全存在存折里了。"拉斯·谢伦格莱说。"而现在你又来拆自己的房子挣钱。"安德列斯叹息着。这么好的房子要毁掉实在使他伤心。

　　外墙和隔墙被推倒，石灰尘土四处飘散，装着梁柱和木板的大车正吱吱嘎嘎地驶上高坡地。镇上的居民三五成群地围在庄园外面，看工作如何进展。有时候，大车卸得不够快，赫普诺就向围观的人群招呼着，要他们上来帮一把。他们也都很愿意，长工们和农庄主们帮着把木材从车上卸下，然后也加入了干活儿的行列。他们在院子里站着，议论着里面应该如何布置。

"这家伙真行。"马里努斯说。"阿尔斯莱弗教区过去从来没有这样干过活儿。看得出来，他到过美国。在美国，一个星期就能盖起一座大楼来。"西利乌斯不以为然地吐出了嘴里嚼的烟叶，告诉别人在丹麦也是这样干活儿的。西利乌斯知道很多事。他参加过修铁路、架桥梁还有建造防波堤这些工程。去过美国的人也没有更多的东西可教给他的。已经到了下班的时间，但看起来活儿还是停不下来。"现在应该是回家的时候了。"西利乌斯说。赫普诺在一旁蹭着脚后跟。"您就是那位大路上流浪过的人吧？"他说。"您这么快就累了。只要还看得见，我们就继续干下去。我付加班费。"活儿一直干到天漆黑。大家收工回家的时候都累得精疲力竭。但他们仍都兴致勃勃，情绪高昂。他们都在农庄里干过重活儿，知道一个长劳动日是啥滋味。但是这里是大家在一块儿干。他们拆掉的是像耗子洞似的旧庄园，将要盖起崭新的、宽敞的房子。"哎哟，乖乖，"马里努斯说，"这家伙真行。"

别人也都承认，像赫普诺这样的人确实少见。他用奇怪的外国话骂人，要是出了什么差错，他发起火来，别人还以为他会动手打人的。活儿干得不中他的意，他就亲自动手，谁给他干活儿，他就给谁付钱。这确实是个值得尊敬的人。一个星期以后，安德列斯的庄园面目一新。房间扩大了，可以住进许多人，沿着墙壁支上了固定的床铺，地板中央

157

放着桌椅板凳，厨房里还架起了一个大炉子。赫普诺给干活儿的人发工资，工资还很优厚。短工们谁也没有在经过一周的劳累之后得到过这么多的工钱。他们凑份子出钱买了一瓶白酒，坐在旧庄园时用作客厅的房间里喝开了。

"现在我们的好日子来了。"拉斯·谢伦格莱说。"有这么一个人主事，我们这些人也能对付得过去了。我还从来没有拿过这么多的工资回家去过。"可是西利乌斯就拿过。他说要是按计件工资算、干得又顺手，一个挖土工可以拿到很多钱。那可不是一笔小数目。屋里开始黑了下来，酒瓶从一个人手中传到另一个人手中。"从前在这个庄园里发生过许多事，"保尔·伯格说，"谁也没想到这地方会变成这个样子。"安德列斯说他的叔叔就是在这大屋子里吊死的。他一直患忧郁症，最后他实在过不下去了，就自杀了。屋角处的阴影愈发黑了。"他躺在坟墓里也不安生，"安德列斯说，"半夜里我们听得见他在这里悠来荡去。不过他从来不伤害人。他们都说，他是个善良的老人。"

他们盯着暗处。现在这屋里要来许多人，谁也不会再留意，曾有幽灵在这屋里走动过。"这种事情现在没什么人相信了。"克里斯登·博森说，他没有喝酒，而只是跟别人一块儿在这里坐一会儿。"我们都知道，有一种意志在支配这个世界上的一切。""你不相信人注定是要死的吗？"保尔·伯格问。"我只相信上帝和救世主，"克里斯登·博森说，"只要我们信仰他，就什么也不怕了。"

他们低声地谈着，就像那个幽灵还在这屋里，并且在听着他们说话似的。保尔·伯格讲起小时候他认识的一个人，有天晚上，那人在大雾中迷了路，差一点儿没有落到住在高坡地上的魔鬼手里。保尔还亲眼看到过他身上被抓破的伤痕，那是他同魔鬼厮打时受的伤。不过，其他人现在都认为，那人一定是喝醉了，掉进了山楂树丛中。布雷根特维点头称是，这样解释还差不多。任何事情都有其合乎规律的解释，没有什么鬼怪之说。"有一天夜里我清清楚楚地听见他在里面。"安德列斯不动声色地继续说。别人觉得他讲得也对，否认一个人亲耳听到的事儿是白费劲儿。

从窗户里往外瞧，海湾呈现出贝壳一样的银白色，在黝黑的丘陵中闪闪发亮。一条渔船正在返航，船上的发动机声在高坡地和北海岸的森林发出了回声。"今天晚上吃饭要晚了。"拉斯·谢伦格莱说。"只要有酒，就不要吃饭了。"西利乌斯说。"你们就会知道的，这儿不久就要来些小伙子，他们的酒量你们谁也比不过。""有人说，那些挖土工往白酒里加烟草汁，想把酒劲儿弄得更大些。"拉斯·谢伦格莱说。可是并没有这回事。西利乌斯不知道有这种事。不过他们是挺能喝的，能一直喝到酒从耳朵里流出来为止。

天已经黑了他们才回家。他们的脑袋因为喝了酒而有点儿发热。马里努斯走进厨房，把工钱往桌上一摔。"哎呀，天哪，"托拉说，"这么多钱呀。""还会来好多钱呢。"马里努斯说。"我们还要接着替赫普诺干活儿，他付的工钱真不少。"托拉惊喜地看着这些钱。这些钱比起马里努斯在农庄里干活儿时拿到的几乎要多两倍。"我还有事要说呢，"马里努斯兴高采烈地说，"不管是你还是孩子们今年都不用到土豆地里干活儿了。让农庄主们自己去挖土豆吧。你们也不用去挖甜菜头了。"

简直令人难以相信，这一切都是真的，托拉差不多快要求他别再胡说八道了。可是钱就在这儿明摆着，既然丈夫挣了这么多钱，老婆孩子就不用再去打短工了。"我要是能一直这样挣钱挣下去，我就要成了有钱人了。"马里努斯自豪地说。"这样的话，维持绥恩念书就不困难了。""咳，你别瞎说了，"托拉说，"我看不出来他念的那些东西有什么用处。"

马里努斯感到惊讶。他们有个儿子在费奥厄城念高中。他每天骑着乌尔里克森老师送给他的自行车去念书。他的知识和学问一天比一天有长进，可托拉却不把这当回事。

工房完工了，工人们蜂拥而来。他们有的独自走来，有的结伴而行，大个子红头发的小伙子，一个个身强力壮、膀大腰圆，领头的那位他们管他叫承包商。他们带着自己的包裹住进了安德列斯的庄园。酒店里热闹非凡，西利乌斯说的话被证实了，这些人确实是一些用酒止渴的人。他们在路上走过，人们都害怕地瞧着他们。谁也不知道他们喝得晕头转向以后会干出什么事来。他们肯定对女人会穷凶极恶的，是得门上装锁、看好门户了。

一天，安东飞跑着回到家里，说工厂从海上运来了。"小子，你这话是什么意思？"马里努斯问，"他们不可能把整个工厂用船运来。"安东急切地说就是这么回事。工厂是在一个大驳船上运来的，现在停在高坡地脚下的海湾里，就要把它弄到岸上来了。马里努斯穿上木鞋急急忙忙向高坡地跑去。那儿已经有许多人。海湾里停靠着一条形状奇特的船，这不是工厂，而是一条挖泥船。它要把海湾加深，以便让大船开进来装运水泥。西利乌斯正站在人群中解释着如何操作使用挖泥机。

现在，西利乌斯也从自己的家里搬了出来。据说是工程师们要住在那儿。费奥厄城来的那些手工匠正在拾掇房屋，这样一来那些尊贵的人就可以在那儿安顿下来，西利乌斯在高坡地西边跟一个渔民租了一个住处。第二天，第一班工人开始干活儿了。他们为工厂挖地基，还要在海湾里建造一座码头。

秋高气爽的九月天里，老人们颤颤巍巍地来到高坡地，他们用手遮在眼睛上以挡住阳光，居高临下地瞧着正在挖土运泥的工人们。从下面的海滩那里不时传来喊叫声和吆喝声，男人们脱掉了上衣和背心，赤裸的上身汗水晶莹、闪着光亮。啊，天哪。他们推着装满沙土的手推车，一排排的人，一个接着一个。挖泥船在海湾里挥舞着它巨大的挖铲。驳船再把挖出的泥土运往陆地，用它来填坑补洼。老人们频频摇头。这里曾经是一块安宁静谧、景色优美的地方，而现在到处都是一片乱糟糟。事情就是这样。世界过一年就少一年，大家就向坟墓接近一步。这些老头儿们长着花白的怪胡子，看着使人想起带灰斑纹的老马，他们的乳白色的眼睛已经半瞎，在站了一会儿后又颤颤悠悠地回到家里的火炉边上去了。

天气更冷了，晴朗的九月天气，清晨已有霜冻。本地区各农庄的庄稼都已收割完毕，进了仓库，农庄主们已经开始考虑秋耕的事情。在漆黑的夜里，海湾里的鳗鱼纷纷进篓入网。秋天的早晨，人们可以听到渔夫们的喊叫声和划桨声，天空就像一张硕大无比、清澈如镜的华盖笼罩着大地。高坡地上的工程以惊人的速度进行着。所有的短工都来了，他们很快就参加到欢快、粗鲁的叫骂声中，为了芝麻、绿豆点儿的小事就发誓赌咒。大家都排成单行，人人推着小车，你必须得跟上。到了晚上，他们一回到家蒙头就睡，第二天早晨五点钟又跌跌撞撞地挣扎着起床。

挖土工们的脸膛儿由于日晒和喝酒呈现出古铜色。他们背上和肩上的肌肉就像绳索一样条条分明。他们来自四面八方，并以四海为家。他们在全国各地干活儿，走南闯北。当你同他们处熟以后，就知道他们并不像传说的那样坏。西利乌斯很快就同他们厮混得很熟了。他在他们中间干活儿就像一头长毛小马驹，好像又恢复了青春。手推装满泥土的沉重的小车是他的爱好，他沿着一条木板道走在一队人的前面，小车该推多快得由他来决定。下班以后他就同挖土工们一块儿去酒店，或者同他们一块儿在宿舍里坐着。他们一起玩牌，酒瓶子一圈又一圈飞快地传递着。长桌上点着一盏大灯，灯上罩着一只绿色的大灯罩，灯光在从敞开的屋门吹进来的过堂风中摇曳着。

其他的短工们与他们比较疏远。他们是些不爱动的人，难得下酒馆。他们过着自己的生活，他们是本地人，而挖土工则是从外地来的。"简直无法理解，他们拿了钱就这样去喝掉。"拉斯·谢伦格莱说。"他们在外地一定还有自己的家。""咳，我们都知道他们是怎么样的人。"莉纳说。"我们不是认识西利乌斯吗，他就是那种人，从来不替菲德丽克着想。"可不，这些人真是少有，讲的话也是南腔北调。有些人是西边来的，有些人家在岛上。还有好几个是瑞典人。

哪儿有羊，哪儿就应当有牧羊人。费奥厄城的传教士卡尔森在阿尔斯莱弗地区为上帝的国度做的工作没有进展。现在又来了些新人，他们需要救世主的训谕去摆脱罪愆。卡尔森决定做一次新的尝试，他要设法举办一次布道会，还是在马丁·托姆森的大房间里举行。卡尔森用了一个上午把布告贴在所有的电线杆上。然后他就到高坡地去，等工人下班时向他们散发举办布道会的布告。他站在高坡地上，眺望着像蚂蚁一般干活儿的人群。然后他沿着陡峭的小路往下爬，可刚走到一半，他踩了个空，于是带着一股尘土从高坡地上滚了下来。他几乎摔得晕了过去，人们都向他跑来。他们还没到他身边，他已经站了起来，掸掉了衣服上的灰尘。他的周围站着一群人。

　　"朋友们，兄弟们，"他有点儿上气不接下气地说，"我从上帝那儿来……""是呀，你简直是飞来的。"一个声音打断他。"飞下来容易，你还能飞上去吗？""别开玩笑！"卡尔森生气地说。"我带来了解除罪过的福音，谁的罪孽也不小，都需要主的宽恕慈悲，需要拯救自己的灵魂。""你脑袋一定摔坏了吧，老兄。"一个声音说。"你到这儿来是找活儿干的吧，这好办。这儿有一车土正等你推呢。"

　　他们哄笑着，有两个挖土工上来抓住了卡尔森，把狼狈不堪的传教士拖到了一辆装满土的小车前面。"请吧，你就推起来吧。""我来这儿只是想同你们谈谈，不是来干活儿的。"卡尔森说。一个名叫雅可布的粗鲁的红脸膛儿汉子一把抓住传教士的衣领，把他从地上举了起来。"现在你就推吧。"他说。"你是害怕干活儿吧。"他说。"要不你出钱我就放了你，三瓶白酒，怎么样？""放开我，你这人。"卡尔森喝令道。"我不是你那种人。"雅可布说。"我们倒要瞧瞧，你在这车轮子后面能干些什么。"

　　工地上的工作完全停了下来，传教士的身边围着一群纵声狂笑、相貌粗鲁的工人。真不知道这些人心里在想什么。他很快做出了决定。应当让他们知道，他并不小瞧体力活儿，他过去也推过小车。他握起了车把，这时工头跑了过来。"你们在这儿要什么把戏哪？"他问道。"我来这儿请他们参加布道会。"卡尔森说。"您在这儿工地上出什么洋相?"工头说,"干活儿时不能开会。您请走吧。"

卡尔森不得不离去。他未能把布道会的布告发出去,所以到了晚上高坡地上的工人们一个也没来。会后卡尔森同斯基夫特一道回家。梅塔找到工作以后,斯基夫特又雇了一个女仆。现在他还想找一个店员,因为将来有了工厂,生意会忙起来的。现在的生意已经很兴隆了,斯基夫特的脸色也不像过去那样老是愁眉苦脸了。"是呀,这些人真可恶。"当传教士把今天在高坡地上发生的事情告诉他以后,斯基夫特这样说。"他们总有一天会把整个镇子都毁掉的。他们整天不是酗酒就是胡闹。"卡尔森看上去却很温和,他说正是因为有罪孽,所以才要拯救他们。

"关于你的女儿梅塔,"卡尔森说,"我可以告诉你,耶斯佩森木匠对她的工作非常满意。我同耶斯佩森太太谈过,她夸奖梅塔是个既聪明又可靠的姑娘。但她总不愿意去参加布道会。我到她房间去过几次,想说服她,可她总不听劝。你觉得她同那个大伙都在议论的康拉德是不是有什么事情?"不会的,斯基夫特认为不会。年轻的姑娘想些什么是难于捉摸,但梅塔的天性是纯正的。不可想象,她会真的同康拉德这样的人勾搭上。

"是呀,我也是这么想的。"卡尔森说。"我心里一直惦记着拯救梅塔的灵魂。我在同她身上的邪恶做斗争。不过我不会放弃她的,你放心好了。"

卡尔森骑着车回家了,尽管这一天收效甚微,但他的心情还是十分愉快。使他高兴的是,斯基夫特不认为梅塔和康拉德之间有什么事。但他一想到自己的家,心情便沉重起来。萨缪尔又在学校里胡闹了,克里斯蒂娜抱怨约翰娜同她顶嘴。他知道只要他一到家，他的妻子准又以新的哀歌来迎接他。她不顺心的事太多了，总是忧心忡忡。传教士不由得又想到了梅塔圆圆的脸蛋上，那一对招人喜爱的小酒窝。

十七

　　安东飞跑着来找马里努斯。父亲不用听孩子说什么，就明白一定是出事了。他把手推车放在一旁惊慌地问："你跑来干什么，小安东。"安东哭着说，维拉在学校里从体操架上摔下来了，马里努斯得马上回去。马里努斯赶到工头那儿说明家里出了事，然后拉着安东朝着家里跑去。他一头冲进屋里，看见维拉脸色苍白、昏迷不醒地躺在床上，费奥厄城来的医生正弯腰站在她的面前。

　　"天哪，"马里努斯哭泣着说，"究竟出了什么事啦？""维拉摔下来了。"托拉冷冷地说。"怎么会出这种事呢？"马里努斯问。"她往上爬的时候没抓牢。"托拉生硬地说。"乌尔里克森亲自把她送回来的，他打电话请来了医生。"

　　马里努斯不再出声，他盯着维拉那张没有生气的苍白的小脸。他觉得这只是一场噩梦。这时他见到了乌尔里克森老师，他默默无语、心情忧伤地站在角落里。

　　医生从床边直起身来，他看上去心情沉重。"她的脊梁骨摔断了，"他说，"她活不了几个小时了。唯一的安慰是她没受什么痛苦，她不会再苏醒过来了。""她不能动手术吗？"乌尔里克森绝望地问。医生摇了摇头，确实是没什么办法了。

　　医生开车走了，乌尔里克森低声细语地说着事情是怎

166

样发生的。维拉顺着体操架往上爬，可不知怎的没抓牢，身体向后仰着摔了下来。乌尔里克森说得极其详尽，话好像收不住似的。托拉说："我们都知道，这不是您的过失，乌尔里克森。谁也没有像您这样关心这些孩子。""谢谢您这么说，"乌尔里克森宽慰地说，"出了这样的事，实在让人受不了。"乌尔里克森几乎完全变了个人。他的那种直率劲儿完全没有了，他是那样的低声下气，好像在等待着对他的判决。

维拉在下午死去了。孩子们悄然无声地走进屋来看望已经死去的维拉。他们脸上严肃得毫无表情。真是难以相信，今天早上他们还同维拉一块儿上学，而现在她却死了，冰冷地躺在那里。窗台上仍旧放着维拉曾经玩过的一条腿的布娃娃。布娃娃孤苦伶仃地躺在那里，好像她也知道维拉已经去世了。老多勒跑来建议把孩子们带到她那儿去，今晚在她家里过夜，尼科拉为他们表演小提琴。

当房间里只剩下他们两人时，马里努斯茫然地说："托拉，你得想开些，我们还有好多孩子。""这有什么用？"托拉说。"一个孩子又不是一只丢掉的杯子。丢了杯子当然没什么关系，喝水时再找一只就是了。我真希望这事是某人的过错。""你在想些什么呀！"马里努斯说。"这样我的心里会好受一些。"托拉说。

莉纳·谢伦格莱和达伍玛·赫斯特也来了，她们用痛惜的声调安慰着托拉。可是托拉自己也曾安慰过好多人，她知道这种安慰是没什么用的。妇女们谈着各种各样的令人伤心的死亡，有的母亲失去了独生子，有的孩子生下来身体上和智力上就有缺陷。"说这些对我有什么用呢？"托拉说。"维拉是个健康的孩子，她是我最疼爱的孩子。""大家对死去的人都是这么想的。"莉纳·谢伦格莱说。"放宽点儿心吧，托拉，你那可怜的孩子现在去的地方也很好。"

维拉的死讯传开了，卡尔森前来敲门。他来镇里是想试试，在这个时刻他能不能说动托拉内心的好的一面。莉纳和达伍玛一见他来便起身走开了。她们在门口碰上了盖姆斯特牧师。"维拉的父母很难过吧？"牧师轻声细气地问。"托拉更难受些。"莉纳说。"马里努斯到多勒那儿照看孩子去了。这对托拉的打击太大了。"牧师正要走进屋子，但他看见了卡尔森，便在门口停住了。传教士站在托拉的面前，情真意切地在同她谈话。"让孩子们到我的身边来吧，"他说，"这是上帝耶稣的话。上帝把你的孩子召唤回去，你应该高兴才是。想一想吧，这姑娘从此摆脱了苦难深渊中的罪孽和痛苦。现在她又重新获得了纯洁的童心。"

牧师轻咳了一声，走进屋来。"您好，托拉。您好，卡尔森传教士。我听到了降临在您身上的巨大的不幸。这种事情确实让人难受，但是我们应当记住，我们不应该探求人生的奥秘。我们并不知道，这个小姑娘为什么突然被召唤走了。但我们应当相信，主有他自己的考虑。"

像过去一样，牧师感到自己的话听起来是那样的矫揉造作和虚情假意。他不再讲下去，卡尔森接着讲了起来。牧师的到来使他的声调更加坚定、更具有权威。"你应当记住，上帝是为了我们而在惩罚我们。没有他的意志，连一只麻雀也不会掉到地上。既然你的孩子已经死去，你就应当自我反省，扪心自问：我是不是在心里触犯了上帝，或者这是上帝对我的一个惩罚？你过去太固执了，托拉，你心里容纳不下上帝的声音。你难道没有想过，真是上帝从

168

你身边领走了你的孩子？"

托拉一手托着下巴蜷身坐着，牧师走到她的身旁，把手放在她的肩上。"上帝是善良的，"他说，"他把小维拉召到他身边去，因为他不愿意让您遭受悲痛和失望的折磨。谁能知道，维拉在人世的命运又会怎样呢？""好好反省自己的内心吧，托拉，要认识自己的罪过才行。"卡尔森说着又向前迈了一步。"撒糖容易，可是能清垢去污的却是盐。你就像是一个装满了淫恶和罪孽的木桶，现在上帝正用他的手指抚摸着你，要你转变过来，抛弃魔鬼和这个世俗世界。"托拉站起身来。"我根本不要听你这些话。"她说。"我没干过什么坏事，为什么上帝要惩罚我。他应当知道我是什么样的人。""您说得对，托拉。"牧师说。"我也不要听你说的那一套。"托拉愤愤地说。"要是上帝夺走维拉是为了拯救我，为什么他还让那些只会祸害别人的强盗和凶手活在世上。哼，我根本不想听你们的那一套。你们说这些话，只是为了混饭吃，现在你们说不出什么能帮助我的话。"卡尔森还想答话，但托拉已经走到门口，把门开得直通通的。她的脸色苍白。牧师和传教士不知所措地互相瞧着。然后他们就走了。"我们会为你祈祷的，托拉。"卡尔森走过托拉的身边时说。

马里努斯已经在屋里，他看到了托拉如何把两位客人打发走了。"天哪，托拉，你把牧师和传教士给撵走了？"他惶恐不安地说。"对，"托拉说，"我受不了他们那些胡说八道。""他们就是在有人遭到不幸时跑来安慰人的呀。"马里努斯。"我不要听那一套。"托拉说。"维拉死了，与上帝有什么相干？要是当真与他有关，那我就永远也不信他。他让孩子们来到世上不是为了让他们在生命完结之前就把他们叫走的。我才不信那些说教讲道呢。"马里努斯不敢回嘴，尽管他还是可以把他从小学到的基督教教义给她讲讲。

托拉走到窗前，拿起那个维拉曾经玩过的破旧不堪的小布娃娃。她把娃娃放进自己放东西的抽屉里，然后她走进卧室，又在死去的孩子身边坐了下来。

牧师和传教士在路上一起走着。盖姆斯特牧师第一次对传教士产生了一点儿同情感。"她现在正是心烦意乱的时候，"他说，"不然她倒是一个挺好的妇女。我们还是让她安宁一会儿的好。""我们在为耶稣争取灵魂，要的不是安宁。"卡尔森说。"相反，正是在这伤心悲痛和犹豫不决的时刻，她的心会敞开一些。但是她太顽固、太执拗了，尽管她从外表看上去是个很能干的女人。"

"孩子的死是上帝对人的惩罚，您内心确实是这样想的吗？"牧师问。"是的，"卡尔森说，"我可以用《圣经》上的话来证实。""这些想法太可怕了。"牧师说。"我不能想象上帝会这样残忍。""那是因为您并不真正了解什么是邪恶。"卡尔森说。"只有自己首先了解罪恶，才能懂得拯救灵魂意味着什么。要知道上帝的容貌和仁慈，就应当先看看魔鬼的模样。"盖姆斯特牧师没有答话，他朝传教士那张油光发胖的脸上瞟了一眼。看上去，这个人并不知道身有罪恶的极大痛苦。尽管如此，对他来讲，卡尔森不像过去那样讨厌了。"再见了，卡尔森传教士。"他说。"如果您哪天路过我家，就请进来坐一会儿。尽管我们的看法不同，我们还是可以在一起聊聊的。"他们分手以后，牧师心中想："不管怎么说，这个邋遢的传教士比我还是老实得多。在他看来，孩子的死是事出有因。而我却装作我也是这么认为的。实际上我只相信生活的残忍和无聊。他的上帝是个莫洛克

神 ①，而我这个牧师却没有上帝。"

维拉被埋葬了，合棺以前，四邻八舍的女人们都来最后看她一眼。她穿着一身洁白的衣服躺着，那样的苍白、纤弱，女人们流下了眼泪。她们都说，维拉现在去的地方挺好的，她已摆脱了人间的煎熬和痛苦。

酒店里发生了一场斗殴，血流满地。西利乌斯也在其中，他被人打在地上，但很快又站起身来接着打。他额头上受了伤，看上去杀气腾腾。两个挖土工打他一个，另有一人是帮着他的。斗殴持续了好一会儿，直到来了几个胆大的人才把他们拉开。西利乌斯蹒跚地站在地板中间，吹嘘着自己和他的帮手的胆量。

"他们以为他们能揍我们一顿，"他说，"可是他们碰上了硬汉子。他们是雅可布和那个瑞典人。伊弗和我要比他们厉害得多了。我也当过挖土工，年轻时把别人打趴下过。不过他们也称得上是好样的，他们打起架来是些好汉。"

西利乌斯就是这样。他乐于承认对手的长处，但朋友终归是朋友。帮他打架的伊弗是岛上来的，宽肩膀，拳头大，胳膊粗。"你是我的朋友。"西利乌斯一面说，一面搂着他的脖子。"为了荣誉我们战斗在一起。他们是自作自受，我一拳打过去就让他们流了不少的血，不管是德国人还是瑞典人，我才不怕他们呢。我只怕芬兰人，他们会动刀子。"西利乌斯在酒店的院子里洗净了身上的血迹，从此管伊弗叫他的"勇敢的朋友"。

他们步履蹒跚地离开了酒店，西利乌斯执意要伊弗到他家里去。要是伊弗单独走到工房去，那两个人还会在那

---

① 古代腓尼基人所信奉的火神，以儿童为献祭品。

儿揍他一顿的。伊弗爽快地答应了。菲德丽克已经睡了，可是西利乌斯把她叫了起来。"给我们弄点儿吃的，"他说，"我们把别人的脑袋给打破了。他们不会马上就来找我们的。"菲德丽克知道，他们玩儿命打架了，至于为什么打起来则只字不提。她起了床。在她准备晚饭的时候，西利乌斯告诉伊弗，老吉普是怎样的一个人。"他把自己的家产全都赌钱输光了。"西利乌斯说。"他真聪明，聪明极了。别人对他说的每句话他都能听得懂。要是他能讲话，你看吧，他什么都会告诉我们的，是不是，老爹？"

老吉普睁开惺忪的双眼，嘟囔着"西利瓦西昆"。

菲德丽克端来了三明治和咖啡。可以看出，伊弗是个彬彬有礼的人。他很客气地问了她好，说他不该在半夜里来打扰她好梦。"嗨，女人就是干这个的嘛。"西利乌斯说。"菲德丽克什么也不会干，她连孩子都生不了。""这也可能是你的缘故吧。"伊弗笑着说。"不，我在南边曾经让一个姑娘怀了孕。"西利乌斯说。"我的那些零件没有毛病。吃吧，勇敢的朋友。"

伊弗对菲德丽克笑笑，好像他想说，别拿西利乌斯的话当真，他是在开玩笑，他的话不是那么回事儿。伊弗还很年轻，金黄的头发，洁白的牙齿。在他的打量下，菲德丽克的腰像是直了许多，她脸上的疲倦和困乏也都消失了。看得出来，菲德丽克曾经是个漂亮美貌的姑娘，在她身上还留有少女的风韵。正当西利乌斯谈论着自己年轻时在工棚和酒店里的经历时，伊弗和菲德丽克却在眉来眼去，秋波频传。

两天后的晚上伊弗又来了。"西利乌斯不在家。"菲德丽克说着，脸上一阵绯红。是呀，伊弗明明知道西利乌斯不在。西利乌斯在工房里打牌，伊弗只是偶然路过这儿，顺便进来问候一声菲德丽克。伊弗讲起了自己的生活。他去过美国，他去那里是因为他爱的一个姑娘把他抛弃了，她答应过要跟他好，可是后来有个有钱人来求婚，她便跟他走了。"她真没羞耻。"菲德丽克愤愤不平地说。"你就不会干出这种事来。"伊弗说。"西利乌斯告诉过我，尽管他是个无家可归的流浪汉，你还是同他结了婚。不过一般来说女人是水性杨花，是靠不住的。"

伊弗讲到自己年轻时候失恋的痛苦，他显得很难过，他把手放到了菲德丽克的手上，她并没有把自己的手抽回去。伊弗向她更靠近了点儿，用胳膊搂着她。"你的日子一定也是一直不怎么好过吧。"他说。"是呀，不过也不是一直不好过，像有人想象的那样，"菲德丽克说，"西利乌斯不是我原来以为的那种人。""你待他太好了，"伊弗说，"他对你不像一个丈夫对待妻子的样子。你确实没什么对不住他的地方。"

菲德丽克躺进他的怀里，他吻着她。灼热的喜悦传遍了她的全身。多少年来，她都认为自己这辈子算是完了。她同西利乌斯结婚是干了件蠢事，她为此而受到惩罚。现在终于有人能理解她的处境，认为她也是值得尊重的。她静静地、温柔地躺在他的怀抱里。突然，两个人一起跳了起来。老吉普从昏睡中醒了过来，正回过头看着他们。他的脸色发紫，好像遭木棍打了一下似的，他恶狠狠地喊着："西利瓦西昆，哦，西利瓦西昆。"这声音听上去像是在诅咒他们。

"噢，你别把这个老头儿放在心上，他不会去告诉人家的。"菲德丽克说，但是伊弗还是害怕地瞅着老吉普。"我不喜欢他这样躺着瞧我们。"他说。"告诉你吧，他同西利乌斯是一条心，他俩是一路货。"菲德丽克说。"他若是看不见，也就不用难受了。我们到里屋去吧。"

伊弗和菲德丽克就这样开始勾搭上了。别人都看到伊弗总来找菲德丽克，但谁也不想把这件事告诉西利乌斯，大家都知道他是什么样的人。不过妇女们凑到一起的时候，还是议论这件事。一个女人忘记了她在圣坛前许下的诺言，让人勾引了去实在不好，但是，女人们对这样的事落在西利乌斯头上都挺高兴。他对待菲德丽克还不如一头牲口。他是自作自受，菲德丽克有许多理由可以为自己开脱。"她毕竟是结了婚的人，应当安分守己才是。"莉纳·谢伦格莱说。达伍玛·赫斯特也这样认为。"不对，"托拉说，"我们女人也应当有自己的权力。既然他待她不好，她当然可以另找别人。"

菲德丽克犹如艳花盛开，每当有人同她说话时，她的脸红润得像个少女。谁都看得出来她现在的境况如何。中午时她悄悄跑到高坡地，站在高坡地上俯视着男人们干活儿的地方。挖土工和短工们都在那里挖地运泥。在一大堆弯腰干活儿的工人中间，她看到了伊弗，她的心由于欢快激动而激烈地跳动着。他就在那儿干活儿，晚上她要同他幽会。西利乌斯旧庄园的外屋还在，伊弗下了班吃完饭以后，他们就在干草堆上见面。

工程正在进展，地基已经挖得差不多了。现在已能看得出来，工厂的规模有多大。土地向海湾里伸出去了一大块，驳船上人们在用打桩机往海里打桩子。这里要建造一座码头，船只要靠在这儿卸货和装运水泥。

天气渐冷，工房里的炉子烧得通红。现在已经接近冬季歇工时候了。土地一上冻，就干不了活儿了。

一天，马斯·隆德驾着车到费奥厄城去找斯寇特律师。律师迈着蟹步，搓着自己那双骨瘦如柴的双手，笑容可掬地迎了上去。他把这位大农庄主请进自己的办公室，给隆德递上一只雪茄，马斯·隆德透露了自己的来意。他和其他几个农庄主挨着坡地有几处低洼地，要是工厂真的还要雇用更多的工人，那么这块地皮完全可以开辟利用作为房地基。

"嗯，"律师思索着说，"这倒是个主意。确定一项项固定的发展计划，同有关方面达成协议，这样大家都不会用太低的价格把土地卖出去，这不管怎么说是个好办法。你们自己还可以提高地价。""我们也是这样想的。"农庄主说。"但是计划能否实现，还得看赫普诺的。"斯寇特说着，兴奋地在桌上轻轻地敲了一下。"只要他想盖工人住房，事情就好办了。要是你们愿意，我去找赫普诺。""为什么这样做呢？"马斯·隆德问。"我是门外汉，不懂法律方面的事务。""我得去试探一下，看看能不能行。"斯寇特说。"我同工程师关系挺好。""我们只是想别让外地人占了便宜。"农庄主说。"当然，"律师赞同地说，"谁不为自己着想呢。"

赫普诺没有住在西利乌斯的庄园里，他还在酒店里留着房间。第二天，律师开车去阿尔斯莱弗镇，他被引进赫普诺平时吃饭的那个小房间里。过了一会儿，工程师才进来，律师正喝着杜松子酒。"您好，律师先生。"赫普诺冷冷地说，随手把门砰的一声关上了。"有什么事吗？""我冒昧地想同您谈件事，工程师先生。"斯寇特说，他自己都能听得出来，他的声音有点儿低三下四。赫普诺点了点头，脸上的表情像是在说，律师要说的事儿是不会使他有兴趣的。斯寇特说明了自己的来意，赫普诺皱起了眉头，一下子变得全神贯注起来。

赫普诺派人找来了一名年轻的工程师，他拿来了工厂的地基图，上面标着工厂附近的环境，律师用铅笔指着，那些有关的地皮都在什么地方。"或许，您打算自己盖房子？"他小心翼翼地问，赫普诺摇了摇头。"这不是我的工作。"他说。"我只生产水泥。不过工厂若是能从地价的上涨中得到好处，我觉得这是合情合理的。""那当然，"律师赶紧说，"这种情况下，通常要成立一个辛迪加联合组织，您可以作为合伙人参加。我们只想明确知道，您是否希望在这儿盖工人住房。"

赫普诺站起身来，在小房间的地板上来回踱着。"目前我正在着手建造工厂，"他说，"以后问题就来了：我将如何经营这家工厂？眼下工人们干得都不错。我像是从美国来的救世主。我付的工钱要比农庄主多得多，我的事业标志着把这个地方从落后的农业生产发展成现代化工业的阶段。可是再过几年事情就会变样了。工人们将组织起来，他们会觉得自己是受了剥削，是工资的奴隶，他们和工厂的利益就会产生矛盾。我研究过国内的社会状况，您看看那些小农吧。""是的。"律师心不在焉地附和着。

"实际上，没有哪个社会阶级比小农的境况更糟了。"

赫普诺接着说。"他们投资过多，税收负担也多得很不相称。他们一天要苦干十二到十四个小时，还要尽量地利用老婆孩子的劳动力。尽管如此，小农们也很满意。为什么呢？因为他们觉得他们自己有了财产，他们占有自己的东西，可是天知道，他们都有些什么。只要让一个人相信他是在为自己干活儿，他就会加倍地苦干。这就是现代工业心理学。"

律师若有所思地点点头，他知道赫普诺有侃侃而谈的癖好。工程师接着说："我们不能让工人们有这个感觉，好像工厂也有他们一份。尽管他们也能取得一部分利润，但这也不能做得过于明显了。但是应该让他们有自己的房子和家产，把他们束缚在一小块土地上，他们就会成为维护社会的公民。他们也就希望社会稳定。我理解您的计划。我们无意自己去盖工人住房。我们不能轻易让他们得到太多的东西。事情就是这样，他们不喜欢轻易到手的东西。把地租出去吧，修上道路，然后再要价。至于经济方面的事，你们要先同工厂商量。我们也得有一份，这才合理。""那当然。"斯寇特说。"对外公开讲，我们同您的土地交易没有什么关系。"工程师说。"您也别指望从我这儿得到资本。我们自己还要花费好多钱呢。"

斯寇特给赫普诺出过大力。他作为他的中间人为他买下了高坡地。斯寇特一直在悄悄地期待着，他的才干会受到赏识。若是要成立水泥股份公司，他进入董事会应该是理所当然的。他壮着胆子问道："您的企业的情况怎么样，赫普诺工程师？"他说。"谢谢，正在发展。"赫普诺说。"我们正在挖地基、建码头，到春天就可以动工建厂了。""我斗胆问一声，您不想动用当地的资本吗？""哈哈哈，"赫普诺笑了起来，"您以为费奥厄城的几个小钱也能派得上什么用场吗？要是你们的土地交易能赚点儿钱的话，你们就去赚吧。"

斯寇特的脸微微一红。工程师对他表示，对他这个小城镇的律师来讲，他的那些资本是无足轻重的，这已经不是第一次了。他冷冷地告别了赫普诺，把车一直开到隆德的庄园那儿。农庄主走出来迎接他。"我同赫普诺谈妥了，"律师说，"我们的企业中得有他一份，这样就不会有什么麻烦了。要是您哪天同其他几位到我那里去一次，我们可以马上把股份公司成立起来。"律师搓着自己瘦骨嶙峋的双手，迈着蟹步走进了农庄主漂亮的房间。房间里整齐地摆着明光锃亮的红木家具，屋里有股泥土的味道，好像这房间从没住过人似的。马斯·隆德的妻子端着托盘走进屋来，盘子里放着酒杯和葡萄酒，后面紧跟着她的妹妹。"这是个好时机啊。"马斯·隆德兴致勃勃地说。"趁这时机除了干好本行，也还得挣点儿外快才行。""能给别人提供点儿住房也不错嘛……对了，还有房子和家庭。"两个女人异口同声地说。

秋天真的来到了。树叶纷纷从树上落下，候鸟叫着从天空飞过。人们蜷缩着围坐在火炉旁，夜晚愈来愈长了。工房太大，很难暖和起来，大家都冻得瑟瑟发抖。土地上冻以前，工程还没有停下来。他们比平常更爱去酒店了。晚间，过路的人可以看见他们三五成群地从费奥厄城的小酒店出来，三五成群地往家里走。他们边唱边叫，正经人赶紧躲到一旁。碰上了这群醉酒的挖土工，弄得不好就会要你的命，或打断你的腿脚。

但有一个人却不去酒店了，他就是同菲德丽克热恋的伊弗。他几乎每天晚上都很晚才回来，现在大家都知道，他和西利乌斯的老婆之间的暧昧关系。伊弗一回到工房，别人就露骨地同他开玩笑。但伊弗针锋相对地回答说，他同那个女人睡觉同他们有什么关系？事情就是这样，一旦哪个女人看上了一个男人，那些搞不到女人的男人就会妒火中烧。

雅可布的床铺同伊弗紧挨着，他给伊弗出了许多主意。他在这个世界上混的年头不少了，知道这种恋爱会以什么结局而告终。"你得小心点儿，伊弗。她的肚子一下子就会大起来的，"他说，"那样你就得拉扯一个小东西好多年。""她不会怀孕的，她生不了孩子。"伊弗低声地说。"你怎么知道？"雅可布问道。伊弗告诉他，这是西利乌斯亲口说的。"你因为这个才跟她勾搭上的吧。你比起你的外表要聪明些。孩子们把我们拖垮了。我那时得花钱养三个孩子。"

海湾上空大雨倾盆，又到了土豆的收获季节。农庄主来问短工们，他们的老婆孩子是否愿意去干活儿。妇女们本想今年不再去了。但谁也无法预计今年冬天的情况会怎么样，明年春天什么时候才又开始建工厂。能挣一份应急的钱有备无患，女人们又去干活儿了。从坡地上看去，人们朦朦胧胧地可以看见她们好似点点黑斑散布在庄稼地里。她们从早到晚蹲在地上挖土豆。回家的时候，她们个个腰酸背痛，步履蹒跚。孩子们也在大人们的身边干活儿，连那些最小的孩子也来了。回到家里时，孩子们已经冻得脸色苍白，浑身颤抖，母亲们赶紧热上一块热砖放进被窝，让孩子们暖暖身子。

现在大家都同挖土工熟悉起来，知道他们并不像看上去那样坏。不管怎么说，他们终究也是人嘛。没有哪个妇女被他们侮辱过，也没有哪家庄园被他们放火烧过。他们打牌喝酒。要是他们喝得太多，打牌时发生争执，他们就会相互厮打。人们开始能把他们相互区别开来，知道了他们谁叫什么名字。他们也到一些人家去串门走户。他们不去农庄主、牧师、牛奶场主或教师这样一些上等人家，而只去小农和短工们的家。他们中有个叫托马斯·特里宁的，他的老家在西海岸边，他是一个老成持重、头发蓬乱的小伙子。他同索特·安诺斯的女儿玛蒂勒订了婚。她是个漂亮、黑眼珠的姑娘，只是臀部的一边有点儿歪斜。托马斯对姑娘真心实意，他们一块儿去费奥厄城买了结婚戒指。

"真是怪了，她居然会要他。"莉纳·谢伦格莱说。"只要想想那个同挖土工结婚的菲德丽克，看看她的情况怎样就行了。""喔，算了吧，"托拉说，"一匹马咬了人，别的马不一定都咬人。再说菲德丽克现在也有人安慰她。""玛蒂勒一再追求我们的康拉德。"莉纳·谢伦格莱说。"他现在就是去找一个瘸腿姑娘我也心甘情愿。可是这家伙有自己的主张。他隔一天就去费奥厄城，去找店主的女儿梅塔。""他同梅塔还没出什么事吧。"托拉打趣地问道。"还没有，但也快了，"莉纳·谢伦格莱自信地说，"康拉德向来是要什么就非得到不可的，从他躺在摇篮里开始就一直是这样。"

不光是西利乌斯，还有好多别的人也常来工房看望挖土工们。几乎所有的短工们都到这儿来消磨时光。这些外地人喜欢讲些荒诞不经的神话故事和他们的放荡不羁的经历。木块在火炉中噼啪作响，有时挖土工们也要寻寻开心。他们派人去请法兰斯带着手风琴来到工房。他们随着他的音乐伴奏跳起舞来，然后用酒把法兰斯灌得酩酊大醉，不省人事。

传教士偶尔也来工房，他的口袋里装满了宗教小册子。

大家允许他把《人心之鉴》拿出来，讲解那些身有罪孽的人的内心世界。但下次来的时候，挖土工们喝醉了酒拿他开玩笑。有几个挖土工拿卡尔森做凌空抛起的游戏。他们把他抛到天花板上落下来再接住，直抛到他晕头转向大口呕吐才罢休，然后他就跟跟跄跄地走出门去。卡尔森对他受到的这些侮辱逆来顺受。最近一段时期，他变得更加少言寡语，也不经常对店主说拯救梅塔灵魂的前景如何了。梅塔的灵魂要得到拯救势必还有很长的时间。

传教士有时也去拜访盖姆斯特牧师。他受到牧师的友好接待，他在书房里的一张舒适的靠椅上坐着，同牧师讨论着宗教问题。他在此地的工作仍然没有什么起色，不过，他要是能把牧师争取到上帝一边来，这也算是对自己工作的一种补偿。他真挚地同牧师交谈着。他看得出来，牧师是个犹豫不定的人，是个无神论的怀疑者。"我只是个普普通通的传教士，既没有通过考试，也没有受过许多教育。"卡尔森说。"但是我知道，要是一个人不把自己的毕身奉献给上帝，他是不会有什么出路的。上帝要求要么全心全意地信仰他，要么根本不信。""您看到过这些说法吗？"牧师问。"没有，但这是我的亲身经历。"卡尔森说。"我内心深处也斗争得很厉害。我也是从一个彷徨不定、内心不洁的人转而信奉耶稣的，我把我自己的毕生全都托付给了他。"

盖姆斯特牧师在书房里来回地踱着步，谈论着生活的无聊。"生活就像捕鼠夹。"他说着，并在传教士面前停了下来。"对我来讲，生活犹如荒诞无稽的玩笑。生活中除了情欲还有什么呢？只有自卫的本能和性欲而已。上帝躲到哪里去了，我终日在追寻他，可连他的影子也见不着。"他们就这样坐着一直聊到深夜，天太晚了，传教士被牧师挽留在书房里的沙发上过夜。他入睡前，还在衷心祈祷，他播下的种子会发芽成长。

谷草仓里太冷了，菲德丽克现在在家里同伊弗幽会。这不会有什么危险，西利乌斯是不会发现他们的。他每天晚上都要出去，很晚才回家。邻居们谁也不会对西利乌斯说什么。谁也说不上他要是知道了将会怎么样，他准会大打出手的。邻家的女人们都说，此事的结果准是这个疯子把菲德丽克杀死。

老吉普的身体愈来愈差了。伊弗常在老人静静躺着的时候去那儿。可是只要他从昏睡中醒来，瞧见菲德丽克的情人时，他那茫然无神的眼睛便会射出愤怒的光芒。他嘴里嘟囔着，好像是把谩骂和诅咒交织在一起。但过一会儿老吉普就喘不上气来。他尖声地叫着西利瓦西昆，不管是伊弗还是菲德丽克都不理会他，在他们看来。这屋里根本就没有他。

一天晚上伊弗又来了，菲德丽克哭着迎上前去。现在明白了，她到接生婆那里去做了检查。菲德丽克怀了孩子了。"你在说些什么呀？"伊弗说着并从上到下地打量着她。"我有了孩子了。这几个月我一直在提心吊胆，现在我该怎么办呢？""她能肯定吗？"伊弗问。"这是不会错的。"菲德丽克轻声地说。

这会儿伊弗不再是原来那个忧伤的、对生活感到失望、曾经被一个姑娘抛弃掉的小伙子了。他的脸色阴郁下来，眼睛神经质地眨巴着，像是在寻找出路。"你是不会怀孕的，不会有孩子的呀。"他说。"你说你怀孕了，只是说说而已，是想把我拴住。""尽管我同西利乌斯生不了孩子，可同你还是能生的呀。"菲德丽克说。"我也从来没说过我是生不了孩子的。""可是西利乌斯说，你是不会怀孕的呀。"伊弗说。"要是这样的话，你就找他算账去吧，是他骗了你。"菲德丽克恶狠狠地说。

菲德丽克经历了一次新的青春时光，现在她一下子又苍老了。所有的那些甜言蜜语顿时烟消云散，原来都是些空话和欺骗。她对生活再也没有指望了。今后又是一切如旧，生活中将再度充满痛苦、悲伤和妒忌。她心里很清楚，她要说的那些话实际上已经说完了。"我没有别的办法，除非我们一起出走，我在那儿给你生个孩子。"她说。她真想在地上打滚、踢蹬一番，再纵声大笑一阵。

现在伊弗心里已经有了主意。他是个经历坎坷的男子汉，总能想出办法来的。"我得先问你，菲德丽克。"他和颜悦色地说。"我们认识这段时间以来，西利乌斯从没跟你睡过吧？""他是我丈夫，我怎么能拒绝他的权利呢？"菲德丽克说。"可你知道，我同他是怀不了孕的。""这我可不知道。"伊弗说。"不过你从来没告诉过我你也同你的丈夫睡觉呀。"菲德丽克摇头不语。伊弗接着又说："我对世上的姑娘没法再相信了。尽管我这么相信你，可你还是欺骗了我。你们这些人都是一路货，没什么区别。"

伊弗连连摇头，看上去伤心得很，但他的目光仍像燧石一样坚定刚毅。"那么你是不想承认你的孩子啦？"菲德丽克问道。"我都不知道我是不是他的父亲，我怎么能承认这个孩子是我的呢。"伊弗说。"这事真让我受不了，菲德丽克。我本来以为，你对我是一片真心。不过女人们都是这样，不能相信她们。"伊弗看上去像是整个世界都背弃了他，好像天就要塌在他身上似的。他显得很难过，可是他的眼睛还在仔细观察，还是那样冷漠无情。

菲德丽克低下了头，发出了一声刺耳难听的叫声。伊弗起先以为她在哭，心中放宽了不少。女人家只要一哭，事情就好办了。可是菲德丽克并没有哭。她是在笑，笑得像一条病犬在狂吠。老吉普抬起头来凝视着她。"菲德丽克，"伊弗一面说，一面抚摸着她的背，"你别太往心里去了。我也可以抱怨，可以放声大哭，这对我来说也不好过，你还记得，我过去同女人打交道的经历。但我自己知道，这是多年前的事了。你还别忘了，你的情况要比我好多了。你只要不告诉西利乌斯我们两人的事，你可以得到一个孩子，而我又能得到什么呢？"

　　菲德丽克脸色灰黄，转过身来，面对着他。"你以为，你就可以不受惩罚地滑过去。"她愤愤地说。"就是西利乌斯把我打死，我也要把一切都告诉他。他会让你恶有恶报的，他过去把一个人打趴下过，现在他还会干得出来的。"

　　"你清醒一点儿吧，菲德丽克。"伊弗宽容地说，但是他的声音不那么自信了，菲德丽克却在乘胜追击。"我要告诉西利乌斯，你常常同我一起睡觉，"她尖声叫着，"我要让他知道，你是怎样的一个好色鬼。我还要上告，让他们传讯你。既然你跟我有了孩子，你就得出钱抚养，还有你答应过我的、跟我说过的事情都得办到。"

　　在那些漆黑的秋夜里，伊弗曾经说过多少甜言蜜语啊，他说，要是有朝一日命运能把他们结合在一起该有多美啊。那时候，菲德丽克是伊弗在这个悲惨世界上能得到的唯一安慰。菲德丽克不能忘记芬香清香的干草堆，以及那静悄悄的群星透过谷仓顶棚的洞口把星光泻在他们身上的情景。但是现在这一切都过去了。"你这样对待我，在你死的时候你会后悔的。"她高声喊着。"在你勾引我之前，我是个正经的女人。你勾引了我，还让我怀了孩子。我要把这一切都告诉西利乌斯，你就是躲到天边，他也会找到你的。你再也别想勾引别的女人了。"

"他自己亲口说的，你不会怀孕的，这孩子也可能是他的。"伊弗固执地说。"你说你跟他怀不了孕有什么用，他同南方的一个姑娘就生过孩子。要是上法院，我就起誓我是无辜的。""那样你就得下地狱。"菲德丽克说。"我宁肯要个母夜叉也不愿同你在一起。"伊弗说完就走出屋去。菲德丽克呆呆地望着，伊弗随手关上了门。然后她垂头丧气地到厨房洗涮去了。

晚间，菲德丽克围上围巾跑到工房去。她把伊弗说过的话考虑了一遍。她愈想愈觉得伊弗说的那些话是不会当真的。大概因为她仍同西利乌斯一块儿睡觉，所以他才大发雷霆。只要她对伊弗解释清楚，她并不喜欢西利乌斯，他仍会回心转意成为那个温柔善良的伊弗的，伊弗过去被别的姑娘抛弃过，并且在她这里又找到了幸福。

黑暗中她在工房外面站立着，拿不定主意是不是进工房去找伊弗谈谈。也许西利乌斯坐在里面，即便他不在，别人也会耻笑她一个结了婚的女人居然来找一个男人。她听见工房里有人在说话。这时一个男人从屋里跑了出来，跌跌撞撞地朝她走来。一瞬间她还以为这是伊弗。那个人抱住了她，身上一股酒味。

"你是谁？"他问道。菲德丽克说了自己的名字。"你别等西利乌斯了，他不会跟你走的。"那个人说。"你要是想找个替身，我愿意当。他在专心打牌的时候，我来照顾他的老婆。""放开我，"菲德丽克轻声地说，"我不是来找你的。""我不是最差劲儿的。"那人笑着并把她抱得更紧了。"在这个世界上除非你自己寻找乐趣，否则是得不到的。"

菲德丽克伸手朝他打去，正好一拳打在他的眼睛上。她挣脱出来，跑回家去。这就是她从短暂的热恋中得到的一切。假如卡尔森现在骑车来对菲德丽克说，这就是罪恶和淫荡的结果，也许这个灵魂就得救了。可是没有人来为菲德丽克解忧分愁，她不得不用自己的软弱无力的双肩去承担这一切。

🌸 十九 🌸

　　每天晚上干完了活儿，博尔－艾立克还要骑车去沼泽地里。马里努斯和拉斯·谢伦格莱同他一起去看他工作进展得如何，他们不得不承认，博尔－艾立克是下了不少功夫的。"你开垦沼泽地还真有办法。"马里努斯说。"现在问题是地里是否能长出东西来。"博尔－艾立克解释说，地里一定会长出庄稼来的，他已经种了一英亩土豆。但在马里努斯看来，长不出黑麦的地不能算什么正经地。

　　博尔－艾立克既不喝酒，也不玩牌。他是个胸有大志的人，他已决定要把房子盖在沼泽地的什么地方。当他把这块地种好了，他要再买些沼泽地开垦。"你快成了大农庄主了。"拉斯·谢伦格莱开玩笑地说。博尔－艾立克只是点头。他为什么不能把沼泽地改成良田呢？过去有过这样的先例。可是英昂对他的梦想不以为然。"你这个傻瓜，"她说，"你以为，我会上你的沼泽地去住吗？就是七匹野马也别想把我拉到那儿去。"

　　英昂不是生来就是为了当农家主妇和挤奶婆的，她也不是生来就为了同博尔－艾立克这种只知道埋头干活儿的汉子结婚的。她一同他讲话就绷着个脸，看上去，她像是对自己的生活境遇怨气十足。她已经怀孕很久了，博尔－艾立克一直在想着她什么时候生孩子。"你是不是快生了？"

他问道。"去！到时候就会生的。"英昂说。"我真希望孩子死在胎里。我不想要孩子。"艾立克用自己那双大手轻轻地抚摸着她的背。当女人处于这种情况的时候，同她认真就没道理了。

博尔－艾立克的土豆收获了，在人们的记忆中，还没见过这样小的土豆。他拿了几个去找马里努斯，告诉他自己的地里能长出这样的土豆来。"你先瞧瞧，那儿能不能长出黑麦来，你能不能喂上两头奶牛。"马里努斯说。博尔－艾立克对自己的成功感到自豪，他认定了，只要多在地里下功夫，任何东西都能种得出来。"英昂生了孩子就好了。"他说。"最好是个男孩，以后我要种地也能用得上。要是总我一个人干，同时还得打短工，那是干不出什么名堂来的。"马里努斯和拉斯·谢伦格莱对土豆夸奖了一番，并说到了冬天，能给他们每人一桶土豆就好了。艾立克说，其他的可以卖掉，卖得的钱拿来租马和犁。今年秋天还要买进一块新地。

谁都承认，博尔－艾立克是个吃苦耐劳的人，但是他的老婆可差点儿劲儿。短工们的妻子来看望她，问她分娩的事准备得怎么样了。可是英昂什么也没准备。她好像连想也没想过，一个孩子降临在人世上时，还得准备床呀褥子呀衣服这类东西。"英昂，你得为你的孩子想想呀。"托拉说着并用力拍着自己的双手。"有好多事要做呢，总不能让孩子光着屁股呀。我还有些用不着的东西，你拿去用吧。"托拉说完叹了口气。她带着痛苦和烦恼生下了许多孩子，但她总觉得还没有生够。她真想从头再来一遍。

但英昂却闷闷不乐地摇着头说："我不喜欢这个孩子，我真希望他不要活着生下来。""天哪，你在说些什么呀！"

托拉生气地说。"你居然想让自己的孩子死掉，你真不配有这么一个既厚道又能吃苦的丈夫。""噢，他整天就知道鼓捣那块破地，我才不会搬到那儿去呢。"英昂说得很干脆。现在托拉可真的生气了。"我明着对你说了吧，英昂。我瞧不起你。男人们应当做工，女人就得生儿育女。"她说。"不管怎样，你得把衣服准备好，把你的孩子生下来。""唉，我真讨厌这些事情。"英昂说。"我要是没结婚该有多好呀。""你真不懂事，不知道什么是苦。"托拉说。"也许有朝一日你现在生的那个孩子真的死了，那你会把血都哭出来的。"

托拉回去翻箱倒柜，把孩子的衣服找了出来。一天晚上，博尔－艾立克把接生婆找来了。孩子生得很顺利，英昂怀里抱着一个胖乎乎的、漂亮的女孩子。"是个姑娘，艾立克。"接生婆说。"喔，那就这样吧。"博尔－艾立克无可奈何地说。"是呀，我们也不能没有女人，自从她大肚子以来，我一直在想她会生个男孩的。"他走近英昂，小心翼翼地抚摸着婴儿那张又皱又小的脸。尽管博尔－艾立克希望能有个能帮他干活儿的男孩，但是一个女孩子来到世上也应当受到欢迎。

白天越来越短，秋天的风暴呼啸而起。海湾里的海水淹没了坡地的低洼地，大家都认为，新建的码头怕挺不过今年冬天。即使能度过今年秋天，待到海湾里的冰层挤压过来，码头还是要出毛病的。挖好的工厂地基里满是海水。赫普诺和他的工程师来回巡视着，并估量着这一切。"这样可不行。"赫普诺说。"到了春天我们得沿着海边修道水泥堤坝，不然，每年一到冬天我们就得在这里划船了。"

北风和大雪使得夜晚的冰冻越发厉害，到现在，今年建设工厂的工作全都停了下来。一天大家都接到通知，说这儿没什么可干的了。挖土工们打起包裹又走了。安德列斯的庄园显得荒凉、空荡，西利乌斯的庄院也拆迁一空，赫普诺和工程师们也都走了。但赫普诺在临走前还通知克里斯登·博森，他得准备好搬家。一过了圣诞节他就得搬出去，费奥厄城的工人要来整修房屋。赫普诺再来这儿时，自己将住这儿。

克里斯登·博森只好自己去找房子，要找一个住处可真不容易。他终于在教区里租到一处破旧不堪的老房子。有一天马里努斯见到他时，问博森："那些牲口你打算怎么办？"克里斯登说他要把它们卖掉。眼下他不想购置田产，因为到了春天还会有活儿干的。"要找到一个待牲口好的人是不容易的事。"马里努斯说。"我喂了它们那么多年，心里总是惦记着它们。"克里斯登明白马里努斯的心情，并答应他将把这些牲口卖给一个待牲口好的人。不过没有别的办法，玛蒂勒不得不把它们送到屠宰厂去。"哎呀，天哪，"马里努斯说，"多年来，它一直是我最喜欢的奶牛。当然，我们不能总留着它。是呀，不仅仅是我们这些人最终要离开人世，时候一到，这些牲口也得归天。"

冬天到了，白天总是阴沉漆黑，雨雪不停。夜里一片冰天雪地，人们都待在屋里不愿出去。挖土工们都离开了小镇，一切又同旧日一样。高坡地脚下躺着一座码头，这上面将要盖起一座工厂。可是，在这寒冬腊月里，所有的一切是那样虚假。男人们百无聊赖地聚在一起，东拉西扯地闲聊，以消磨时光。女人们则去探望病人和产妇。冬天一到，露易丝的身体越发不行了。她躺在床上，身边坐着一圈女人，她哀叹着她的一生是多么艰难坎坷，然而生命仍旧不愿离她而去。

教徒们在马丁·托姆森家里聚会讲道,卡尔森主持布道。他常来牧师家里,有时也能说动盖姆斯特牧师参加布道会。牧师拘谨地坐在一旁听着,从来不对上帝的仁慈和灵魂的拯救发表自己的看法。但大家知道,一个人在做出抉择之前,首先必须醒悟过来。参加布道会的人中有些是上了年岁的老太太,她们穿过贫瘠的沼泽地,踩着冰雪,摇摇晃晃地走到这里,有时也有从城里来的人。每次召开布道会前,卡尔森都要走家串户,用他那温柔和气的声音鼓动人们前来赴会。

卡尔森的脸庞更加消瘦了,眼圈发黑。他站在那儿同别人讲话时,常常走神,心不在焉。一天晚上,他又在马丁·托姆森的大房间里举行布道会。牧师也来了,独自坐在角落里。屋里坐着十来个身着黑衣的善男信女,在主讲人站立的小讲台旁边,坐着马丁·托姆森、店主和其他几个信徒。卡尔森已经讲完了话,但今天他显得没精打采。他讲完后,大家唱了一首赞美诗。如同平时那样,卡尔森问有哪位兄弟姐妹希望上来作证。大家沉默了一阵以后,马丁·托姆森走上了讲台。

农庄主显得异常严肃,脸上的表情十分紧张,好像面部的肌肉都在抽搐。他站在那儿不知从哪里说起。"姐妹们,兄弟们,"他说,"我只是个普通的凡夫俗子,我既没有受过牧师的教育,也没上过教会的学校,没有,我实在是没什么了不起的。我觉得自己只不过是世上一个渺小的平凡的人。但尽管我为人拙笨,我还是阅读《圣经》,这是我做一切事的准绳,无论在精神生活还是世俗事务上都是如此。《圣经》上讲:没有东西能够隐藏得住,一切都会被揭露。

因此你们在黑夜里说的事，到黎明就要被四处传扬；你们在房间里的窃窃私语，将会在屋顶上被大声传播开去。"

马丁·托姆森停顿片刻，朝会场看了一眼。大家的脸上困意很浓，几个早起挤奶的妇女干脆闭上眼睛睡着了。然后他又接着不紧不慢地讲了起来，并故意避开看传教士。

"我是一个头脑简单的人，不是《圣经》上讲的那种两面讨好的人。我同上帝的许多斗士有过交往，同过去这个教区的福堡牧师也常有往来。我说这些不是为了炫耀自己，而是想让你们知道，我要区别良莠好赖。我直说了吧，自从卡尔森作为传教士到这儿来的第一天起，我就对他有许多怀疑和顾虑。我常常在想，他并不是上帝的真正的孩子，魔鬼和罪恶已经占据了他灵魂的一角。"

所有的人顿时都醒了过来，聚精会神地瞧着他。大家知道，农庄主要对卡尔森提出指责了。传教士仍旧像电线杆那样坐得笔直，双臂交叉着，眼睛盯着讲台。

"我自己多次想过，难道卡尔森真像他装的那样，是个信徒吗？"马丁·托姆森接着说。"或许他像白垩坑那样，里面满是腐烂枯朽的渣滓。我们都知道，我们不应对自己的弟兄提出不恰当的指责，所以我把疑虑一直留在心里，独自一人冥思苦想。而现在我听说的一件事证实了我的看法，我把这件事情摆在了上帝的面前，并得到了上帝的回答。上帝对我说，我应当把这件事公布于众，让兄弟姐妹们听听卡尔森有什么要为自己辩护的。"

马丁·托姆森停顿了一会儿，对他的话引起了全场的关注很为得意。他很难再保持脸上那副谦恭神态，讲话也因为激动而结结巴巴。

"我一直感到奇怪的是，卡尔森同店主斯基夫特的关系要比同我们这些信徒的关系深得多。"他说。"我不认为，店主那儿是他传教布道中唯一能得到帮助和支持的地方。我承认，我是常常这么想的，他去店主那儿到底是不是为了天国的事业。但每当我有这种想法时，我就尽力驱散这一念头，我对自己说：马丁呀，卡尔森是上帝的信徒，他是不会为情欲所动的。他是一个灵魂得到拯救的人，又是一个结过婚的人，他不会去干偷鸡摸狗的事的。但是最近我听到了一件丑闻。现在我作为一个头脑简单、虔诚朴实的信徒直截了当地问你，卡尔森，有人说你想强奸店主的女儿梅塔，是不是有这回事？"

"是谁这么说的？"卡尔森激动地喊道。

"我的女儿是她的同学。"农庄主说。"梅塔亲口告诉了我女儿，你在梅塔干活儿的那家人家的房间里把梅塔按倒在床上，只是由于她的反抗，才阻止了你对她干出丑事来。我女儿是这么说的，别的姑娘们也在这么说。现在我把这件事提出来，算是尽到了我的责任，你也可以利用这个机会在这个丑闻面前洗刷你自己。"

屋里死一般的寂静。马丁·托姆森在讲台上站了一会儿，然后悄悄地回到自己的座位上。大家的目光都集中在卡尔森身上。他低着头，盯着地板看着，好像在全神贯注地做祈祷。店主斯基夫特坐在凳子上，不安地前后摇摆着，女人们开始窃窃私语。

当这种寂静到了难以忍受的时候，卡尔森终于站起身来，走向讲台。他面色灰白，但脸上仍挂着一丝温和、宽容的笑容。"姐妹们，兄弟们，"他说，"'有人打了你的右脸，你把左脸也送过去。'我也愿意这么做。马丁·托姆森对我提出了可怕的指责，我极其悔恨和懊恼地承认，我在上帝的面前仍有罪过，魔鬼还在缠绕着我，我也不得不多次努力驱散我身上的傲慢与虚荣。但我知道，只要我把罪孽的重担卸在上帝的跟前，他就会为我承担这些罪过。他帮助了我，是我可信赖的人。"

卡尔森擦了擦脸，费力地清了清嗓子。"是的，我是一个可怜的罪人，要是没有救世主，我一定会堕入地狱。"他说。"但是，马丁·托姆森所指责的那种罪恶同我毫无关系。我在这里可以对你们说明，我多次感到内心的空虚，但我从来没有对那个年轻的姑娘梅塔产生过肉欲的邪念。他的父亲请我尽可能地同她多谈一谈，我照办了。我去过她家，也去过她干活儿的地方，以及她的闺房。当我诚心诚意地同她讲她应该选择哪条道路的时候，我的手曾经在她的胳膊和肩头上放过。但是我的心里从来没有以情欲之念去接触她。要是梅塔那样说了，那她是在对她的朋友作伪证。"

卡尔森的脸色又恢复了常态，讲话也轻松起来，不再费劲儿了。开始时听众们不知道应该相信谁，但现在他已经把他们争取过来了。他接着说，有些年轻女人因为性欲旺盛往往把无意的接触想到最坏的方面去。"但是我敢保证，我也敢拿着十字架在救世主的面前起誓，我是一个洁净的人，我只是同我的结发妻子有着纯洁的、正当的肉体关系。"他的感情溢于言表，最后说道："就是我多多少少接触过梅塔的身体，那也就像父亲抚弄自己的女儿，对了，就像我在抚摸我的女儿约翰娜一样。这是实话，姐妹们，兄弟们。这全是真话，没有丝毫虚假。"

卡尔森胜利了，他驳回了对他的无端指责。他从讲台走回来时，斯基夫特同他握了握手。马丁·托姆森把脑袋歪在一边宣布，他也不愿意相信这是事实，他这样做只是为了澄清这些传言。卡尔森宽宏大量地淡然一笑，但是会后他同牧师一起走在回家的路上时，却大发脾气。"真可恶！"他说。"我过去也遇见过这种事，自称是信徒的人好意思到处散布这种恶毒的流言蜚语。""人就是这样。"牧师说。"我知道是什么事惹恼了马丁·托姆森，"卡尔森说，"他对我在这儿传道不去找他出主意想办法很生气。他是个自以为是的人。可是梅塔居然把我对她的灵魂得救的关心说成这样，这也太不像话了。"

传教士把自己遭人攻击的事告诉了妻子，卡尔森夫人听了以后痛哭起来。"我们没法再在这儿待下去了。"她哽咽着说。"为什么呢，克里斯蒂娜？"卡尔森问道。"这种流言一经传开，就会家喻户晓的。"卡尔森夫人抱怨说。"我可受不了这个不要脸的骚货的气。"卡尔森只好耐心地劝他妻子说，在上帝的眼里，各人都有一本账，所有的人都要得到拯救。

星期天梅塔回到家里，斯基夫特讯问了她一番。是的，确实有这么回事。传教士是把她按倒在床上，要不是看着他有老婆孩子，梅塔早就告发他了。"这不会吧，"斯基夫特说，"他是一个虔诚的信徒，他说，他从来没想过这类事情。"梅塔坚持自己的说法，不过这也无所谓了，梅塔一仰脖子说，因为她已经订婚了，并要买只戒指戴戴。"那小伙子是谁呀？"斯基夫特问道。"是康拉德·谢伦格莱。"梅塔说。"让你马上知道了也好，我们得赶紧办婚事。"

全教区都传开了，莉纳·谢伦格莱的预言实现了：康拉德把店主的女儿梅塔的肚子搞大了。"我怎么说来着，"莉纳得意扬扬地说，"那小子知道该怎么干。""是呀，他没费多大的劲儿。"托拉笑着说。"这种人往往是事后付出代价，不过他也算是捞到享乐和金钱了。"女人们谈论着，店主是否会让康拉德和梅塔做主，还是他会从中作梗。"他本可以去做工的，就像他爸爸这一辈子所干的那样。"英昂绷着脸说。莉纳狠狠地瞪了她一眼，说："你就等着吧，等你女儿长大了，你也会希望她的日子好过些。如果我们的子孙今后还要像我们这样过日子，这有什么好处。"

二十

　　这是一个严寒干冷无雪的冬天。码头承受住了坚冰的压力，这玩意儿是够结实的。短工们没什么活儿干了。不过今年冬天不会像以往那样拮据了，他们有了不少的收入，存着应急备用的钱。他们的腰杆子也直了许多，因为生活有了着落了。即便钱花光了，明年大地开冻，就又有活儿干了。

　　索特·安诺斯到海湾对面的森林去偷猎。海面上的冰刚一冻上，他就从冰上走了过去。那是大庄园主的森林。他在夜里偷猎时，常常遭到护林员的追逐。可是索特·安诺斯是不会给人捉住的。有时布雷根特维也跟着一块去，他也是个打猎迷。他们扛着枪一块去打猎时，布雷根特维的嘴总是唠叨个没完。秋天时他也在高坡地干了一阵活儿，后来他又去赶车卖鱼，安东仍是他的忠实的帮手。要是实在没有鱼卖，他们就卖鳗鱼。

　　博尔－艾立克还在地里苦干，大家都觉得他是发了疯。尽管地冻得绷硬，他还在那儿又是开沟又是挖渠。这要费很大的劲儿，可是艾立克有的是劲儿。他既然已经决定要把地开垦出来，活儿就得快干。他像疯子似的挥动着锄头，嘴里呼出的气把他的黄胡子冻成了冰柱。

　　家家户户的房子上，泥煤的黑烟袅袅升向晴朗的寒空。

197

在一个宁静的冬日里，保尔·伯格的儿子威廉死去了。"唉，唉，"保尔·伯格说，"威廉是该去了，本来就该这样。他们是不会让他死在疗养院里的，我们从疗养院那儿把他领回来时就知道了。"露易丝躺在床上伤心地落着泪。"他是我仅有的一个孩子。"她说。莉纳·谢伦格莱对她讲威廉的死是上帝的安排，但这也无济于事。莉纳说，威廉是先走一步准备在天堂里迎候他的母亲。

"不对，小辈先死是最糟糕的。"露易丝哭着说。"该了结的难道不应当是我吗？可我却在这儿躺着活受罪，年轻人反倒先去了。托拉，你知道这有多难受，你自己也失去过孩子，何况她还不是你唯一的孩子。"托拉含泪点头。她是忘不了维拉的，她常常独自悄悄地来到公墓，坐在维拉的墓地旁，在这儿她能忘却一切。"我们总是只能当个小老百姓，"露易丝说，"那些大人们根本不把我们放在眼里，上帝是不是好一点儿呢？我看他也好不到哪儿去。""你别瞎说了，露易丝。"莉纳·谢伦格莱恐惧地说。"你别忘了，到最后审判那一天，你讲的话都要算上的。"

威廉被体面地安葬了，大家都来问候保尔·伯格这位受人尊敬的老人。殡葬后，人群聚集在保尔·伯格的小房间里。乌尔里克森老师讲起，威廉在学校里是个聪明能干的学生。大家的话不多，玛格达这时悄悄地对托拉和莉纳·谢伦格莱低声地说："瞧菲德丽克。"她们一起朝她看去，心里马上就明白了，她已怀了孕。玛格达陪同托拉一块回家。她对菲德丽克很反感。"我真没想到，菲德丽克会是这样。"她说。"谁都知道是谁跟她有的孩子。"托拉对她的话很生气。

"我不想听你这些话，玛格达。"她说。"菲德丽克是个结了婚的女人，她有了孩子，只要西利乌斯不否认，他就是孩子的父亲。"

"可她的事情早就在外面传开了。"玛格达执拗地说。

"我不管这个，"托拉说，"女人也得有自己的权利。玛格达，要是你有了孩子，别人说你的闲话还要多呢。你同安德列斯过去也有过不光彩的日子。"

玛格达的脸红一阵白一阵，眼睛里直冒火。"我从来没想到会有人说我不光彩，"她说，"我做的每件事就是到了世界末日也经得起检验。""那你就别管人家的闲事。"托拉刻薄地说。

但是玛格达不想约束自己。第二天她就去西利乌斯家串门了。菲德丽克正在厨房里削土豆，她同她一起聊开了。菲德丽克想把放土豆的锅端到炉子上去，玛格达上前接了过来。"你现在这样的情况可不能端重东西了，菲德丽克。"她说。"尽管我没生过孩子，这种事情我还是知道的。"

菲德丽克从她手中把锅夺了回来，并放在炉子上。"谁说我怀孕了？"她问道。"这我看得出来。"玛格达笑着说。"你这下该有多好啊，我还真以为你不会生孩子呢。""我不想要什么孩子。"菲德丽克冷冷地说。这下玛格达生气了。她是想来安慰菲德丽克的，来听听她诉说男人是如何诡计多端，既然菲德丽克不吃敬酒，那就给她吃罚酒吧。"西利乌斯会大吃一惊的，我几次听他说过你有不孕症。"她说完昂起了头。"你去管管你自己吧。"菲德丽克说。"既然你的情绪这样坏，我只好走了。"玛格达自以为是地说。"我来完全是为你好。"

玛格达一肚子气，出来时刚好看到西利乌斯正在鸡棚里忙着，她再也抑制不住了。她把头伸进鸡棚冲他点点头。

"你得当心一点儿菲德丽克，别让她干太重的活儿。"她说。"她现在这种情况是很容易受伤的。"说完一溜烟儿走了。她可不想看西利乌斯怎么料理这件事。

西利乌斯疑惑不解地看着她的背影。她说要照应点儿菲德丽克是什么意思？突然他想起来了，近来他老婆的身体有点儿发胖。可是她是不会生孩子的啊。

他走进厨房去找菲德丽克。"玛格达刚才来了。"他说。"她来这儿干吗？""她来没好事。"菲德丽克说。西利乌斯用眼睛打量着她，确实再没什么可怀疑的了，她是有了身孕了。"我真想知道，在这儿干活儿的伊弗现在到哪儿去了？"他说着眼睛看着窗外。"你问他做什么？"菲德丽克问道。"我也不知道他到哪儿去了，也不好给他写信。"

菲德丽克的嗓音还像她平日同西利乌斯讲话时那样生硬，可心里着实有点儿害怕。为什么西利乌斯现在要提到伊弗？这么说事情他知道了，他发现了她怀了身孕了。现在他一定会怒不可遏，并把她打死的。但是西利乌斯只是走进房间，从壁柜里拿了些钱，这是他干活儿挣来的剩余的钱。"我到酒店去一下。"他简短地说。

西利乌斯到了酒店。他想在那儿安安静静地坐上一会儿，想想该怎样对待所发生的事。可是酒吧间里还有别人，他无法独自一人去坐着思考。屋里坐着西利乌斯过去认识的那个又矮又胖的猪贩子。他曾经说过他的前世曾是一头母猪。他已经喝得醉醺醺了，他请西利乌斯喝一杯。

"你做成生意了吗？"西利乌斯问。可猪贩子说做成买卖已是好久以前的事了，一个多星期以来，他只是东游西逛，他的两只眨巴着的小眼睛由于疲乏和喝酒而发红。"我要喝个够，我受不了。"他抱怨说。"你就不能把酒瓶子放下吗？"西利乌斯问。"不成，这我办不到，我要以酒浇愁。"猪贩子说。"我对你说了吧，我早就成了一头猪了，我的猪鼻子爱拱在烂泥里，这是我的本性。"猪贩子诉说起自己的遭遇。他找了一个相好的，她是个荡妇，她同什么人都来往，唯独对他不爱理睬，尽管他很想同她结婚。

"你太蠢了。"西利乌斯说。"你没有她照样能过得挺好，世界上有的是女人。你能挣钱，想找谁就去找谁。"猪贩子伤心地摇着头。他爱的就是这一个，能找到别的女人有什么用呢。"既然她跟别人好，她还有什么值得你留恋的呢？"西利乌斯说。"但我没她不行啊。"猪贩子说。"我的猪鼻子总想拱在烂泥里，这是我的本性。我身上的动物特性还不少呢。"

他们两人一直喝到天黑。"打起精神来，"西利乌斯说，"世界上有的是女人和美酒，要是没了她们日子就不好过了。我初来这儿时身无分文，现在我已混得不错了。我喝酒喝掉了一个庄园，还把一个小伙子打趴下过。我什么人也不怕，什么也不在乎。"西利乌斯鼓励地拍着猪贩子的肩膀，但猪贩子已经烂醉如泥，瘫倒在地，别人只好把他抬到酒店的房间里让他躺下休息。西利乌斯就回家去了。

西利乌斯没有机会好好想想对他的不贞的妻子说些什么。菲德丽克不在房间里，西利乌斯以为她睡觉去了。老吉普醒着躺在那里，高兴地对他点着头。"我到酒店去了，喝得有点儿晕乎乎的，老爹。"他说。"你是不是也来点儿尝尝？"柜子里还有一瓶白酒，西利乌斯用汤匙喂起他来。可是今天晚上老吉普似乎并不想喝酒。他不安地摇着头呻吟着。

"你没生病吧？"他问。老人过去在喂酒时从来没有像今天这个样子。但是老人并没有生病。他显得惶惑不安，西利乌斯猛然醒悟过来，老吉普是个很聪明的人。他一直在这儿躺着，对家里发生的事一清二楚。他一定知道菲德丽克有了身孕。

"是呀，女人可真不好对付。"西利乌斯一面说，一面又自己呷了一口酒。"她们一会儿这样，一会儿又那样。你看我要不要把她杀了？""哦，西利瓦西昆，"老人呻吟着，声音像是来自墓地深处，"哦，西利瓦西昆，西利瓦西昆。"西利乌斯明白了，老人不愿为这件事动刀流血。

"是不行啊，"西利乌斯若有所思地说，"我们两人也太相像了。你把家产打牌输光了，我把到手的东西都喝酒喝光了。女人们也应该有自己打发日子的办法。我们对她们太严厉了没什么好处。我自己不就同一个姑娘生过一个孩子吗？谁能没过错呢。"

现在西利乌斯的思想在激烈地斗争着，菲德丽克是找了个情夫并同他通奸。她让自己和他都成了人家的话柄，是别的男人让她怀了孕。可西利乌斯不是那种斤斤计较生活小事的人。他起身走进卧室，他的老婆不在床上。他连忙走到院子里，朝井里张望。他担心，菲德丽克在后悔和害怕中会给自己闹出祸事来。井里没有她，她到哪儿去了呢？

天空星光闪亮，西利乌斯急急忙忙地朝海湾走去。要是菲德丽克失去了理智，想去自杀，他一定会在那儿找到她的。他来到高坡地，隐隐约约地看见有人蜷缩在码头上。他顺着陡峭的小路一直下到了水边。真是菲德丽克，她裹着那条灰色披巾，无精打采地坐在那里。当她发现西利乌斯在黑暗里站着时，她大吃一惊，但她没有想往水里跳。

"你病了吗，菲德丽克？"西利乌斯问道。菲德丽克哑着嗓子说，她想出来透透新鲜空气。"你还是跟我回家去吧。"西利乌斯一面说，一面紧紧抓着她的肩膀。"这里天太凉了，这样对你身体不好。你不为自己想，也得为孩子想想呀。"菲德丽克都快窒息了，她感到她的心在胸腔里怦怦直跳。"我知道你能怀孕，"西利乌斯说，"女人有了孩子就会胡思乱想。来吧，菲德丽克。"

菲德丽克情不自禁地站起身来走上了岸。西利乌斯小心翼翼地在她身后跟着，他帮着她爬上高坡地。她气喘吁吁，好像身上背着沉重的包袱似的。过去，西利乌斯从来不把菲德丽克当回事。许多年前，有一次她来到了他的床上同他睡觉，从此，他就被她紧紧缠住了。现在，他却搀着她的胳膊，扶着她，让她能喘过气来。这并不因为她长得美貌。菲德丽克皮肤发黄，思虑过度，活像一头奶牛。而现在她是怀了孕的人了。

菲德丽克怀孕的事很快传开了，可是谁也不敢同西利乌斯谈这件事，还是西利乌斯自己说到他的妻子怀孕了。西利乌斯去找马里努斯，碰上拉斯·谢伦格莱也在屋里。"我老婆怀孕了。"西利乌斯说，他们两人点了点头，但避开目光不去看他。"我还以为她有不孕症，"西利乌斯说，"可她现在真的怀孕了。我真没想到我会同她生个孩子。""晚了总比没有好。"拉斯·谢伦格莱说，马里努斯只管点头。现在大家明白了，尽管菲德丽克有情夫，西利乌斯还是打算承认这孩子是自己的。

这事会如此的顺利，使玛格达感到惊愕。她本想安慰菲德丽克，表示自己同她站在一起，但却被拒绝了。"没见过哪个男人能这样忍让。"她对安德列斯说。安德列斯却另有看法。"一个人做生意吃了亏，最好还是别张扬出去。"他说。"我们最好还是不要大声宣扬，哪个女人同哪个男人睡觉了。这种事情会落到我们每个人自己头上的，谁也担保不了。""这可好了，"玛格达说，"说不定我也能找个情夫呢。"安德列斯满不在乎地摇了摇头。"你的名声太臭了，玛格达。"他说。"另外你别忘了，你要是这样干，我就要求同你离婚，你再也没有做妻子的资格了。"

玛格达生气地不再言语了。她是个有夫之妇，可不能拿着到了手的东西去打赌。她同安德列斯一块儿过得也不错。他俩结婚前，过的是猪狗不如的生活。玛格达暗自思量过，她若是同他成了亲，该教教他如何花钱。而现在她也同安德列斯一样对每一分钱都精打细算。在他们家里没有把钱用在不当之处。

圣诞节到了，天又长了起来。阳光闪耀在冰冻的大地上。短工们的小屋里暖和而又拥挤，散发出一股烟煤味和人的气味。每到下午女人们就聚在一起，男人们都到店主那儿去听听有什么新消息。新年一过，康拉德和梅塔结了婚。看来，斯基夫特没有因为女儿自己选择丈夫而将她逐出家门。康拉德在店里帮着干活儿，这两个年轻人住在阁楼上，同店主一块儿吃饭。梅塔挺着肚子，身体臃肿地站在柜台后面，而卡尔森却再也不来了。他已经摆脱了对他的指责，洗刷了中伤他的流言蜚语。

农庄主们举办圣诞家宴，他们驾着由膘肥光泽的马拉着的车互相串门，吃喝打牌。他们在一起互相关照。他们组成了一个股份公司，向建造工人住房的人出售土地。到了春天，测绘员就会开始把土地开辟出来。一天，有个人来找安诺斯·曹夫特，他想买块紧邻着镇上道路的地皮。

他们讨价还价，最后同意了一个大价钱。农庄主们现在也明白了，他们要好好注意自己的地产。外地来人要买地盖房子。要是土地的位置合适，就可以卖出去当作住房地基。

短工们也要有房子住，他们当中只有保尔·伯格和拉斯·谢伦格莱有自己的小茅屋，其他人都是租房子住。他们的房租也涨了价。既然他们挣了那么多的工钱，那他们为自己的住房付出合适的房租再公道不过了。这个世界上没有什么是可以白给的！农庄主们都觉得，这些人的钱即便不付在应付的合理的房租上，也会被他们胡乱花掉的。

农庄主们在自己的温暖而又舒适的房间里大谈着对未来的憧憬。过去他们谈的都是庄稼和牲口或新机器，现在则谈论当人们蜂拥而来购买土地时，该要什么价钱。这一点是明白的：律师和投机商别想从中捞到油水。

短工们又在盼望着干活儿了。手上的茧子已经褪去，结实的肌肉也在松弛，身上的钱也越来越少。他们又得去找店主赊账，一切又同旧日一样。马里努斯尤其拮据，他要养活许多口子人。他东借西凑地对付着过。短工们的生活就是这样。春天一到，孩子们就像土豆芽那样苍白瘦弱。

有时候，乌尔里克森老师来探望托拉，并同她扯上几句。"孩子们得吃些好的才行，托拉。"他说。"他们总吃脱脂牛奶和土豆是不行的。""我们有什么就吃什么，没有东西可给他们吃啊。"托拉说。"穷人的孩子就像群小耗子，嘴边有什么就吃什么。我已经尽了我最大的努力了。"

乌尔里克森摇了摇头，悄悄地把几个克朗放进抽屉里。乌尔里克森是个热心厚道的人，但他也没有那么多钱去照顾那么多的穷人。有一天他来说，绥恩这样下去不行，他在学校的学习落后了，都快跟不上班了。

"唉，这孩子，"马里努斯说，"这小子功课不行了吗？他不知道我们为他费了多大的力气。""别瞎扯了，马里努斯。"乌尔里克森说。"他太辛苦了。每天都要早早起床，不管什么天气都要骑上一大段路上学。我们得给他在城里找个便宜的地方让他住下。""我怕我是无能为力了。"马里努斯说。乌尔里克森坦率地解释说，他并没有想让马里努斯承担这笔开销的意思。钱他还是有办法搞到的。

乌尔里克森给绥恩在城里找了一个住处。那是费奥厄城的马车匠家。从此绥恩只在星期天才回家，穿的总是一身漂亮的星期天衣服，操着城里人的口音，像个外地人。马里努斯同他讲话时的态度不同于对其他的孩子。绥恩正在悄悄地离开家庭，他要成为一个有学问的人了，这从他身上已经看得出来。

二十一

逢上盖姆斯特牧师主持弥撒时，教堂里总是坐不满人。"他真让我受不了。"莉纳·谢伦格莱去过教堂以后总这样说。"我简直听不懂他在说些什么。他讲的那一套，没学问的人弄不明白。"确实是这么回事，他们有时去一次教堂，只是为了表明自己不是异教徒而已。做完了弥撒，他们便三三两两地围在一起，互相打听教区里的新闻逸事，或是向自己的亲朋好友致意问候。盖姆斯特牧师感觉得到，他是个孤独的人，同教区的生活完全隔绝。

一天下午牧师做完祈祷回来，卡尔森正坐在屋里等他。牧师客客气气地问候了卡尔森。今天，传教士显得可怜巴巴，形容萎靡，往日刚愎自用的神气几乎荡然无存。

"对不起，我打扰您了。"卡尔森说。"不过我很需要找个人谈谈。我要告诉您一个秘密。""出了什么事吗？"牧师吃惊地问。卡尔森没有答话，而是从内衣口袋里取出一本小书，还是那本《人心之鉴》。他打开书本，指着一幅图片，那上面画着一度得到拯救而再次堕落的内心的情况。牧师觉察出传教士额头上渗出滴滴汗珠，并从他的呼吸中感到他喝过酒了。

"我的内心世界就是这样的，"卡尔森说，"魔鬼和它的那些邪恶的野兽控制着我的心。要是能把自己的心从身

207

上挖出来，把一切邪念都扔进火里，我准会这么干。这样，也许我的灵魂能得救。"卡尔森瘫坐在椅子里，盖姆斯特牧师站在他的面前，他穿着牧师的长袍，显得顾长纤弱。

"我需要找人忏悔自己的罪过，"卡尔森说，"我要减轻一下我的灵魂上的负担。我不愿意找我的那些教友，他们都不了解我，只会骂我是个伪君子。我曾像雅各①一样地追随我主，但他不会赐福于我的。基督不愿意让我摆脱自己的罪愆，这难道是我的过错吗？"

牧师走了出去，很快拿着一瓶白兰地和杯子回到屋里。"您有点儿心烦意乱了，卡尔森。"他说得很和气。"您正在经历着一场精神上的危机，您需要来点儿酒助助劲儿。今晚您就在这儿吃饭住下，我的女用人会给您在客房里准备床铺的。"

"您听完我说些什么以后，就不会再招待我了。"传教士说。"我犯下了不可宽恕的罪过，违背圣灵的罪过。三个月前，我曾在马丁·托姆森的大房间里以救世主的名义起誓，我从来没有对店主的女儿梅塔有过邪念。那次我起的是假誓，我对她不仅有邪念，而且我还把她按倒在床上。后来没有做出什么丑事，那并非是因为我的缘故，而是因为她大声叫嚷开了。"

牧师吃惊地盯着他。他自己不是个性欲旺盛的人，对他来说，传教士那样的人居然会控制不了自己，实在难以让人相信。一想到这个肥肥胖胖的传教士会在姑娘的房间里强行求欢，既令人感到作呕，又叫人觉得滑稽。

"我一直是个好色之徒。"传教士说。"女人的美貌总

---

① 《圣经》福音书记载，雅各是耶稣从众门徒中选择的十二门徒之一。

是给我留下深刻的印象。在出事之前，我还能控制住自己不很强盛的欲念。您从来没见过我的妻子克里斯蒂娜。她是个能干而虔诚的女人，但她不具有能满足我性欲的肉体上的魅力。她一直是我的好妻子，可是在性感方面，她根本不能适应一个性欲旺盛的男人的愿望。一个真正的基督教徒本来是不应该屈从于这种野蛮、邪恶的性冲动的，他只应当同自己的妻子进行正当的、有节制的交媾。我同我的妻子纯洁地生活在一起，在基督教的夫妻关系中同她生儿育女，那时我还能在自己的灵魂中抵挡来自地狱的兽欲，一直到我遇见梅塔这个姑娘。"

"嗯，"盖姆斯特牧师小心地说了一声，"我明白了，您是爱上了她。"

"爱上她……"传教士叹了口气，"不是这么回事，我对她没有更深的感情。我被像炼狱之火那样激发出来的情欲所占据。过了一段时间，我才开始认识到这是怎么回事。我想打消这种念头，我祈求救世主解救我灵魂上的痛苦。但我无法摆脱这种肉体上的折磨。于是事情终于发生了，在姑娘的房间里性欲让我失去了自制力。这是我一生犯下的第一个可怕的罪过。我装作我是来解救她的灵魂，而实际上我是为了追逐她的肉体。我这是在对圣灵犯罪。"

牧师又倒了一杯白兰地强迫卡尔森喝下去，传教士已经心力交瘁。他脸色灰白，痛苦不堪，两眼就像发高烧时那样熠熠发光。他把白兰地一饮而尽。

"这是我的第一个可怕的罪过，接着又带来第二个罪过。"卡尔森说。"您记得，马丁·托姆森指责过我，他说的话确实每句都是真的。我现在明白了，那是我主对我做的急切祈祷的答复。当时，我要是承认了我的罪过，公开讲清楚我都有些什么罪孽，那我也就得到了宽恕。但魔鬼却悄悄对我说：你要是承认了，就再也当不成传教士。你就失去了生活的来源和别人对你的尊重。你又怎么养活你的老婆和孩子呢？丢脸的不仅仅是你，连教友们也得跟着丢脸。魔鬼就是这样在我的耳边嘀咕，我听得见他的声音。我恍惚看到我被教会开除了公职，老婆孩子都在忍饥挨饿。我站了起来，魔鬼的声音又在我耳边响起。我就对救世主起了誓，说我没什么过错。"

"即使如此也还是能得到宽恕的。"牧师认真地说。

"不行了，这种罪过是决不会得到宽恕的。"卡尔森说。"当魔鬼完全占据了我心灵的那一刹那，我自己也能感觉得到。过去我对梅塔尽是些不洁的邪念，现在我的灵魂是一个散发着淫猥臭气的粪堆。淫荡完全占据了我的心。我只想着女人和荒淫。啊，别让我再讲我想了些什么、干了些什么了。我简直像一头野兽。"

卡尔森趴在桌子上哭泣着。看着这么大的人号啕大哭实在让人难受。牧师抓着他的肩膀，使劲儿地摇晃着。卡尔森却像只麻袋一样。然后他直起身来，抓住酒瓶，摇摇晃晃地给自己满满地倒上一杯酒。"我也喝上酒了。"他说。蜡黄的脸上泛起一丝傻笑。"过去我从来没想过要喝酒。您现在大概要请我走了吧。您总不会在您自己的漂亮房间里收留我这样一具臭气熏天的尸体吧。"他想站起来，牧师又把他按倒在椅子上。

"卡尔森传教士，清醒一点儿吧。"他不知所措地说。"清醒？"卡尔森冷笑了一声。"您难道能对着了火的房子说清醒一点儿吗？您能要求一具尸体不发出臭味吗？我常常向别人解释，什么是永世的堕落，现在我自己知道了，我将永世受谴责，我将在地狱炼火中结束自己的一生。啊，我已经在地狱了。"

疯狂让这个半醉半醒、心力交瘁的人完全失去了自制。口水顺着他的下巴往下流，污言秽语从他的口中倾泻而出。他不停地说着傻话，厚厚的嘴唇又柔软又温润，两眼凶光毕露。牧师想让他别说了，但卡尔森还是没完没了地说着。他讲着梅塔，讲着他的妻子，讲他见过和想过的那些女人，讲他的灵魂深处的那些邪念。

"老兄，您别说了！"牧师吼叫起来，卡尔森的话讲到一半停了下来。他伸手拿瓶子，又给自己斟上了一杯酒。盖姆斯特牧师走出去吩咐女佣准备好房间。

"受人谴责的感觉很奇妙。"牧师回到屋里时卡尔森说。"一会儿您感到灵魂中无比的疑虑和痛苦，一会儿又会升起纵情淫乐的欲火。我的妻子一点儿也不知道这些事。这会使她大吃一惊。她像别人一样地相信我。"

卡尔森又坐了一会儿并唠叨着。他喝得愈多，就愈是变得痛苦地听从命运的摆布。他不愿意吃晚饭，八点钟左右牧师才使他上床睡觉。"晚安，盖姆斯特牧师。"牧师陪他走进客房后卡尔森说。"我万万没想到，在我的灵魂处于痛苦之中时，我会来找您忏悔。"

第二天早晨卡尔森已不在屋里。牧师以为他大概一早骑车回家去了。两小时后，一个姑娘脸色苍白、气急败坏地跑来找牧师。她发现卡尔森死在牧师庄院的一间厢房里，他上吊死了。

二十二

　　三月里的某一天，赫普诺又来到阿尔斯莱弗镇。他开着一辆车，身边坐着一位女士。这是一部小轿车，明光锃亮，鸣着喇叭，声音洪亮，半个镇子里的人都跑出来看这辆车。镇里难得有辆小汽车来。赫普诺巡视了一番马里努斯过去的庄园，对里面的布置还算满意。听说，他在京城定做了一套家具，他想尽快地搬进来住。暂时他还住在酒店里。

　　新来的女士身材修长，体态苗条，香气扑鼻。消息很快传开，她是个女演员。她有自己的房间，但无疑她是赫普诺的情妇。妇女们对她很反感。普通人要是这样作孽，那是不得了的事，不过大人们则尽可这样取乐。年轻人可不能去学。

　　不管怎么说，赫普诺还是受欢迎的。他给人们带来了工作和收入。西利乌斯去找他，打听什么时候开工。赫普诺正是兴致盎然的时候，他客客气气地接待了西利乌斯。西利乌斯带回了消息，最晚不过一个星期，建筑工地就要开始动工。赫普诺巡视了一番码头和地基，一切如同应该的那样。

　　人群又从四面八方云集而来，他们中间有挖土工、短工、小农和服务人员，有好人也有坏人。这次没有工头带队，赫普诺和他的工程师们自己领着干活儿。一旦地基全部挖好，建筑工程就要上马了。

冬天过去了。田野里东一处西一处地残留着乌黑的雪堆，土地因为湿润而闪烁着黑色的亮光，太阳正显示出它的威力。女人们都在洗头。就是莉纳·谢伦格莱也起劲儿地清扫起自己的房间。她又洗又涮，房间几乎变得认不出来了。不过莉纳自己还是老样子，她的身上并没有干净多少。就在春天时，菲德丽克生了孩子，店主的女儿梅塔生了一对双胞胎。

尽管梅塔生的是一对双胞胎，可分娩进行得很顺利。她躺了一下午，晚上怀中就抱上了两个漂亮的小女孩。莉纳·谢伦格莱很是得意。平时她不常去儿子那里，难得上门。梅塔要分娩的时候她被叫了去，她是第一个看见孩子的人。"我一直就这么说康拉德来着，他要么不干，要干就是绝的。"她笑着说。"别人生一个，她却来两个。他从小就是这样。他真是没说的了。"

菲德丽克的情况可就糟多了，她躺着足足疼了两天两夜。西利乌斯得去干活儿，好在有托拉和达伍玛来帮忙。菲德丽克硬挺着。接生婆问是不是要去请医生来，就在她打算派人去费奥厄城请大夫时，菲德丽克生下了孩子。西利乌斯回来吃午饭时，一切都已过去了。西利乌斯端详着孩子。"什么！"他说着又走近了一步。"他有什么毛病吗？"托拉问。"没有，没有，"西利乌斯说，"我看这小子是个红头发。""他干吗不能是红头发呢？"托拉平静地问道。"你自己不也是红头发吗？"是呀，西利乌斯也说不出为什么孩子不能是红头发的理由来。他高兴地说："他红得像只狐狸。尽管他身上除了绒毛外什么也没有，你还是能看得很清楚。"西利乌斯小心翼翼地拍拍菲德丽克的胳膊，好像在改正过去的错误似的。他去上工后，菲德丽克有气无力地说："我小时候也是红头发，后来的头发才成了棕色的。""嘘，再也别说这个了。"托拉赶忙说。"你最好还是把这事儿收起来吧。"

工程飞快地向前推进，西利乌斯干活儿总在前头。他卖力地推着小车，浑身汗如雨注，别的人很难跟得上他。收工以后，拉斯·谢伦格莱和马里努斯一定要跟他一起回家，去看看他的头生儿子。"这是个男孩。"西利乌斯用手指着孩子的脑袋。"要是你们仔细看看，你们一定看得出来，他红得像只狐狸。"托拉用胳膊轻轻捅了一下站在她身边的拉斯·谢伦格莱。"他同你一样，红得像只狐狸，长得也跟你一样的丑。"拉斯说。"他长大了，也一定是个酒鬼。""但愿如此。"西利乌斯自豪地说。他从菲德丽克的胳膊上抱过孩子，走进屋里去给老吉普看。老人很不痛快地哼哼着，可是西利乌斯没有留意他的不悦。他兴致勃勃地对老人点着头说："他是个红头发，你看见吗，老爹！他应该叫你的名字。"

现在看得出来，赫普诺是去过美国的，他在那儿学到了一点儿东西。他是推进工程进度的一把好手。他一会儿到这里，一会儿又到那里，到处都去，要是活儿干得不合他的心意，他就一会儿用丹麦话、一会儿又用美国话连叫带骂。工房里又住进了人，同去年来的那些人不同，他们是另一种人。这些人是有手艺的工人，泥瓦匠和木匠，他们从来不像那些挖土工那样酗酒。即使喝上一杯，也不会打架，而是讨论问题。他们聊得很热烈，讲的都是些稀奇古怪的事情，短工们听得出了神。他们中的许多人都见多识广，比牧师和教师知道的还多。

他们谈的是社会主义。是呀，这里的人谁也不至于傻到不知道社会主义者是些什么人。他们是些住在城里的狂徒，要夺去富人的财富，把它们分给穷人。这听起来不错，也许在那些遍地黄金的城市里可以实施。不过一座庄园怎么个分法？不行，在农村里还得照老日子那样过。一个庄园得有一个人主事，总不能七嘴八舌的。

工厂的围墙一天高似一天，短工们都在当小工。他们同住在工房里的工人们越来越熟了。他们常去拜访那些工人，也请工人来家里玩。这些人来自全国各地，有的来自遥远的城市，那地名还是在上小学的时候听到过。工人们都很健谈，说一口京城口音，到了星期天穿着漂亮的衣服，他们都是工会会员，工钱也挣得不少。但是，人都是贪心不足的，多了还要多。他们对自己在这个世界上的命运并不满意，他们要的是世上的一切。

"可是大家都一律平等这是做不到的，"马里努斯说，"我们应当根据自己的能力劳动。""要是你出生在一个大庄园里，你认为你的能力比别人大吗？"一个瓦工问。不，马里努斯不是这个意思。但是，一个人降生到这个世界上的某个地方，他就应当在那里尽到自己的责任。我们降生在什么地方也不是偶然的。"嘿，嘿，"瓦工笑了，"他们让你尝到了甜头。要是他们能把我们所有人的嘴巴都这样粘上，那他们就万事如意了。"

博尔－艾立克还是一面在坡地干活儿，一面有空就下大力气整治他的沼泽地。有一天他没来上工。别人都很奇怪，难道博尔－艾立克病了吗？晚上，拉斯·谢伦格莱去找英昂。"艾立克在床上躺着吗？"他问。"我想他是坐在酒店里呢。"英昂说。"他发神经病了。他要把一切全喝光。"他告诉拉斯说，他的沼泽地出了什么问题了。本来不该这样的。"不过这也无所谓，"英昂说，"反正他别想让我搬到那儿去。"

博尔－艾立克是个有头脑的人，很少把钱花在酒店里。拉斯·谢伦格莱暗自思量，最好还是弄清楚是怎么回事。他走进酒店，艾立克坐在那里，已经喝得醉醺醺的了。拉斯·谢伦格莱从他口中一点儿一点儿地知道了到底出了什么事。艾立克没为自己的沼泽地搞一张地契，这会儿地主人要把地收回去了。

"这可是不合法的。"拉斯·谢伦格莱气愤地说。"这纯粹是捉弄人，他们不能这样对待你。"然而这是合法的，博尔－艾立克已经去了城里，找律师斯寇特谈过。他说，他是正正当当地花了一笔为数不多的钱把这块地买下来的，而且还得到了再买更多土地的购买权，而现在那个庄园主却说，他只是将地出租的。艾立克没有什么证据，当初什么也没写下来。他原来以为，那个农庄主是个诚实的人。

拉斯·谢伦格莱平时很少骂人，可这时他也像个土耳其人似的咒骂起来。"他原来是让你给他耕地啦。"他敲着桌子说。"你像个牲口一样地在地里干活儿，他却坐享其成。我说，这要是我呀，如果法律的路子走不通，那我就把他宰了。""我也想这么干，"博尔－艾立克简短地说，"今晚我就去找他算账。"拉斯·谢伦格莱吓坏了，"不，不，这可不成，艾立克。"他急忙说。"想一想，你还有老婆孩子。我们不能把事情做绝，你还是去找法院吧。""我没有任何证据，没有片纸只字。"博尔－艾立克说。"我们可以为你作证，我们知道，合同是怎么达成的，我们都是从你这儿亲耳听来的。"拉斯·谢伦格莱说。可是博尔－艾立克已经在律师那儿详细打听过了。别人为他作证也没用，因为他们没在场听到合同是怎么达成的。

拉斯·谢伦格莱是个上了年纪的人，有个成年的孩子，他这时同博尔－艾立克谈话就像在同自己的大孩子谈话："你别忘了，你有老婆、孩子，要是你在这个恶棍身上惹出什么祸来，他们的日子就不好过了。你要理智些，艾立克，找个机会好好揍他一顿就算了。""这样的恶棍不能让他活着。"博尔－艾立克说。"我得要他的命，今晚我就宰了他。"时间还早，拉斯·谢伦格莱心里明白，除了把博尔－艾立克灌得不省人事外，别无他法。这样他就会忘掉那个疯狂的念头。

"我要像宰猪那样割断他的喉咙。"艾立克说。"他只配带着一副破碎的喉咙下地狱，不配有什么好下场。"

博尔－艾立克从口袋里取出一把大折刀给拉斯·谢伦格莱看。他两只眼睛凶光毕露，布满了血丝，杀气腾腾。事情就是这样。一个安分守己的人被逼得走投无路时，就会干出让人无法弥补的事情来。拉斯·谢伦格莱暗自决定，在博尔－艾立克平静下来以前不能让他离开自己。

"是呀，他真是坏透了。"拉斯说。"你在这片沼泽地上辛辛苦苦，洒下了汗水。他这样对待你实在可耻。让我们再喝一杯吧，我来请客。"

西利乌斯来到酒店，他已经知道博尔－艾立克的事。"我得宰了他。"博尔－艾立克说。"你要好好想想，你是个有老婆、孩子的人。"西利乌斯也劝他。"把刀收起来吧，别惹出乱子来。狠狠揍他一顿,你也不会坐班房。"大家喝着酒，博尔－艾立克走了出去。他去了好久也没回来，拉斯·谢伦格莱去找他，艾立克已经不见了。

"天哪，"拉斯·谢伦格莱回到酒吧间后说，"这下要捅出娄子了，他去杀人了。"别人都认为艾立克回家睡觉去了，但拉斯·谢伦格莱还是把西利乌斯拉上去找他。他们问了英昂，艾立克并没有回家。"你看是吧，"拉斯·谢伦格莱说，"要想不出流血事件，我们得赶快追他。"

两个人沿着艾立克可能走的路追去。夜晚漆黑一片，伸手不见五指，天下着雨，还夹着雪。"要是我们劝不住他，他会把庄园主杀掉的。"拉斯·谢伦格莱说。"有些人只是嘴上叫得凶，但西利乌斯，博尔－艾立克发了誓就一定当真。他实在是气疯了。"

他们加快了步伐，从大路转入沼泽地的一条小路，跌跌撞撞地向前赶着。他们到了庄园，这里大门紧闭，灯火全无。"他不在这里呀。"西利乌斯说。"他会不会掉进沼泽地的水坑去了？"就在这时，传来了狗吠声，接着听到了玻璃的破碎声。"哎呀，天哪，这个疯子，"拉斯·谢伦格莱说，"他正在往里闯哪。"他们使尽浑身力气跑过去，到了庄园跟前，一颗子弹砰的一声射出来。"那人在自卫，"拉斯·谢伦格莱说，"这会儿闹出什么乱子来哟，我们得劝他离开，没有别的办法。"他们听见博尔－艾立克在窗前咒骂，就朝他冲了过去。西利乌斯按住了他的脖子，拉斯·谢伦格莱从背后抱住了他。三个人在地上滚成一团。庄园里点起了灯，能听见里面有女人在尖声惊叫。

"天哪，艾立克，清醒一点儿吧！"拉斯·谢伦格莱喘着气说。这时里面又开了一枪，子弹从他们身边呼啸而过。"别开枪！"西利乌斯吼道。"我们在这儿揍他呢。"这时博尔－艾立克已经安静地躺在他们身下，拉斯·谢伦格莱和西利乌斯站起身来。"我们去找个手电来。"拉斯·谢伦格莱说。"不用了，把他带走就行了，"西利乌斯说，"他们可能还没有发现我们是谁。"他们用力拖着博尔－艾立克，他还活着。他慢慢地站了起来。"艾立克，这可是件有关名声的事。"拉斯·谢伦格莱说。"我们得在他们报警之前跑掉。"

他们拖着艾立克就跑，过了一会儿他清醒过来了。他像一头被惹怒了的公牛那样喘着粗气，他不时地推开拉斯和西利乌斯，想从他们中间挣脱出来。然而，他的力气已经耗尽，在他们两人的架扶下，吃力地踉跄而行，疲惫不堪地喘着粗气。"艾立克，你干的都是些什么呀！"拉斯·谢伦格莱呵斥着他说。"你这样干会倒一辈子霉的。他们会告你想割断别人的脖子。"这时西利乌斯停了下来。"刀子还在他身上吗？"他问。他们翻着艾立克的口袋，刀子还在，西利乌斯把刀子拿了过来。"你一定会记得我们坐在酒店里，我对艾立克说：'安静点儿吧，把刀子给我。'""我记得清清楚楚。"拉斯·谢伦格莱说。"我拿了刀子，它一直放在我的身边，这我可以到法庭上起誓作证。"西利乌斯说。"我们把他送回家去吧。"

他们把博尔－艾立克送到家，让他上了床。他没伤着，区长或警察都没有来。农庄主也害怕他自己犯了法，因为他乱放了两枪。博尔－艾立克整整睡了一天一夜，后来又去上工了。他除了有点儿忧郁不欢、沉默寡言外，别的什么也看不出来，谁也不问他发生了什么事。

赫普诺运来了家具，并搬进了马里努斯的庄园。大家听说，在经理住宅盖好之前，他暂时住在这里。他雇了一个女用人，而女演员仍跟他住在一起，尽管她有自己的房间，她是他的情妇。她叫玛雅夫人，曾经结过婚，如果说她还没有同赫普诺结婚的话。

妇女们聚到一处便议论不休。一个女人同一个男人公开姘居在一起，这是什么样的女人啊！"我们这些人要这么干的话，准得让人骂死了。"玛格达说。"而那些大人物可以随心所欲。她又不是他的女用人，居然明目张胆地就住在一起。""不过她讲话倒是挺客气的。"这是达伍玛的看法。别人也都同意，这个女人并不矜持高傲。她在街上或商店里碰到她们总是客客气气、大大方方地说上几句。"她在赫普诺面前是说得上话的。"莉纳·谢伦格莱说。"我们最好还是别说她的坏话，免得传到他的耳朵里去。"

在这个世界上为人处世要小心谨慎，凡事不能做过了头。工人们说到工会时，短工们只是点头；是呀，他们早就知道，工会是怎么回事。过去这儿也来过工会的宣传员，要他们加入农业工人工会。可是人要是丢掉了自己的饭碗，参加了工会又有什么用呢。农庄主不想知道什么工会不工会的，谁要是参加了工会，谁就别想在农庄里找到活儿，那么他们又到哪里去挣饭吃？政治嘛，议论当然不错，不过每天的面包可更为重要。

现在那些工会的人又来了，要他们报名参加工会。这些人口齿伶俐，短工在下工后三五成群地聚在一起听他们宣传。"你们应该同其他工人站在一起。"他们中的一个说。"我们希望你们都参加工会。""喔，"拉斯·谢伦格莱说，"不过你能保证我们不会丢掉工作吗？不行吧，老兄，这一点你自己也清楚。"

可是他们能做到。他和他的同伴们保证说，如果短工们组织起来，不会有什么事的。如果他们不参加工会，那他们肯定迟早会失去工作的。工厂盖完以后，只有有组织的工人才能留下开机器，那样他们也就没活儿干了。短工们一声不吭地站着。做件错事是很容易的。城里的人来这儿要耍嘴皮并不费劲儿，可是，短工们都是些小人物，小人物同那些有权有势的人去作对是不行的。

工会的人把短工们召集到工房里来，他们都来了。他们发表讲话，再一次对他们解释，为了维护他们自己的权利，平民百姓得联合起来。短工们聚精会神地听着，谁也不说自己是参加还是不参加。最后，博尔－艾立克从椅子上站起身来。"我只问一声，工会是不是保护平民百姓的权利？"他问。"当然，"工会的宣传员说，"这就是我们组织工会的目的。""组织工会是不是为了对付那些大人先生们？"是的，是这样。"那我报名了。"博尔－艾立克说。"照现在这个样子，穷人什么权利也没有。"他从容不迫地又坐了下来。

"好呀，这里还是有天不怕、地不怕的人。"工会的人说。"怕。"西利乌斯说着，满脸通红。"你跑到这儿来难道是要说我们害怕什么吗？我还从来没见过让我害怕的人。我看那些大人物还不如脚下踩着的粪土呢。"西利乌斯生气地说。谁都不能说他是胆小鬼。要是参加工会要担风险的话，那他肯定早就是工会的会员了。

博尔－艾立克和西利乌斯的名字登记上了，其他的短工也迟疑不决地报了名。这事总算开了个头。工会的人一个一个地给他们讲道理。他们了解到，参加工会要是会有危险的话，那不参加工会也不会有好日子过的。他们就要冒工匠们停工并拒绝同非组织的人一道工作的风险。轮到克里斯登·博森了。"我说不上来。"他说。"你也在这个工厂干活儿，你愿意同工友们站在一起吗？"工会宣传员问。"我尽力维护自己，凭我的良心办事。"克里斯登·博森说。"你说，富人是我们的敌人，但《圣经》上说，我们应该爱我们的敌人。"克里斯登·博森毫不动摇。他不愿加入工会，不愿意走斗争的道路。

建设在进行。沿着海修建了一道水泥墙，风暴季节再来时水就不会再漫上岸来了。巨大的厂房已经开始显现轮廓。在明媚的春光下，厂房的围墙日见上升。赫普诺穿着高筒靴，踩着工地的泥浆，到处巡视，发布命令。车辆拉来了木材和石块，人们扛着房梁，抬着砖块，小车拉着沙子和石块。到处都在敲打、刨锯和铆接，电焊的火焰耀眼眩目，工地上散发出熟石灰和新木材的味道。车子陷进了泥坑里动弹不得，人们便大声地吆喝着，起劲儿地咒骂。这里呈现出一派热火朝天、生气盎然的劳动景象。居民们站在高坡地往下瞧着，对工地的一切进展如此之快感叹不已。

挖泥机又来了，驳船拉着它在海湾里干起活儿来。海湾加深了许多，小船可以直接停靠在码头边了。它们拉来了砖块和水泥，也带来了工作，更多的工作。几乎每天都有人徒步或骑车来这里找活儿干。这里谁都有活儿可干。庄园里的长工们辞退了工作。他们都到高坡地来干活儿，这里的工钱多，一天劳动结束，他们就安闲自在。工房里住满了人，村里每间房子都租了出去。工人们都是三四个人合住一间房。每天晚上，酒店里总是聚集着十来个人大声喧嚷着。他们喝个不停，毫无疑问，酒店老板正在大发其财。顾客们成群结队地站在斯基夫特的店铺里，店主、康拉德和梅塔把自己的商品尽量推销给他们。

斯基夫特的面孔比平时更加郁郁寡欢。卡尔森的死对他打击不小，因为他知道了梅塔讲的都是实话。斯基夫特摘下了挂在店里面禁止赌咒发誓的牌子，在他的店铺里，人们又可以任意亵渎上帝了。既然像卡尔森那样的信徒都能犯下这样的罪过，并自己结束了自己的生命，那么向那些异教徒提出苛刻的要求又有什么用呢？斯基夫特也不再经常参加信徒们的集会了，现在由马丁·托姆森主持布道会。尽管教区又来了许多新人，参加布道会的人却从不见多。

二十三

西利乌斯的孩子要接受洗礼了。他一本正经地来到马里努斯和托拉的家里，请他们做孩子的教父母，菲德丽克将亲自抱着孩子接受洗礼。一个星期天，托拉和马里努斯穿上了他们最漂亮的节日服装，出席了小吉普成为基督徒的仪式。牧师往孩子脑袋上洒水时，小家伙哭叫起来，西利乌斯认为这是好兆头。"他将成为一个好歌手。"他说。"是呀，谁在年轻的时候都有一副好嗓子。我喝醉了酒还能唱呢，不过唱的都是赞美诗。"

受洗仪式后，西利乌斯举行家宴。他请来了许多客人，把几间小屋子挤得满满的。老吉普穿着一件干净的衬衣，凶神恶煞似的躺在床上。西利乌斯把孩子抱给他看，告诉他孩子用了他的名字，他的眼神中流露出不悦。女人们马上察觉到了，互相偷偷地传递着眼色。可以察觉出来，老吉普知道谁是孩子的父亲。谢天谢地，他没有能说话的嗓子。

"他长大了你要教他打牌，老人家。"西利乌斯开着玩笑。"说不定他能把你输掉的和我卖掉的都赢回来呢。现在就已经看出他的调皮劲儿了，这只小红狐狸。"西利乌斯小心翼翼地拍着孩子红红的双颊。他对小家伙已经寄托了无限希望。

女人们看看菲德丽克，但是，在她身上感觉不出什么来。

她脸色平静，瘦瘦的脸上表情就像石雕一样。她拿吃的喝的招待客人，人家问一句她答一句，显得少言寡语。

这是孩子的受洗的宴会，女人们围坐在孩子的身边回忆着她们自己的孩子受洗礼的情景。托拉的孩子最多，对她来讲生孩子容易，失去他们叫人难以忍受。托拉叹了口气，想到了躺在墓地里的维拉。"我真没想到，那次我生完康拉德还能活下来。"莉纳·谢伦格莱说。"他还在我肚子里就又踢又闹。时候到了又不肯出来。他就是这样总有自己的主意。他想要梅塔，梅塔就到手了，梅塔是无法抗拒的。"莉纳讲到，现在，这两个年轻人带着他们的双胞胎住在店主的阁楼上，过得非常好。他们在房间里添置了丝绒家具，买了一块罕见的地毯。

莉纳·谢伦格莱还说，下星期天就要为孩子举行受洗礼。想必来的都些庄园主，店主常去他们那里走动，同那些大人老爷们是好朋友。伊达·博森面带妒意。"是呀，他可是变了不少。"她说。"当财神爷在招手时，不是所有人都能保住自己圣洁的灵魂的。我从来就没怎么相信过他。"莉纳的脸沉了下来，她现在同店主是亲家了。"我不知道他信的什么教，这不关我的事。"她说。"可是他同和他地位相近的人交往没什么不对的。我知道好多人对你丈夫不愿同别人一道参加工会感到奇怪。"

伊达话音软了下来，解释说，克里斯登坚信《圣经》的话，不愿意搞斗争、闹不和，而是主张和睦、平安和妥协让步。不过他现在已经报名参加了工会，是由信仰基督教的雇主和工人组成的工会，这个工会同别的工会一样好。"克里斯登觉得，一个基督徒无论在什么地位都应该有侍奉宗教之心。"伊达·博森说。"我看倒不如说你们在反抗什么更好些。"莉纳·谢伦格莱尖酸刻薄地说。"你们让马里努斯卖掉了家产，把钱存进了银行。你们总以为你们要比我们强。"

男人们在屋里陪着老吉普坐着，谈着他们的工作。他们都确信，工厂开工以后，他们会被工厂录用的，今后的生活有了保障。尽管今后不能总拿这么高的工钱，少拿一点儿他们也心满意足了。最重要的是一年当中每天都有活儿干了。

西利乌斯穿着一身簇新的衣服，像个俊小伙子。菲德丽克生孩子以后，他不再酗酒了。现在西利乌斯喜欢去工房找那些工人讨论政治。他从他们那里学到了不少东西。他知道了工会应当起什么作用。他敲着桌子，震得杯子叮当直响："妈的，我认为那些小伙子讲得有道理。我们应当团结起来，这是我们应该走的路。"没有人反对他的见解。自从有了红头发孩子以后，西利乌斯判若两人。老吉普还在呻吟着西利瓦西昆，并让西利乌斯用汤匙喂他喝酒。

做完弥撒以后，盖姆斯特牧师和乌尔里克森老师一起离开教堂。"到我家去吧，乌尔里克森，"牧师说，"我需要同一个能思善断的人谈谈。我经历了一段困难时期。""您不会总是这样困难的吧，盖姆斯特牧师？"教师笑着说，"从我认识您以来，我觉得您精神上一直很不安。您经历了一次又一次的精神危机。"牧师没有答话。乌尔里克森明白，他一定又是小看了一件严肃的事情。

牧师请乌尔里克森走进书房，自己进里屋把长袍脱掉。

"您说，我经历了一次又一次的精神危机，乌尔里克森，我确实是这样。"他一回到书房就这么说。"在我探求到人生的各种可能性以前，我不能得到安宁。我白天黑夜都在琢磨人生的意义，我对人生的无聊感到伤心。然而，答案就在我的眼皮底下。""可不是嘛，"教师说，"我们应该得到人生中最美的东西，而其余的则可以由我主决定。"

牧师摇了摇头。"我以前对您说过，对我来说人生充满了难以想象的恐怖。我把人类看作是这样一种东西，即它在智力上的发展已经超出了它生存的条件。我把人的脑子视为万物发展中的伟大而又光辉的奇迹。简而言之，错就错在，我过高估计了人的智慧和道德。实际上，乌尔里克森老师，我们只是一些肮脏的动物而已，浑身都充满着罪恶和邪念。我们守着人性，这是徒劳无用的，因为它正在衰败灭亡。人类只不过是一个肥皂泡。对我们来讲唯一能做到的是：在现实面前甘拜下风，老老实实地承认我们的无能为力和罪愆深重。这样灵魂也就得救了。"

"您是怎样得出这个结论的？"教师问道。

"您还记得那个自杀的传教士卡尔森吧？"牧师说。"您也知道，他在生命的最后时刻是在我这儿度过的。起初我并不喜欢这个人。可是慢慢地我对他有了一定程度的敬意。在他的骄矜自负和爱出风头的外表下面，有他自己的痛苦。他同自己、同侵蚀体内的邪恶和魔鬼进行了斗争，但他被打败了。给我印象最深的是他对自己的被击败的严肃态度。他把命都搭了进去。您可以称他为可悲的生命，此人也可能是没有什么价值。但是，他在失败以后再也活不下去了。他既没有寻找借口为自己开脱，也不否认自己的行为，他自觉自愿地接受了上帝对他的判决。您爱怎么说都可以，但他教给我的比任何人都多。"

"嗯，"教师喃喃地说，"我看不完全是这样。""就是这么回事。"牧师莞尔一笑说，"对我来讲，卡尔森的不幸的结局证明了，斗争是在什么地方，以及为什么而斗争。《圣经》上说：先别急于下结论。谁也不知道，是不是上帝通过他的精神混乱让他自杀，从而把他召唤到自己的身边去的。他偏偏要到我这里来，其中也是有道理的。他为什么不去找别人做忏悔，许多人跟他的关系不是更密切吗？然而，我学到了：唯一有关的事情是，彻底听从伟大的永存的意志，唯一有意义的是谦逊。这就是我所找到的生活的谜底，就是这么简单。"

牧师停了一下，又接着讲下去。"我找到了安宁，这是我自幼以来从不了解的安宁。"他说。"我虽然没有像不幸的卡尔森那样，受着性欲痛苦的肢解。但是我总觉得自己精神不宁，心绪不安。现在完全不是这样了。我的灵魂中有了幸福和快活，如同我在孩提时代由于不听话而受到父亲的责罚后得到宽容一样。这是通向真实生活的道路：我们应当按照我主在天上的意志行事。"

盖姆斯特牧师找到了安宁，他那个小圈子里的人都为他高兴。此外就没有多少人注意这件事了，因为这里还有别的事情。这里正在盖工厂，这里为人们提供了工作。

二十四

　　五月一日是星期天。工匠们和城里来的工人都要去费奥厄城庆祝节日，一过中午他们就出发了，有些人骑着自行车，有些人结伴徒步而行。去看看这样的节日如何庆祝一定是很有趣的。马里努斯、西利乌斯、博尔－艾立克和彦斯·赫斯特也信步向费奥厄城走去。拉斯·谢伦格莱本来也想一块儿去，但他要去店主那里赴宴。双胞胎要受洗，牧师和教区执事也都被请去吃饭。

　　天气晴朗，田野碧绿。云雀在他们的头上啁啾转鸣，海湾里吹来了阵阵清新、略带咸味的海风。"啊，老天哪，"马里努斯说着深深吸了一口气，"那时自己有地的日子还真是不错的。庄稼像现在这样猛长，那心里该有多痛快呀！"别人都点头称是。他们都理解马里努斯的心情。"我算是什么都尝了一点儿了。"西利乌斯说。"我流浪过，我生来就不是种地的料。不过要是小吉普早点儿出世，也许我会成为一个种地的能手。"

　　他们经过那些他们曾经干过活儿的庄园，挖过泥炭的沼泽地，对这些地方他们了如指掌。这块土地给了他们面包，也让他们付出了艰辛的劳动。啊，是啊，他们每天挣得的面包，决不像得到礼物那样轻松愉快。在低洼地里，树丛杂草比比皆是，从小丘上放眼远眺，越过沼泽地，只见低矮的庄园连成一片。再远一点儿，在一处大庄园上空，一缕阳光正在挤出云端。彦斯·赫斯特在那里当长工时，差一点儿没把对他挥舞手杖的管家劈成两半。尽管是管家先动的手，他还是因此而被罚了款。博尔－艾立克指给人家看海湾北边的一个地方，小时候他曾在那里的教区委员会当过差。他挨过不少打，住在一间满是耗子的房间里。马里努斯没有什么可抱怨的。他十二岁那年就出来干活儿，东家都是些好人，待他挺好。他不上学的时候，每天从早上五点干到晚上六七点。人家待你很好，多干一点儿也没什么。是呀，马里努斯没有什么可抱怨的，他遇到的都是些好人。

费奥厄城的广场上聚集着好多人。红旗林立，乐师们穿着礼服，戴着高帽，短工们站在人群的外围，这里的一切对他们都是陌生的。"是不是要在这儿发表演讲？"马里努斯问。一个人解释说，他们先要在大街上游行，到了集市广场后再听演讲。队伍开始出发了，乐师们奏起乐曲。"我知道，这是社会主义进行曲。"西利乌斯说。"我一生中经历过许多事，可从来没想到要成为一个社会主义者。"

四个短工走在队伍的最后面。队伍的前面红旗飘扬，市民们站在街道门口和窗户边上看着行进中的队伍。"他们的乐曲奏得不错。"马里努斯说着，同别人一道有节奏地行进着。"人真不少，但仍是靠从阿尔斯莱弗镇来的我们充实队伍。"确实如此。从阿尔斯莱弗来的工人大大充实了游行队伍。

在集市广场的正中央放着一张讲台，周围装饰着红红绿绿的旗帜，有个议员在发表讲话，短工们聚精会神地听着他讲的每一个字。演说者体格健壮，宽宽的肩膀，长着红胡子，嗓门儿洪亮。"弟兄们，他的嘴皮子真行呀，"马里努斯钦佩地说，"不过他说的有一半不是实话。"四个人都承认过去从来没有听过这么好的演讲。牧师和教区执事同他相比真是有天渊之别。

集会过后，他们又站了一会儿，不知道该干些什么。"得了，我们还是回去吧。"马里努斯犹豫不决地说，可西利乌斯觉得用不着这么着急。"我们还是来点儿喝的吧，"他说，"我们难得一块儿进城一次。"这是个好主意，他们找到了一家小餐馆，要来了咖啡和酒。西利乌斯兴致盎然，他要请客。"别忘了，你还有孩子要照顾，"马里努斯告诫地说，"应当存点儿钱了。""我这个男子汉是既要照顾老吉普也要照顾小吉普的。"西利乌斯说。"不过还得常常来上一杯。"

他们一杯接一杯地喝着，脸都喝红了。餐馆里坐满了倒班休息的小伙子，许多人都喝醉了。邻桌的两个工匠师傅也喝得晕晕乎乎。他们也去广场听了演讲，他们对讲话人很恼火。"他说那些话是为了混饭吃。"两人都是这个看法，可是声音太高了，西利乌斯站起身来去教训了他们一顿。"你们喝这玩意儿爱喝多少就喝多少，"西利乌斯高声喊着，"可你们别在这儿胡说八道。你们可以不喜欢他说的话，但他是我们的人。"整个屋子的人马上就争吵起来，这些喝得半醉的人拍桌打凳，尖声锐气地讨论着政治，杯子也翻了，有两个人已经动手打了起来。"我们还是走吧。"马里努斯担心地说。"再待下去没有好结果。"但是西利乌斯根本不打算走，他正同两个工匠师傅吵得不可开交。

他们中间有个人推了西利乌斯一下，顿时就打开了。马里努斯早就知道，这家餐馆名声不好，可他怎么也没想到，他们居然会在一个星期天下午大打出手。"我们快走吧。"他喊着。"赶快付钱，再待下去准没好事。"可谁也不听他的，屋里的人一片混乱，他们在碰翻了的桌子和摔碎了的瓶子中间跌跌撞撞。砰的一声一块玻璃被砸碎了。一个跑堂的紧贴着墙根站着，脑袋让砸破了个洞，鲜血顺着脸颊直往下淌。西利乌斯和博尔－艾立克的双臂像连枷那样舞动着，彦斯·赫斯特若无其事地站在马里努斯身边，观看着这场殴斗。

西利乌斯摔倒了对手，瞧了一眼餐馆里的情况。无疑，过会儿警察就该来了。他跑过去抓住博尔－艾立克的胳膊。"过来，艾立克，现在还行，我们赶紧走吧。"他说。博尔－艾立克松开抓住另一个工匠的手，站着喘了口气。西利乌斯推着他，马里努斯和彦斯·赫斯特跟在后面，刚跑出了餐馆，几个警察跑来了。

"你们来得正是时候，"西利乌斯向他们喊道，"老实人都不敢待在里面了。你们快去对付那些暴徒，最好把警棍拿出来。"

警官没有搭理他们，四个人跑出了城。他们离开了大路，在一条小河边停了下来，西利乌斯和博尔－艾立克把脸上和手上的血洗净。"别害怕，博尔－艾立克，"西利乌斯说，"我们给了他们应得的教训。那个议员讲得就是比主教还好，他说的那些都是真话，那些大人先生们就是想骑在我们头上。他是我们的人，艾立克。"西利乌斯趴在地上，用手捧着清凉的河水泼洗着他那发烫的被打肿的脸。

马里努斯站在一旁，看着在牧场上吃草的马，突然他认出了一匹长毛老马。那是他的一匹马，他想起来克里斯登·博森把那匹老马卖给了费奥厄城的马贩子。他跨过篱笆向那匹老马走去。他抚摸着马背，老马也认出了他，用鼻子蹭着他的外套。

"没想到会在这里遇见了你。"马里努斯说着并轻轻拍着牲口。"你跟着我的时候可是匹好马呀。"

他又仔仔细细地看了看这匹老马，估计主人对它照顾得不错，养得很好，没让它受什么罪。他又跨过篱笆追上另外几个人，但他没有提起站在那儿的那匹马曾是他的马。

马里努斯回到了家，尼尔斯正坐在屋里等他。"你今天大概休息吧。"马里努斯说。尼尔斯说他从五月一日起已经辞去了工作。他不愿意再为那些农庄主干活儿了，打算同其他人一道到高坡地去干。"这可是大胆的一步。"马里努斯这样认为。"你才十九岁，要能称得上是个能干的小伙子，你还有许多东西要学。要是你有朝一日有了自己的庄园，你就会感到棘手，因为你在年轻时没学到多少东西。"但是尼尔斯坚持说，他不想当农民，因为手上没钱就会走投无路。马里努斯还想劝劝自己的儿子，但是无济于事。尼尔斯坚持自己的要求，托拉也帮着他说话。既然这样，马里努斯想，尼尔斯也可以去挣一份工钱。

二十五

　　布雷根特维在高坡地干了一段，现在又去干别的了。他要去经营出售土地这一行，这要比卖青鱼强多了。安东因此失去了工作，但很快又找到了别的活儿。斯基夫特需要一个男孩帮他管理库房，要是城里有人订货，也由他把货送到城里。安东有了工作，不上学时就在店里帮着干活儿。

　　工人们用来盖住房的土地已经开辟出来，标出了道路和分界线。需要有人同买主谈生意，布雷根特维自称他干这个再合适不过。他同斯寇特律师谈妥了，布雷根特维可以从卖地的收入中提成。布雷根特维在他房间的窗户上钉上一块招牌，上面写着：出售建筑地皮。他的伟大目标实现了，成了一个做土地交易的商人。他觉得自己身价倍增。过去，他同其他的短工们是一样的穿着，现在他每天都要穿硬领子的衬衣，打着绿颜色的领带。

　　但是仅仅在窗户上钉一块招牌是不够的，没有人登门拜访购买地皮。布雷根特维把房间布置得像个办公室。他坐在桌前，桌子上放着纸张和墨水，边上放着几把椅子，这样他在书写合同时，顾客可以坐着。但仍无人上门，后来他领悟到，要做成生意还得出去找人谈谈才行。

　　于是布雷根特维就出去走访。他同别人谈话时，好像是无意中谈到，短工们应当有自己的住处。既然他们一年中每天都可以挣一笔可观的工钱，那他们也就有条件有一所像样的住房。"你们住得太差了，"布雷根特维说，四下里打量着拉斯·谢伦格莱的住房，"这样的房间不该是你这样的一位主妇住的，莉纳，你应该住在有瓦屋顶、高顶棚的房子里。""是吗，你要送一处新房子给我们？这可是我们自己的家呀。"莉纳·谢伦格莱说。白送他们一所房子布雷根特维可不干。但他可以卖给他们盖房子用的地皮，只要有了地皮，房子就可以盖起来，盖房子的钱总是可以借到的。莉纳连连摇头。"没有把握的事我不干。"她说。"你若是个普通平民，你就不应该要求穿丝绸衣服。"

他在马里努斯那儿也不走运，"天哪，"马里努斯吃惊地说，"这么一小块地方，你要的是什么价？这价钱同买一所房子的钱都快差不多了。我又到哪儿去弄这许多钱？"布雷根特维解释说，分期付款的第一次只需付很少一点儿钱，其余在以后多年内付清。那不行，马里努斯知道，负债是什么滋味。他不愿意背一身债。

地皮卖不出去，布雷根特维只好去费奥厄城找斯寇特诉苦。"放心吧，会有人来买的。"律师说。"您要是聪明，就到庄园主那儿去，让他们答应，所有用作盖房的地皮都得通过你卖出去。这关系到保持一个高的地价。半年、也许一年以后，大家都会需要阿尔斯莱弗镇的地皮的。工厂周围将会建起一座城市，肯定会这样的。"布雷根特维听从了劝告，没费多大劲儿，就同庄园主们达成了协议。买主来时不要互相拆台，他们就会赚大钱。

夏天到了，地里庄稼在茁壮成长。在温暖的晚间，庄园主的花园里散发出阵阵茉莉花和丁香花的甜滋滋的香味。每到星期六的晚上，酒店里都要举办舞会，这里从来没有像现在这样大量地需要姑娘。城里来了许多未婚的小伙子，姑娘们的数目远远不够。老成持重的人对这种放荡的生活频频摇头。姑娘们晚间去跳舞，直到天快大亮时才回来，头发上沾着干草，这准没好事。她们一旦失身，以后又依靠谁呢？这些小伙子都是些外乡人，谁知道他们在家乡有没有老婆和情人。

白天，高坡地上干活儿的声音在轰响。满载货物的车辆穿过镇子嘎吱嘎吱地向高坡地驶去。天刚刚亮，工人们就骑车来到高坡地，家家户户、各庄各园的闹钟都响了起来，困倦不堪的男人们起身下床，醒了过来，立即动身。卖毛衣的、卖靴子的，以及各种各样的商贩也纷至沓来，他们把货物用肩扛着、用车推着来到这里。他们吹嘘着自己的货物，高声叫卖，竭力推销。这里有的是人，他们口袋里有的是钱。农民们直摇头。这些工人不是把钱存起来从中获利，而是把大把的钱胡乱花掉，看着真让人心疼。

索特·安诺斯的女儿玛蒂勒现在有了一架钢琴，教区里在传说，她的父亲和她的情人，就是那个在高坡地干活儿的西边来的工人，花大价钱买了一个用过的钢琴送给了她。瞧瞧吧，这帮穷人一旦得了脸，就忘乎所以了。庄园里的人都在说，瘸腿的玛蒂勒要钢琴做什么用？只有那些有钱的庄园主的女儿才有这种东西。

天气炎热起来，阳光灼人，连吹来的风都是热的，工人们的皮肤被太阳晒成了古铜色。活儿很重，汗水如注。年轻的工人脱掉了衬衣，只穿条短裤，腰里缠了根裤带。中午休息时，他们脱了短裤跳进水中。他们漂在水上，像海豹那样喷着鼻子，几乎没有时间吃午饭。短工们没人下水游泳，浸在盐水里会使人身体衰弱，这是一条老经验，弄湿了身子对身体不好。可是说这些又有什么用呢？现在这个时候，老习惯都改变了。

不只是人需要凉快一下。海湾地区的牲口都跑到海里，半个身子泡在水里。暴雨来了，豆大的雨点劈头盖脸地打来，工人们挤成一团躲风避雨。大雨过后，万物清晰新鲜，一片郁郁葱葱，高坡地上的斑斑点点的白垩地显得更加洁白。太阳又放射出光芒，工地上震耳欲聋的声音又重新响起。石块卸了下来，铁梁被滑车嘎吱嘎吱地吊上空中，铁锤和斧子撞击着铁块和木头，到处都是高声喧嚷、人声鼎沸。马里努斯在这里当小工，肩上扛着一担石头，蹒跚而行。西利乌斯和索特·安诺斯把木梁升向高处，那些不知名姓的人也从旁助上一臂之力。安德列斯和博尔－艾立克，彦斯·赫斯特和保尔·伯格，海边的渔民，沼泽地的小农，费奥厄城的工人、瓦工、工匠还有远道而来的小工，成百上千的人在一块儿干活儿。他们的步调一致，工程进度很快。这儿干的不是农活儿，这里是成群结队的人用同一种速度、同样的节奏在劳动。

每星期一次，人们把领到的一份优厚的工资装进口袋。拿工资时没有扯皮打架、讨价还价的事发生。现在不再是过去那样了，庄园主那里今天没有钱，要等到从牛奶场主那里拿到了牛奶钱才能发工钱。两个职员坐在工棚里发工资。每个人都领到一个写有自己名字的工资袋。一切都井井有条，工资分文不差，钱是根据工资协定算出来的。男人们把钱拿回家去，就能为孩子们买衣服了。马里努斯的孩子们过去从来没穿过好衣服，而现在他们都穿上了新衬衣和新裙子，托拉在赶着做衣服，灯光在缝纫机的镍面上闪动。还得为以后的艰辛日子做点儿准备，谁知道这样的好日子能维持多久。短工们觉得自己从来没有像现在这样神气过。他们口袋里有了钱，谁的债也不欠了。

可是随之而来的是物价飞涨。马里努斯的房东认为，现在他们该多付点儿房租了。"我们这几间房子付的房钱已经不算少了，"托拉说，"我认为你这样要价太不像话了。"那个人觉得没有什么不像话的。你们要是不愿多付钱，有别的无处栖身的人想来住呢。"这样的破房子你还好意思多要钱呀。"托拉说。"我原来还以为你是个好人呢，你实在让人看不起。"庄园主并没有因为托拉的话觉得自己有什么错。"你们干了活儿，拿了该拿的钱，"他说，"那我们也该从我们的房租中拿到我们该拿的钱呀，谁不为自己着想呢。""第一是我自己，第二还是我自己，最后还是我自己。这就是你们这些庄园主从早到晚所祈祷的。"托拉连珠炮似的说着。"要是你们能把我们这些人剥得只剩一件衬衣，你们也会干得出来的。""要是剥的是你，我把衬衣也拿走，托拉。"庄园主笑了。"你是一个漂亮丰满的女人，可你的嘴巴实在太厉害了。"

其他那些靠租房居住的人也都是如此。房租涨价了。现在有人来找布雷根特维了。他卖了些地皮，第一个来买的是安德列斯。他对自己要付那么多钱唠叨个没完，可是工厂附近没有更便宜的地皮。安德列斯已经计算好了，要是他把房子盖得宽大一些，将一套房间出租出去，再租几间房间给单身工人，那他就能把钱收回来，而且自己还可以白住。有一天尼尔斯回来说，他用分期付款的方法买了一块地皮。

"我的好小子，"马里努斯说，"你发疯啦？你要这块地皮干什么？你怎么付得起钱？""我已经把一部分钱当场付给布雷根特维了，"尼尔斯说，"其余的我用工资偿还。地皮的钱付完了，我们就能借钱盖房子了。我们总不能待在这儿，为这间破茅草房要给那个农民多付两倍的钱。""我们的钱还是会到他手里去的，"马里努斯说，"因为我们盖房子用的是他们的地皮，他们不会白给我们的。我真没想到地价会贵成这样。"

还有别人也在想着盖房，他们是那些信徒们。镇上来了许多人，该是盖一所传道院的时候了。只要山形墙上带有十字架的传道院一建起来，一切罪恶都会消失。鱼汛一到，渔夫们就该下网了。

盖姆斯特牧师皈依之后，接过了卡尔森的事业，成了这一小群人的首领。他为修建传道院进行募捐，一天晚上，他拿着募捐单子找到了赫普诺。"我是教区的传教士。"他说着，并解释了来意。玛雅夫人放下香烟，坐了一会儿，听牧师说些什么，然后悄悄走出了这间低矮却是小巧、舒适的房间。

"传道院？"赫普诺说。"这不关我的事，您得记住，盖姆斯特牧师，一年以后，阿尔斯莱弗不再是个农村小镇了，而是一座工人城市、工厂城市了。"

"正因为如此，"牧师说，"这里有重大的任务要完成，这里需要可以打动灵魂的声音。"

"好吧，"赫普诺说，"问题是灵魂不愿听。穷困的农村无产者和现代产业无产阶级之间是有区别的。宗教不能吸引工厂的工人，他们是受原始的象形文字的教育长大的。他们在物质方面很舒适，在他们看来，那些痛苦和克制之类的话都是愚蠢的。别以为我在说坏话，我是作为一个工业领导人在讲话。"

"尽管物质条件好了，灵魂还是在渴求满足。"牧师反驳他说。"死亡依然存在，生活仍旧艰难。"

"动物并不想到死，"赫普诺说，"健康的人也不这么想。问题在于宗教能不能帮助现代化的人克服困难。要是我们信仰宗教，那它至少在时间上就有了问题。创立一种新宗教吧，盖姆斯特牧师，或者把旧的宗教现代化一下。让我们来它一个第十一戒：你不能罢工！您若能让教会通过这一条，您就能把我的工人拴在您的羊圈里，我就向您祝福。您可以盖上一座新传道院，甚至一座教堂，只要您愿意。这就是我们所需要的，一种适合现代工业和经济组织——资本主义的宗教。老一套诱饵不起作用了。"

"工程师先生。"盖姆斯特牧师气愤地说，并站起身来。

"您请坐下！"赫普诺命令说。"我这样说并不是破坏您的信仰，我是作为工业领导人在说话。我正在修建一座工厂。事情比你想象的要多得多。我不得不去克服无数的困难，不得不去筹集资金，我把自己的财产全都拿来孤注一掷。这仅是第一阶段。第二步还要经营工厂。我要让我的工厂赢利，给我的工人提供食粮。要是我想在竞争中生存，劳动场所必须太平稳定。不能有罢工，也不能有骚乱。安分守己、资产化的人对我最有好处，我的任务就是尽量使他们越资产化、越冷静越好。无家无业的产业工人是很难对付，比那些无知单纯的农村无产者要难对付得多。他们不知道该如何管束自己。但是给他们以财产，使他们从一开始就成为一家之主和社会的支持者。让他们为那神圣的民主机构感到喜悦快慰，让他们为那些并不拥有的权力而感到高兴。每个人都有自己的住房，自己的花园，在教区委员会中有自己的地位，给他们义务和明显的权力，这样他们就会安分守己。这就是现代宗教，这就是民主。这种宗教无疑我会支持的。"

"但是在人的内心深处的灵魂又怎样呢？"牧师问。

"一颗好土豆的内心深处在什么地方？"赫普诺回答说。"但如果土豆坏了，您可以看到面上有黑斑。一架保养得好的机器按照自己的节奏，会有条不紊地进行运转。但如果机器不上润滑油，它就吱吱直叫。灵魂就是毛病。它完全可以被装饰得冠冕堂皇，就像肿瘤也有酱红的或紫罗兰的颜色一样。但人的精神世界是一系列的作用和反应。实际上，牧师先生，在人和机器之间没有多大差别。现代工业领导人的任务就在于，让在工业中服务的人类的一部分——工人——能尽量地无声无息地发挥作用，就像机器那样无怨无艾。这是可以做到的，而且已经做到了，所以我们不需要宗教。我们只需要了解现代群众的心理。您如果实在要送我一种宗教，那它应当是合乎时代的宗教。它应该宣讲这样一个伟大的信息：你不能把机器停下来。它是你的神，你应当用你的生命和鲜血为它服务，你不能罢工，不能要求更高的工资，不能把机器停下来。"

盖姆斯特牧师靠坐在椅子上。他疲惫不堪，整整一下午他拿着募捐单东奔西跑，连口吃晚饭的时间都没有。

"在你们这个可怕的世界里没有人能活得下去，"他说，"还不如一个没有机器的贫穷的世界……"

"也可以这样说，"工程师点头说道，"没有现代技术我们就得回到中世纪去。机器为整个人类创造了丰富的物质条件。没有现代技术，宗教和牧师对我们也就一文不值了。完美的灵魂是同饥饿和贫困成比例的。不过，算了，让我来资助宗教吧，就当我付了一笔保险费。您估量在您的单子上我该出多少钱？"

牧师站起身来。"我不愿意在这种前提下接受资助。"他说。"可总有一天您会发现，您的不死的灵魂需要精神食粮。总有一天它会像囚禁在笼子中的野兽那样在您的内心激起狂怒。灵魂是扼杀不了的，虽可哄骗它安宁一时，但它终有一天是要觉醒的。"

盖姆斯特牧师拿着单子四处奔走，募集了一些钱，但数目太少。要盖起传道院还要好长一段时间。他走访得很勤快。他去看望那些刚刚迁到本教区来的新家庭，也同那些年轻的工人们说上几句，他还壮着胆子到工房里去同住在那里的工匠闲谈聊天。大家都客客气气地接待了他。当他高谈着天主的慈悲和灵魂的解救时，大家有点儿不以为然地听着，他自己也感到，他的话打动不了别人的心。

一天，他回到家里，有个妇女要找他谈谈，原来是卡尔森的遗孀克里斯蒂娜来找他诉苦。丈夫去世以后她带着孩子搬回娘家去住，可父母不愿再让她在家里住下去，她真不知道该怎么活下去了。"是呀，日子是不好过。"牧师说。"我理解您的处境。我们应当设法为您找个谋生之处。"

"他怎么能干出那样的事来？"克里斯蒂娜哭着说。"他在干了那样荒唐的事后，很是烦躁不安，我并没有说他什么，这么多年了我知道他的内心是怎样的。而他居然就自己走了，就不想想还有老婆孩子要照顾。""直到他的灵魂毁灭之前，他还是在想着你们的。"牧师说。"可是怨天尤人又何济于事呢，卡尔森太太？您的丈夫遭到了惨败，别的我们不能再说什么了。除此之外，他的死还意味着物质也是渺小的。""可我一个寡妇家带着孩子，他们甚至连点儿抚恤金都不给我。"克里斯蒂娜说。"为什么要把此事发泄到他们和我的头上来呢？"牧师温柔地拍着克里斯蒂娜的手。"你先别急，"他说，"我们能找到办法的。我找那些有经验的人谈谈。""尽管他被传道院开除了，可他在那之前还是有过职业的，"克里斯蒂娜说，"他在传道以前是个花园的园丁。"

牧师同马丁·托姆森谈了这事，庄园主认为，在阿尔斯莱弗镇让卡尔森的遗孀经营个针线小铺还是可行的。不管怎么说，信徒们总会去光顾她的。牧师从布雷根特维那里买了一小块地皮，同费奥厄城的一个泥瓦匠谈妥，为克里斯蒂娜盖一所小房子。

二十六

　　有消息说，要在阿尔斯莱弗镇成立工会分会了，工会的一个书记已专程来到这里办理此事。开会前他到处奔走，找短工和工人们聊天。成立一个分会并不费事，可还得成立一个委员会。拉斯·谢伦格莱请这个人吃晚饭，同时还请了住在附近的一些人来。屋里很快就坐满了穿着劳动服的人。他们谈论着谁来当主席和委员会的委员。这工作得由大胆的人来干。

　　"那除了西利乌斯没有再合适的人了。"马里努斯说。别人都笑了。"你们别笑，这家伙确实是什么都不怕。"马里努斯有点儿不高兴地说。"他跟律师和当局作过对。再没有人能比得过他。"别人都承认西利乌斯是不错，但他酒喝得太厉害了，一个工会主席必须要能节制饮酒，以便能头脑清醒地处理好事情。

　　"自从菲德丽克生了孩子以后，他可是好多了。"拉斯·谢伦格莱说。"我真记不起来他上次是什么时候喝醉酒的。"别人也都承认，自从西利乌斯有了个红发男孩子要照看以来，他确实是克制了不少。酒店他还是去的，但喝得有节制了。"要不，我也说不上还能找谁。"马里努斯说。"不过也可能，你们中间还有人有能力当主席。"

　　有人提到了博尔－艾立克，但他直摇头。"我对此一窍不通，"他说，"我都弄不清那些工资协议和规定。我对算账从来就不在行。"别人也知道是这么回事。博尔－艾立克是个实在人，但他不能胜任这项困难的职务。后来又提出了几个人，但是对他们在必要时能否顶得住、硬得起来，大家没有把握。"要是能找女人来当工会主席，"拉斯·谢伦格莱说，"雇主们肯定拿她们没办法。"

大家伙儿有点儿胆小怕事。要是在工资协议上发生争执，出头露面去斗争那是危险的。谁都知道，大人们憎恨工会，谁又愿意拿自己的生活来源去冒险呢。他们已经习惯于普通平民的地位，就像被风吹弯了的树那样，逆来顺受。可是西利乌斯呢，他身无分文地来到本教区，他当过挖土工，年轻时把一个人打趴下过。他从来就没有把那些庄园主放在眼里过，这家伙肯定是不会害怕雇主的！"我认为，只有西利乌斯了，没有别人。"马里努斯说。别人虽还有点儿犹豫，但都同意他的看法。一旦大家就谁当主席、成为带头人取得了一致的意见，再找人当委员会委员也就不费什么事了。工会来的书记写下了一系列人的名单。

所有的工人聚集在酒店的大厅里，书记先发表了一番讲话。大家一致同意成立一个分会，书记建议选举西利乌斯·安诺森担任工会主席。西利乌斯从自己的座位上站起来。"我就是西利乌斯·安诺森。"他说。"我建议你当主席！"书记说。"如果你被选上了，你干吗？""要我当工会主席？"西利乌斯说。"妈的，我可从来没想到会干这个。"大厅里一阵哄笑，西利乌斯坐了下来，满是红胡子的脸上笑容满面。西利乌斯被一致推选为主席。博尔－艾立克、索特·安诺斯、马里努斯和尼尔斯还有另外几个工人被选为工会委员。

西利乌斯回到家，神态异常严肃。他命令在桌上摆上酒，让菲德丽克去煮咖啡。"嗨，你是在为一位主席煮咖啡呢。"西利乌斯说。"什么主席呀？"菲德丽克问。"不是别人，正是鄙人，"西利乌斯自豪地说，"大家一致选举我当工会主席。你一定不相信吧，菲德丽克，好多年前同你一起睡觉的是一位工会主席。"菲德丽克没有答话，西利乌斯站起身来用汤匙给老吉普喂酒。"嗨，他们选我当了主席。"他说。"哦，西利瓦西昆。"老人嘴里吧嗒着嘟囔道。"我当上了工会主席了，老爹，"西利乌斯说，"所以咱俩得喝它一杯。"

西利乌斯长进了，这谁都看得出来。他有了儿子，挣一份好工钱，受到大家的信任当了工会干部。西利乌斯的身体也显得更加宽壮结实了。他晚上坐在家里研究工会章程和工资协定的数字，谁也别想欺骗西利乌斯。若是雇主故意捣乱，不尽自己的义务付钱，他就会引用这些条文。

菲德丽克不再像过去那样怕见人了。有时她把小吉普放在车里，推着车同他在镇上散步。通常她总去看玛蒂勒，让孩子在户外的阳光下睡觉，她去听玛蒂勒弹钢琴。玛蒂勒很有音乐天赋。乌尔里克森老师送了她一本乐谱，她很快把所有的曲子都背了下来。玛蒂勒在琴上飞快地弹着，菲德丽克自个儿坐着，眼睛凝视着前方，竭力不让自己去想那个曾经失恋过、也曾经在菲德丽克的怀里寻求过安慰的人。有时托拉和莉纳·谢伦格莱也来这里，玛蒂勒就奏起舞曲，妇女们在一块儿回忆着，年轻时她们在舞会上是如何翩翩起舞的。

一天上午，莉纳和托拉正在玛蒂勒家里，有人来敲门。进来的是马斯·隆德的两个老婆。她们同声说，如果来得不是时候那实在抱歉，但她们很想听听玛蒂勒弹钢琴。玛蒂勒弹着，两位身着黑衣的女人歪着脑袋眨巴着小眼聆听着。

"我说您……"

"……您弹得真不错。"两人异口同声地说。"现在这么好的一架琴您要出多少钱哪？"

玛蒂勒解释说，这是她的未婚夫和爸爸送给她的礼物。钢琴原来是属于费奥厄城的一个旅馆的，旅馆的人要换一架新的，他们花了七十五克朗把钢琴买下来送给了她。

"哎哟，七十五克朗。"庄园主的两个女人大声嚷嚷着。"这么多钱哪！那你们工作挣的钱是不少呀。我们可买不起。"

"隆德也可以到坡地来干活儿嘛。"托拉冷冰冰地说。"他还要照管庄园呢。"两个女人同时说。"喔，他经营庄园划得来吗？"托拉笑眯眯地说。"要是他把庄园让给信贷所，自己像短工那样在高坡地干活儿，挣一大笔工钱，那岂不更好吗？这样你们也有钢琴了，可以整天坐在屋里四只手一块儿弹。""多谢您弹的琴，玛蒂勒。"两个女人同时含糊不清地说。"我们改天再来听您弹琴。"她们便匆匆忙忙走了出去。"我看不起这两个令人憎恶的丑老太婆。"托拉说。"就是，"莉纳·谢伦格莱说，"现在我们也不必怕她们了，男人们不用再去他们那里干活儿了。"

收获的季节临近了。田地里的庄稼一片黄澄澄、沉甸甸，可是今年短工们并不盼望着秋收和收获的工作。他们几乎都不在意季节的变换。赫普诺在建筑上不断地加快速度。要给大型机器浇铸水泥底座，要建起一座库房和一幢办公楼。他拼命地赶着。工厂要在冬季来到之前上屋顶，加班也越来越多。西利乌斯皱着眉头研究着工资协定的数字，同赫普诺讨论着该给多少加班费，现在短工们可知道了，比西利乌斯好的主席是选不出来的。西利乌斯毫不妥协地站在他们一边，工人们的权益他分毫不失。

工匠中间有些是经验丰富的工会工作者，西利乌斯从他们那里讨得了不少好主意。现在的问题是克里斯登·博森，他参加的是一个称之为基督教的工会，不愿同别人站在一起。这能够允许吗？西利乌斯就到工房寻找他们的帮助，他从那里了解到，这儿只有一种工会，如果克里斯登·博森要被看作是参加组织的工人，他只能参加这个工会。于是，西利乌斯就去找克里斯登·博森，和气而友善地告诉他，他得放弃自己的主张。"我可不能同我的良心作对，西利乌斯。"克里斯登·博森说。"我得恪守《圣经》的话，别人爱怎么干就怎么干吧。""但是你同我们站在一起，这根本不违背《圣经》的。"西利乌斯说。克里斯登再次重申自己的立场，并引用《圣经》的话来证明他的正确。这下西利乌斯可生气了。"我并不反对你是个信徒，克里斯登。"他说。"可你这样不讲道理，我实在想不通。我告诉你吧，要是什么都按照《圣经》上说的去做，而不是按工资协定去办，那我们也就挣不到今天挣的这份工资了。"

克里斯登软硬不吃，西利乌斯去找赫普诺说，他们不能同克里斯登·博森在一块儿干活儿了，他只能算是个没有参加工会组织的人。"这是什么意思？"赫普诺问。"我们不得不罢工。"西利乌斯说。"你疯了，西利乌斯·安诺森？"赫普诺骂道："这简直乱弹琴。让他到我这里来，我会说服他放聪明些的。"

赫普诺正在盖了一半的发电房里——这里以后要生产工厂的用电——同一个工程师谈话，克里斯登·博森来了。

"您想干什么呀？"赫普诺生硬地问，克里斯登解释说是有人叫他来的。"您不愿意加入工会吗？"赫普诺问。"我参加了我要维护的工会。"克里斯登·博森说。"那您就进去把您的账目结清吧。"赫普诺说。"我可不能因为您要拯救灵魂而闹出一场冲突来。我们这儿盖的是水泥厂，不是在举行拯救灵魂的布道会。"

克里斯登·博森离开了工地，踽踽独行，往家里走去，短工们看着他的背影。"这太严厉了。"马里努斯说。"他有老婆孩子要抚养，谁都知道那会怎么样。我看西利乌斯真够厉害的。""不！"博尔－艾立克说，"克里斯登必须同我们站在一起，否则他们便能操纵我们。我们不站在一起什么也干不成。"别人也都支持西利乌斯。"克里斯登·博森也是个老老实实的人，"马里努斯说，"那时他卖了庄园还给了我一百克朗呢。天底下一个人像得到礼物那样地拿到钱能有几次？"

克里斯登·博森回到了家，伊达吃惊地迎着他。"你病啦？"她问。克里斯登叙述着所发生的事，伊达气得脸红脖子粗。"我从来没想到你会这么愚蠢。"她尖声说着。"听从上帝的话决不能算作愚蠢。"克里斯登温和地说。"我像你一样了解上帝的话，"伊达说，"《圣经》中只说，'你应当用脸上的汗水来换取面包，'可这正是你所不愿意的。我看你这样做是在歪曲《圣经》的圣言，是在亵渎上帝。"

"伊达，好伊达，"克里斯登·博森惊恐地说，"我只是凭我的良心办事。"可是伊达不肯就此罢休。她拿出《圣经》，引经据典地证明仆人有义务以谦恭的态度听从他们的主人。"就算赫普诺不算是克里斯登的主人，那他还不是在给工程师当用人吗？喏，赫普诺要你加入工会，那你克里斯登为什么要那么顽固地不愿意加入呢？《圣经》上不是白纸黑字地写着：'把属于神的东西交还给神，把属于凯撒的东西交还给凯撒，'这除了要我们听从有权统治我们的那些人的话以外，还能有什么别的意思吗？"

伊达一处又一处地引用《圣经》语录，她把那本《圣经》中所有的严肃的《圣经》警句一股脑儿、劈头盖脸地倾泻给了她丈夫，克里斯登·博森连张嘴的机会都没有。每次他刚想打断伊达，她就引用起保罗的信、所罗门的谚语和路加的福音书。足见她是上帝虔诚的女信徒，《圣经》是她的行动指针。她昂首站立，双颊通红，两眼灼灼放光，用精神武器为自己和孩子们的面包、为一所粉刷一新的漂亮小房子和有丝绒家具的房间的梦想而斗争着。

"伊达，"克里斯登·博森几乎要哭了起来，"我完全明白我是错了。我本来只要求安宁和谐，可这反倒引起了争吵和烦恼。我现在领悟到，我得听赫普诺的，他是我的主人。""还能补救吗？"伊达问。"我不知道行不行，"克里斯登说，"不过今年秋天肯定能在农民那里找到活儿干。""别人都把钱包装得满满的，你倒去拿那一点儿工资。"伊达说。"不行，你还是得回去承认你错了。"

好吧，好吧，于是克里斯登·博森又回到高坡地的建筑工地去，在他的工程师主人面前低三下四。"您又来啦？"赫普诺很不耐地问道。"您对所结的账目不满意吗？"克里斯登·博森以自责的声调说，他刚才说话说过了头，没有仔细考虑。如果实在没有别的办法，他愿意加入工会。"那好，那您还可以在这儿干。"赫普诺说。"去找领班的说一声，就说您跟我说过了。"

克里斯登走了以后，西利乌斯脸色阴沉，怒容满面。

当他看见克里斯登又来干活儿了，脸上立即明朗了。他用那双有力的拳头敲打着克里斯登的背。"我的勇敢的朋友，"他说，"我知道你会恢复理智的。"他的红脸膛儿上挂着笑容，他接着说，"我对你说吧，克里斯登·博森，你一定会进天堂的，而我肯定要下地狱，但是在这儿的工地上，我们必须得站在一起。"

🌸 二十七 🌿

捕鳗鱼的笼子又被放进了海湾，现在那些闪闪发亮的鳗鱼又沿着它们的秘密路线游回广阔的海底。庄稼已经收获进仓，花园里的草木开始枯黄。船只停靠在码头边，沉重的机器运上了岸。码头上竖起了吊车，搬运那些价格昂贵的机器可得小心翼翼。但这些仅仅是属于水泥厂的很少一部分机器。这里还要安装发电厂和自来水厂，在成包的水泥出厂以前，还得有许多机器加工白垩土和黏土。

每逢货船运来了机器部件，赫普诺就亲临码头领着卸货。谁要是不小心，他就疯子似的吼叫。他舞动着手杖，就像战时的指挥官那样命令着："小心点儿放吊车，一齐动手！当心，别撞了！"母亲对摇篮中婴儿的疼爱也莫过于赫普诺心疼自己的机器了。谁要是出了差错，你就听吧，他们在美国是怎么骂人的，听着可真不舒服。

巨大的铁管和滚筒，锅炉和特别的机器部件源源运到。工人中有人了解这些东西。他们是锻工和机械工，他们干惯了安装机器的活儿。滚筒安在锅炉里面，这架转炉几乎贯穿全厂，得白天黑夜地点着火。水泥被捣碎、搅拌后，就在里面烧成粉末。最大的还是用来发电的蒸汽机。短工们过去也曾见过蒸汽机和脱谷机，却从来没有想到过会有这么庞大的机器。他们目瞪口呆地站着，目不转睛地看着这个明光锃亮的钢铁庞然大物被运到码头上。到底怎么才能把机器放进车间里去呢？可是有办法。整条路上铺上了钢条，许多组马被拴在机器前面，巨大的机器就像放在雪橇上那样被拖走了。这用了整整一天的时间，然而机器终于被运到了车间。

人们拖动机器时，乌尔里克森老师率领学生们来到了高坡地。他指着那些机器的部件，解释它们的名称以及它们是如何运转的。机器在阳光中好像一个硕大无比的玩具放着光芒。乌尔里克森说，是人的智慧发明了这些机器，方便了人民的生活。"在印度，人们驯服大象，利用它们来干活儿。"他对孩子们说。"但是这样一部机器的力量比一百只大象还要大。它能方便我们的生活，免除我们再受无端劳苦。机器是人类的幸福。"

不仅是孩子们蜂拥来到高坡地，全镇的人几乎全都来了。看着工人们小心翼翼地摆弄着这些发光的机器，就像人们搂着姑娘跳舞那样处处当心，可是开了眼界了。老年农民摇着头：他们居然能把这些东西安装在一起。妇女们三五成群地站在高坡上，钦佩不已地凝视着那些满头大汗、皮肤晒成古铜色的男人们。当机器安全地登上岸时，赫普诺让人去拿啤酒来，润一润他们的干渴的嗓子。两百多人仰着脖子大口大口地喝着啤酒。机器被运上了岸。

赫普诺很忙，也许正是因为这样，玛雅夫人要离开这儿了。可是人们很难相信，赫普诺忙得连开车送他的情人到费奥厄城去的时间都没有。玛雅夫人只好自己租了辆车拉上自己和行李。她的车子经过镇上的时候，女人们都跑到窗户边来看，她们后来都异口同声地说，她的眼圈都红了。一个女人不戴上戒指，结局只能如此。哪天男人对她厌倦了，就把她像破布似的扔掉，才不管她伤心不伤心呢。

玛雅夫人住进了费奥厄城的旅店。她要乘次日的轮船去哥本哈根。玛雅夫人坐在那里喝茶时，斯寇特律师进旅店来喝午后酒。律师曾经在阿尔斯莱弗镇见过这位女演员，他向她问了声好。"您进城来逛逛，"他说，"工程师没来吗？"玛雅夫人摇了摇头，说她是路过此地，明天继续赶路。斯寇特明白，她和工程师闹翻了。

"一个人订婚后也该出来走走看看，"玛雅夫人很不自然地说，"我要是想在冬天里干点儿什么，现在正是出来转转的时候。我的假期拖得太久了，不过看着水泥厂盖起来还是挺有趣的。"玛雅夫人身上芳香扑鼻，她周身擦着香粉，真是一个外面世界来的女士。律师对她早已深有好感，初次见面时候便对她生有爱慕之心。他急于知道，赫普诺和她之间到底发生了什么事。他们为什么会闹翻？

"赫普诺工程师是个能干的人。"律师说。玛雅夫人对此也表示同意。"不过……"她吞吞吐吐地说，神情严肃地凝视着前方。"您想说什么，夫人？"斯寇特问。"我不知道一个人会不会对技术压倒人性产生厌倦。"她说。"除了蒸汽机以外，这个世界上总还有别的东西吧。我听够了什么摆轮啦、曲轴啦和转炉啦这一套。我同工程师订了婚，在我的离婚手续办好以前我们俩不能结婚。而现在我已经把婚约解除了。"

玛雅夫人同工程师的关系既然是这种情况，律师心中暗自高兴，她原来不单单是工程师的情妇。"我很难过，夫人。"他说。"这倒不必，律师先生。"玛雅夫人笑着说。"那是成不了的，现在那已经过去了，这再好不过了。"现在律师觉得，玛雅夫人在费奥厄城逗留的当晚他有义务来陪伴她。他请她在旅店里共进晚餐。作为一个光棍他还没有成家，因而不能把这位女士请到家中。

律师不善于交际应酬，倒是玛雅夫人说东道西地想出话题来谈。她诉说着一个女艺术家的悲惨生活、舞台上的失意和戏剧批评的狠毒。律师要了最好的酒，慢慢他也来了劲头。明天全城就会传开，他单独同一个漂亮的女演员在一起吃晚饭。为了多扯一会儿，他又要来了香槟。第二天下午，他在轮船边向玛雅夫人献了红玫瑰花。

布雷根特维的生意迅速发展。现在他可以坐在屋里出售地皮了。许多外乡的工人要在阿尔斯莱弗镇住下，并在工厂里工作，他们就非得要有个栖身之地不可，尽管他们咒骂着那一小片地要那么多的钱，可他们还是不得不从布雷根特维手上买地皮。布雷根特维解释说，地皮并不算贵。把土地开辟出来、建筑道路都要花钱，他们还可以分期付清买地的款子。这说不上贵不贵的。他从律师那里得到自己的份额，并把钱存进了银行。一旦他真的着手经商，这钱就是经营的资本。

现在又有消息说，有个新店主想到镇里来定居，斯基夫特听到后大为不悦。"这儿不能有两家商店做生意。"他说。但是在康拉德看来，工厂完工以后，也许会有三家商店。康拉德建议，斯基夫特应当扩建商店，用大橱窗和新招牌使店铺现代化。"那又有什么用？这样一来货物就会好一点儿？"斯基夫特问。"不是这个意思，这就如同女人一样，"康拉德说，"虽然看起来她们都是一样的女人，可我们还是要挑漂亮的。"在女人这方面康拉德确实是个行家了。

自从梅塔生下双胞胎以后，她就像一朵盛开的玫瑰。每当她把烟叶从柜台上递给年轻工人时，他们的嘴角上就情不自禁地泛起微笑。一个传教士为了她而悬梁自尽进了地狱，这是可以理解的。

　　梅塔的双胞胎在茁壮地成长，英昂的姑娘也是一样。但这并不归功于她。大家都认为，博尔－艾立克没有找到配得上他的妻子。"她在家里是个饭桶。"莉纳·谢伦格莱说。这话出自莉纳之口是尖刻了一点儿，因为她把家里料理得还行，已经是尽可能地好了。整洁并非是莉纳·谢伦格莱的长处，但她能让花和人就这样浑浑噩噩地活下去。英昂的窗台上没有花，艾立克下工回来她没好脸色给他看。英昂不愿住在阿尔斯莱弗镇上，她要住在真正的城里。

　　"这儿不是来了不少人嘛，"艾立克平心静气地说，"耐心点儿，英昂，你要的准保会有的。用不了多久，我们就能盖上自己的房子了。"但是英昂对于漂亮的房间、橡树木的餐桌和带有丝绒家具的房子毫无兴趣。她缠住她的大个、笨拙的丈夫不放。"这儿根本就不是真正的城市。"她说。"唉，人在度过青春前真不该结婚。"

　　博尔－艾立克没有答话。他不理解英昂。难道她在生孩子的时候体内受伤而得了病啦？因为别的女人只要丈夫能耐心地对待娘儿俩，并把工资拿回家来就心满意足了。英昂确实是个风华正茂的、了不起的、坚强的女子，可是博尔－艾立克觉得他自己也不赖呀。"你是不是到费奥厄城去瞧瞧大夫？"他问道。英昂不肯，她没有什么毛病，就是对这一切都感到厌烦。"那么你同牧师谈谈是不是会有点儿用？"博尔－艾立克问。"扯淡！"英昂怒气冲冲地顶了他一句，博尔－艾立克无话可说了。既然大夫和牧师都无济于事，谁又能帮得上她呢？

　　酒店里又在举行舞会。同天晚上，工会委员会开会，委员们都到西利乌斯家里去了。会后，博尔－艾立克同尼尔斯同路回家，尼尔斯请他进屋在里坐会儿。托拉也刚刚回来，忙着去厨房煮咖啡。她在镇上听说，英昂也参加了舞会。托拉起初并不相信，后来她自己在门外看到英昂被一个小伙子搂着跳得正来劲儿。这情景真是恶心，一个结了婚的女人竟然会这样，托拉对此无法忍受。

她端来了咖啡，给他们倒上。博尔－艾立克坐在屋里听着远处酒店里传来的音乐声。"他们现在又跳上了，"他说，"现在差不多天天晚上都有舞会。""可不，他们想活动活动腿脚嘛。"托拉说，并犹豫了一下。然后她又接上一句，"我想还是让你知道的好，艾立克，英昂在那里跳舞呢。"

博尔－艾立克显然不明白，这是什么意思。"英昂，"他说，"结了婚的女人可是不作兴参加舞会的呀。""一般是不去的，"托拉平心静气地说，"不过现在每天都有新鲜的事情。我只是想你应该知道这件事，这对你和英昂都有好处。"

博尔－艾立克脸上的五官都挪了位置，他气得满脸通红，额头皱成了疙瘩，变得坑坑洼洼。这太不像话了，一个已婚妇女去跳舞，这要给人家说闲话的，她丈夫也得受人奚落。博尔－艾立克站起身来，连倒好的咖啡也没喝一口，便不辞而别。一会儿工夫他已来到大厅，英昂正同工厂的一个年轻工人在跳波尔卡舞。他把她从那个小伙子身边拉开，邻近的舞伴吓得躲到一旁，看上去，博尔－艾立克是怒气冲天。

"你该回家了，英昂。"他说。"我来跳舞关你什么事儿呀！"英昂答道。"你出去开会，我干吗要一个人在家里待坐着？"有几个小伙子走近了博尔－艾立克，若是他生气打她的话，他们就准备上来保护她。艾立克把他们推到一边，一把抓住英昂的胳膊。她竭力挣扎着，并去揪他的头发，但博尔－艾立克没有松手。英昂被拖出酒店大厅，拖到了家里。

"我可受不了了。"英昂尖声嚷着。"你无权把我拉回来，你这个蠢货，我还会去的。"艾立克本可以对她劝说一番，一个结了婚的女人单独去跳舞，这在教区里还从来没有过。但是艾立克气昏了头，再说他又不善言辞。"你给我闭嘴！"他说。"不，我偏不，我才不听你的呢。"英昂吼叫着。"哪个女人找到了你算是倒霉了，你是最没出息的男人。""你不应该把孩子丢在家里，自己跑去跳舞。"博尔－艾立克说。"哼，我才不喜欢这个丫头片子呢，她净给我添麻烦，"英昂急促不清地说道，现在艾立克已经到了忍无可忍的地步了。

博尔－艾立克一直在庄园里干活儿，他更习惯于同马匹而不是女人打交道。有些老马必须得在它们的嘴上套上嚼子，他觉得，也该用这种办法对付英昂。他一言不发地把她翻身按倒。英昂两条有劲儿的腿拼命地踢着蹬着，高声尖叫，好像要了她的命似的，艾立克却像教训孩子那样在她屁股上狠揍了一顿。他觉得揍够了，才把她放开。英昂抽泣着，但是她的坏脾气也消失了。突然，她用她那丰满的胳膊搂住了艾立克的脖子，贴在他的宽厚的胸膛上哭泣起来。"你这么狠心，还不如把我打死算了。"她低声说着，并紧紧地贴在他的身上。博尔－艾立克对女人的天性愈发闹不清楚是怎么回事了。

老多勒和尼科拉要搬走了，他们要搬到镇外半英里的贫民救济署去。房东同教区委员会安排了这件事，他不愿意再让这个老太婆交那么一点儿房租还住在这里。但多勒并不知道自己要去哪里，她的神志完全糊涂了。"我把这地方给卖了。"她对托拉说。"我年轻时太辛苦了，现在不行了。不过我同新来的房东谈妥了，你们可以在这儿住下去，愿住多久就住多久。""多勒，是该让你宽宽心的时候了。"托拉说。可多勒觉得，她安心不了，她还有后顾之忧，因为她一旦照看不了尼科拉时，他该怎么办呢。是呀，人只有进了墓地才安生，多勒盼望着早点儿进坟墓。"今年冬天一定会很冷。"她说。"我有这个感觉，我们从哪儿去弄柴火呢？不，托拉，人不会有无忧无虑的时候。我要是能把尼科拉一块儿带着去公墓就好了，这个可怜的孩子。"

天气已经寒意袭人，高坡地的工程仍在紧赶着。工厂的烟囱已砌到同高坡地一样的高度了。砌烟囱的工人们在脚手架顶上竭力保持着平衡。仍旧有新人来到工地，一些设计师和技术员，他们干着别人干不了的工作。看上去工程不像要在冬季停工，而是在上冻以前厂房一定得完工。

在冬天干活儿，这简直难以想象。人们低声地谈论着，好像不敢高声讲出来似的。尽管冬天没活儿干，可谁也不短烧的不缺吃的。天气再冷也没关系。短工们把自己的收入积蓄起来，冬天来了他们完全过得去。

天气一冷，保尔·伯格的露易丝身体往往就更不好，今年也是如此。大夫来看了她，为她开了药方，可她自己明白，什么药方也治不了她的病。"我躺在这里死活不得，"妇女们来探望她时，她诉说着，"我能听得见外面的一切动静。我躺着听男人们早晨去上班，他们下班回来，我能听得见他们的讲话和吆喝。我能听见隔天晚上酒店里传来的音乐声，小伙子送姑娘们回家时的调笑声。我就像躺在

259

坟墓里，听着活人的声音。"

　　妇女们尽量安慰露易丝。她病了这么多年也没有死，为什么她不会再好起来呢。她们心里也明白，她只是没有咽气罢了，她觉得自己如同死了一般也不无道理。外面发生着大事情，但那不关露易丝的事。她是活不到能看见烟囱冒烟、人人都有工作的那一天了。有了工作就等于有了每天的面包。

　　"姑娘们都疯了。"露易丝说。"她们夜里跳完舞回家，我能听得见她们的嗓门儿。城里来的小伙子太多了，都在为她们争风吃醋。我年轻的时候没有体验过这样的事情，那时我害怕呀。现在我躺在这儿为时已晚了。我真羡慕你的奥尔迦，托拉。"

　　"你为什么羡慕她呢？"托拉问，"她跟别的姑娘没什么两样，她们都得出去找工作。我们都知道，事情就是这样。"露易丝病榻前一片沉寂。托拉明白，有什么话不能对她透露。她已几次发现这种情况，这话里一定是意味着，奥尔迦有了对象了。

　　玛格达来拜访托拉，她说她去店主那儿有事，顺便进来看看。"镇上的变化真不小啊，"玛格达说，"他们到处盖起了房子，弄得天翻地覆，这镇子变了样啦，咱俩都快认不出来了。真想不到工厂有这样大的力量。说来我们还是应当欢迎赫普诺。""是呀。"托拉也很同意。大家都有了工作收入，这太好了。大多数人都是这样想的。

　　"是呀，是呀，你们的日子马上就会富裕起来的。"玛格达说，她满面笑容，显得傻乎乎的，即使托拉一看便知，接下去要说的准没好话了。玛格达就是这样，她干不出好事来。"我们的日子比别的工友不会好到哪里去的，"托拉说着，并提防着她，"我们也不要求这样。""我看赫普诺是个又能干又会体贴人的人。"玛格达说。"你尽管放心，他是不会忘记你们是谁的。""他记住还是忘记我们那又算什么，"托拉说，"他连我们的名字都不知道。""那你放心好了，奥尔迦一定会让他知道的。"玛格达说。"我可以说从她还是个小丫头起，我就知道她一点儿也不傻。"托拉直愣愣地看着她。奥尔迦的名字同赫普诺联系到了一起！这种话出自玛格达之口，无疑是有名堂的。"奥尔迦同工程师干了什么啦？"她尖声地问。"你最好还是把话讲清楚，玛格达，你来想告诉我什么事？"

玛格达双手一拍，惊恐地瞅着托拉。"主啊，仁慈的耶稣，我来可不是想告诉你什么事的。"她说。"我们是多年的老邻居了，这你比谁都清楚，我是从来不搬弄是非的。我原来满以为，你女儿告诉了你，她同工程师成了好朋友了。教区里谁都知道了。"

现在托拉明白了，背着她都出了什么事。奥尔迦结识了赫普诺，别人看见他们在一起，他还带着她去开车兜风。玛格达觉得，这没有什么好大惊小怪的，因为奥尔迦是个漂亮姑娘，男人自然会看上她的。"你看吧，托拉，在你知道这件事以前，他们俩准已订婚了。"玛格达说着，眼神中流露出不怀好意。"你们招了工程师当女婿可真了不起呀。我就挺羡慕莉纳·谢伦格莱，她真有点儿盛气凌人了，还不是因为她的康拉德搞到了店主的女儿了嘛。但工程师是另一回事了。你不会变得自视高贵，对我们这些人视而不见的吧？"

"你真是个榆木脑袋，你这一辈子改不了了。"托拉说。"你在到处胡说些什么呀？就因为他在路上碰见了她，带她坐了一会儿车，他就不会把她甩了。我想你应该知道，要同男人结婚是有多难哪。玛格达，你把安德列斯领到牧师那里去证婚不也是经过了好多年吗？"

"喔，安德列斯和我都没有着急，"玛格达恶狠狠地说，"我们有时间等待。"

托拉生气了。谁也不能这样数落奥尔迦。"我知道自己的女儿，玛格达。"她说。"我会让你因为这张嘴而受到惩罚。不过我不想用火钳搂你就是了。我瞧不起你这种心术不正的人。""从来还没人这样说过我呢。"玛格达喃喃地说。"我来告诉你这些算是我倒了霉了，我还以为这些你都知道了呢。托拉呀，你可别往心里去。我是知道的，你很喜欢自己的孩子。唉，耶稣呀，干吗要由我来告诉你这件不幸的事情呢。"

玛格达从自己的婚姻中认识到，她同天国已经有了密切的关系。"你别跟我哭哭啼啼的。"托拉说。"你为什么不去做个正派的女人，我们谁也没有对不起你的地方。""你自己刚刚说了，你瞧不起我。"玛格达啜泣着说。"我早知道，你们这些结了婚的女人是怎样看待我的，还不就是我给安德列斯当过用人……可你听说了吗，托拉，赫普诺已经把他那位女演员打发走了？这不就暗示了他真的要打你女儿的主意了。""哦，你就少说几句那个赫普诺吧，"托拉愤愤地说，"他的风流韵事跟我们有什么关系。我了解我的女儿，我知道她不会同他有什么事的。"

玛格达擦干了眼泪，说声再见就走了。托拉看见她又到莉纳·谢伦格莱家里去了。她现在知道了，奥尔迦成了工程师的情人的说法已经传遍了整个教区。他们都避免把这件事告诉她。托拉走到墙柜前，取出维拉的小布娃娃。

孩子们长大了，走上了茫茫世界，非但帮不了她忙，反而
让人操心。但她的一个孩子不会再让她操心了，那就是小
维拉，她正躺在公墓的墓地里等待着她。

❧ 二十八 ❧

下一个星期天，奥尔迦回家来了。托拉讯问她，她和赫普诺之间究竟发生了什么，奥尔迦是怎么让人家说闲话的。

奥尔迦脸上顿时绯红，托拉从她嘴里一个字一个字地往外挤。她总算知道了。还在春天赫普诺住在酒店时，他就看见了奥尔迦。那次她是去跳舞的。

"他同你跳舞了吗？"托拉问，但赫普诺并没有同她跳舞。他只是同奥尔迦聊了几句，并问她叫什么。一星期后他开车时遇到了她，问她愿不愿意搭车。赫普诺要去费奥厄城，奥尔迦要去看一个女性朋友，她在费奥厄城和阿尔斯莱弗镇之间的一个地方干活儿。"他都对你说什么了？"托拉问。"喔，没什么特别的，"奥尔迦回答说，"他随便问了我一些事情。他这人挺好的。"

"后来你同他又在一块儿待过吗？"托拉问。奥尔迦承认，她曾在干活儿的庄园外面遇见过赫普诺。起先奥尔迦认为他们是邂逅。但后来他们曾有过约会。他们曾在晚上幽会过。

"你去过他的房间吗？"托拉问。奥尔迦说没有，她没有进过工程师的房间，尽管她本来很想看看她儿时的房子现在什么样子了。托拉仔仔细细地继续讯问，奥尔迦回答得很简短，而且躲躲闪闪，闪烁其词，但总算弄明白了，赫普诺曾经跟她亲过嘴，再严重的没有发生过。奥尔迦是个聪明姑娘，很是注意洁身自爱。

托拉默默不语地打量着女儿。奥尔迦已是一个漂亮、成熟的姑娘了。她身材颀长，体态窈窕，有一对小巧结实的乳房。她的两只眼睛清澈透亮，金发卷曲在鬓角和颈项上。她的皮肤白皙细嫩，双手十指纤纤，匀称细长，人们见了这双手都会觉得她不该在牛棚里干活儿。"你自己要留心点儿，小奥尔迦。"托拉说。"要记住，一个有钱的男人不会对一个穷苦的姑娘做出什么好事来的。"奥尔迦一仰头，说在她看来没什么危险。"这你可不知道，你还不懂。"托拉规劝地说。"这种事会突如其来的，连我们自己都不知道。你将来就会知道，做个女人不容易。"

托拉没同马里努斯谈奥尔迦的事，谈了又能怎样呢。她也没有要女儿保证不再理睬赫普诺。要是他不想让姑娘太平，姑娘又怎么躲得了他？她考虑去找工程师，并同他谈一谈。托拉想，最好当面把话说清楚，他若是一个正派人，那就别招惹一个穷家姑娘。但他没有不法的行为呀，亲两次嘴又算得了什么。

男人们有他们自己的工作和自己的生活。他们不是待在工房里，就是坐在酒店内，要不就互相聊聊工作、工资和政治。他们一早起床去上工，在赫普诺的大声怒喝、发号施令和美国话的诅咒、谩骂下，像小马一样拼命苦干。他们的世界是另一个样子，教区离他们太远了。就在一年以前，他们还是一些为了一份微薄的工资而给农庄主和小农们干活儿的短工，而现在却已成了工人，还加入了工会。

但是女人们呢？对她们来说要适应新的生活并不容易。

她们谈不了什么物价和工资协定，她们对工会和政治也一窍不通。她们早上也不去上工，也不能同知道情况的人谈天说地，不，她们依然如故，照看房子和孩子。只是她们手头上多了一些钱，可以给孩子们买些吃的，给家里买些烧的，她们不用再为即将来到的冬天担心忧虑。但她们的世界依然如故，对她们来说没有多大变化。

玛蒂勒有了一架钢琴。索特·安诺斯仍在替农庄主干活儿，到了冬天他就去捕鱼偷猎。现在他的女儿像个大庄园主的千金似的，坐在家里弹钢琴。可这不是太过奢侈了吗？庄园里人们在议论着这件事，短工们的老婆们甚至还有些担心害怕。索特·安诺斯和托马斯·特里宁还是应当把钱积攒起来以备急用，而不应当买这样贵重的东西。每当玛蒂勒坐在钢琴前面时，她的内心深处也感到有点儿内疚，就好像她不该有这架钢琴似的。

这里正在盖工厂，这是一件大事情。但是令人奇怪的是，赫普诺居然会看上一个家境清贫的姑娘。这真像民间诗歌里常说的，放荡不羁的纨绔子弟追求清贫穷苦的美貌少女，最终只会落得个悲惨的结局。妇女们起劲儿地窃窃私语，现在奥尔迦和工程师之间的关系到了什么地步。他们在一块儿睡过觉了吗？他是不是把她弄到手了？只要托拉一来，妇女们便闭口不谈。她们不愿意因为谈论她的女儿而伤害了她。

夜间托拉睁眼躺着，想着奥尔迦的命运，一天她突然想起来，这里只有一个人能够劝说她，那就是她的朋友、聪明的乌尔里克森。她就去找乌尔里克森老师，他正在花园里。乌尔里克森嘴上叼着长长的烟斗，手上提着篮子，正在摘苹果。

"哦，您要同我谈谈奥尔迦的事，托拉。"他说。"我们还是进屋谈吧，这儿路上的行人都能看见我们。今年苹果大丰收，这些树都是我自己种的。"

他仔细地蹭去沾在靴子上的湿泥后，把托拉引进房间。在他的蓬乱的头发上还挂着从树枝上沾的蜘蛛网丝。

"您请坐，托拉。"他客气地说。"我也听说了女孩的事。她同那个工程师在搞些什么呀？"

托拉把她从奥尔迦那里问来的情况告诉了他，奥尔迦同赫普诺幽会过，可再严重的事肯定没有。乌尔里克森难受地摇着头。

"这人比她要大二十五岁。"他说。"他若是个工人、牛奶场主或者庄园主，奥尔迦是不会看上他的。二十岁的她只会把他看成是个可笑的老而无能的家伙。但是通常总是这样：性爱中包含着社会野心。""我不大明白你说的是什么。"托拉说。"我是说，由于他的地位高于她，所以她才爱上了他。"乌尔里克森说。"他就像童话中的王子那样使她眼花缭乱。这又是自卑感在作怪！你们只要学会挺起腰杆做人就好了。""您一定是个社会主义者，乌尔里克森。"托拉笑着说。"不，我是个格隆特维主义者。"乌尔里克森说。"经济方面的事我是一窍不通，但我们不管在什么地方，都应当站得正立得稳。""贫穷往往容易使人低三下四，"托拉说，"您瞧，我们最后还是落脚到金钱问题上了。"

乌尔里克森双眉紧锁，手中拿着早已熄灭了的海泡石烟斗坐着。"要是他把她勾引上了那就糟了。"他说。"我了解奥尔迦，打她上学时我就了解她，这会毁了她的。她要是同他结婚，那就更糟。年龄差别太大了。不成呀，除了让奥尔迦离开这里，我们没有别的办法。她必须离开这个该死的工程师。他要想寻欢作乐就到别处另找女人去。""那我把她送到哪儿去呢？"托拉问。"我有一个妹妹，她在菲茵岛跟一位教员结了婚。"乌尔里克森说。"她是个靠得住的女人，要是我请她收下奥尔迦当女仆，她会同意的。"

这是乌尔里克森的建议。托拉看得出来，这是他们能够做到的最好的办法了。"别人会说闲话的，"她说，"他们会以为出了最糟糕的事了。""别人爱怎么想就怎么想吧，托拉。"乌尔里克森说得很坦率。"您和我从来也没有怕那些闲话。他们爱怎么议论奥尔迦就怎么议论吧，我们只要让她离开就行。她是不是要干到十一月份才到期？"奥尔迦不是，乌尔里克森挺满意。奥尔迦干活儿的那个庄园的主人和主妇曾是他的学生，他对他们说句话还是算数的。乌尔里克森会让奥尔迦辞去那儿的活儿的。

奥尔迦听说要让她离开，把头往后一仰，觉得受了委屈。"我有言在先，他会写信给我的。"她说。"那就让他写吧。"托拉说。"我觉得你最好还是离开这块是非之地。你在乌尔里克森的妹妹那里也能学到不少东西。"托拉并不害怕赫普诺写信。那不会伤害到她们。若是赫普诺想去探望她，那乌尔里克森的妹妹一定不会让赫普诺接近奥尔迦的。奥尔迦添置了几件漂亮衣服，听了许多忠告劝说，就动身前往菲茵岛上的乌尔里克森的妹妹那里去了。

"他可别来了气把我和尼尔斯从工地上赶出来。"马里努斯忧心忡忡地说。"谁能知道一个人在这种事上会干出什么来。也可能他发现她走了会干出鲁莽的事来的。"

赫普诺并没有什么鲁莽之举。一天上午他开车来到庄园打听奥尔迦，得知她走了。"她走了？去哪儿啦？"赫普诺问着，眉头紧皱起来。庄园主也不清楚。她好像是在西兰岛，又或许是在邦霍尔姆岛上找到了差使。"好吧，"赫普诺说着，并把车发动起来。他开着车冲出了庄园。他是有点儿爱上这个漂亮的姑娘了，而她却从他手中溜了。去她的吧，世界上有的是女人，他还要盖他的工厂呢。

有个男人手中提着箱子从费奥厄城徒步而来，他目不斜视地漫步走过阿尔斯莱弗镇。他的穿着不像当地人：上身穿着一件大花格大衣，脚下是一双大头靴子。他脸上的皮肤粗糙，皱纹密布，嘴里叼着一根短烟斗。他朝着高坡地径直走去，镇里的人估计此人大概是来安装机器的。但是这人并没有向工厂走去，他站在高坡地上，往下瞧着，然后回到了酒店。他在那儿打听曾在高坡地住过的马里努斯·彦森。他去世了吗？

马里努斯收工回来，那人正在他房里坐着。"这一定是个客人。"马里努斯说。托拉告诉他，这不是别人，正是他弟弟劳瑞茨，他从美国回来了。"你难道真是劳瑞茨？"马里努斯问道，并打量着这个陌生人。好久好久，他终于从那张粗糙皱巴巴的脸上认出了兄弟的特征。这正是年轻时到美国去的劳瑞茨。

"你看上去有点儿憔悴，马里努斯。"劳瑞茨用不太流畅的家乡话说道。"我要是在街上碰见你，我真认不出你来了。你把庄园卖了，你过得怎么样？"马里努斯讲述了他的情况，反过来也了解到劳瑞茨在国外的情况。没多久，马里努斯和他一家就明白了，劳瑞茨没有发了财回来，他口袋里仅装着几百克朗，这就是他的全部财产。

"我还以为你在那边发大财了呢。"马里努斯说。他感到有点儿失望。多年来，他一直满怀喜悦地等着这一时刻，他的弟弟会在口袋里装满美元回到家乡，让整个教区惊讶羡叹。"是呀，那儿能挣钱，可也能花钱。"劳瑞茨说。"我挣过不少钱，好多次我的皮夹是塞满了。可是娘儿们坑害了我，我对她们没有办法。回到家乡要好多了，这儿的娘儿们不那么漂亮，她们对钱也不是那样精明。"

劳瑞茨比马里努斯小几岁，正是年富力强的时候，在工厂里想必能找到点儿事。第二天劳瑞茨就去找赫普诺谈。他们用英语谈了很久。劳瑞茨对他说了他在美国都去过什么地方，都干过什么活计。劳瑞茨被录用了，看来他在国外也没白待。他很快就熟悉了所有的工作，一星期不到，他就成了赫普诺的心腹了。

"我们很想让你同我们住在一起，"马里努斯说，"但这儿住得很紧，我们想以后自己盖房子。你在这儿住着也不舒适。差不多全教区的房子都很紧。"马里努斯同托拉商量，看看劳瑞茨到哪儿去找住处，他们最后都想到，唯一能去住的地方是安德列斯和玛格达家里。他们有好几间房子，那儿总有地方住下。

"那女人怎么样？"劳瑞茨问。马里努斯说，玛格达就是一个普普通通、平平常常的女人。她屋子收拾得整洁干净，可她丈夫有点儿差劲儿。她想从安德列斯那儿拿到钱不那么容易，她自己现在也变得有点儿斤斤计较了。"我是说她长得怎么样？"劳瑞茨问道。这下马里努斯想起来了，他弟弟供认过在女人身上他很软弱。"她不会有什么危险的。"他笑着说。"我想不出来有谁会主动去找她。那时是她把安德列斯骗到床上的，咳，对她你不必担心。"劳瑞茨放心地点了点头。

结果就这样安排停当了，劳瑞茨去同安德列斯和玛格达住在一起。他睡在他们房间的沙发上。他们能挣到点儿外快也很满意。

劳瑞茨拜访了自己的老相识，也去工房找短工和工人们。他是个见多识广、经历丰富的人，他不仅去了北美，还在南美同野蛮的印第安人打过仗，敢在野兽和毒蛇中间求生。劳瑞茨一讲开自己的经历，马里努斯的孩子们就屏息静气地听着，就连西利乌斯也听得瞠目结舌。"你是有番经历了。"西利乌斯说。"那你吃过人肉吗？"劳瑞茨吃过。"那味道同小牛肉差不多。"他说。"我们是在丛林里的印第安人那里吃的。我正吃得津津有味时，突然从汤锅里翻上来一只胳膊。于是我明白了那是人肉，再也吃不下去了。我在南美待得不久，那里的气候我受不了。"

二十九

　　小吉普在一天天长大，而老吉普景况却日见不佳。一天早晨，西利乌斯和菲德丽克走进他的卧室，老人像个死人似的静静躺着。"老爹好像是去了。"菲德丽克说。但西利乌斯却发现，老人的一只眼睛还在眨巴着，他还有口气。

　　"老爹，你病了吗？"他对他大声喊着，老人却毫无声息。尽管他还没死，但已奄奄一息。西利乌斯告诉菲德丽克，得从费奥厄城请医生来。医生来了，老吉普已经全身瘫痪了，医生难以断定，他会很快死去，还是要瘫痪一段时间。总之他是活不了多久了。

　　起初看上去，老吉普还能挺得过来。他又能发出点儿声音，低低地说出微弱的西利……瓦西……再多就不行了，他已经耗尽了力气。医生第二次来时，他又染上了肺炎，老吉普这次真的要去了。上帝在召唤这个罪愆深重的老人了。

　　"我们要不要请牧师？"菲德丽克问。"我们要他做什么？"西利乌斯说。"这是习惯。"菲德丽克说。"我想，老人要是能说话，他一定会让我们请牧师的，在他死前接受圣餐。"西利乌斯难以拒绝老吉普的这一临终愿望，他亲自去找牧师，请他给老吉普做一顿圣餐。盖姆斯特牧师也曾不时地去探访老人，他有点儿犹豫。"您认为他的神智还是清醒的吗？"他问。"他能明白这一神圣活动的意义吗？""尽管他已经瘫痪了，您对他说的每个圣洁的字他都能听明白。"

牧师当天就来了，为老人做准备。他把圣饼放到了他的舌头上，可是酒呢？牧师手中拿了石灰站着，不知道怎样才能让这个垂死的老人把酒喝下去。"让我来吧。"西利乌斯说着从桌子的抽屉里拿出一把汤匙。他把酒倒入汤匙，小心翼翼地把汤匙放到老人嘴边，一大半酒顺着嘴角流走了。老人的一只眼睛睁开了一条缝，看着西利乌斯呻吟着："西利瓦西昆，哦，西利瓦西昆。"这是老吉普临终的话，第二天早晨他就死去了。

老吉普的葬礼办得很体面。西利乌斯和菲德丽克家里地方不大，他们便从邻居那儿借了一间房间，招待至亲好友。老吉普在坟墓里应该是心满意足了。从远离海湾的村子里，一些蹒跚而行的老农民也来到公墓，他们是老吉普青年时代的相识。他们曾经在一块儿喝酒打牌，赢走了他的钱，牌打不顺手时，还跟他打过架。

老吉普躺在外屋的尚未上盖的棺材里，西利乌斯在它周围饰上了松枝，老人们在他身旁静默了一会儿，向死者告别。随后，来客都被请到屋里吃饭，人们回忆起老吉普年轻时的经历。酒一杯杯地下了肚，男人们的脸已经通红，大家都说老吉普的人品好。现在像他这样人的太少了，是呀，世道是今不如昔呀。谁还会驾着车去市场，把马和车都赌掉？谁还会拿土生土长的庄园当作赌注？老吉普给人们留下了好名声。

参加葬礼的客人大多是老人，他们早早地就回去了。最后只有马里努斯、托拉、劳瑞茨、安德列斯和玛格达留了下来。他们都是西利乌斯有田产时的老邻居，他请他们

273

留下再喝一杯。西利乌斯有点儿醉意，他现在很少这样了，今天他为老吉普的死多喝了些。

"妈的，我会想念他老人家的。"西利乌斯说。"我一直很敬重他，他又那样聪明。我用汤匙喂他喝过不少酒，他真爱喝呀。好在他给我留下个继承人，我们家里添了这只小红狐狸。"

女人们偷眼瞧菲德丽克，可她看上去好像并不内疚。她坐在桌旁，形体瘦削，有点儿瑟缩，从那年夏天以来已经过去了好长日子。

"这花了你不少钱吧。"安德列斯说。然而西利乌斯不把花钱当回事，为老吉普办事是值得的。"他把所有家产都赌掉了，"西利乌斯说，"我很敬重他。多数人都是守着自己的家产不敢动窝的。""你有田产时，你也走了他的路。"西利乌斯酸溜溜地说。"《圣经》上说：你能在小事上忠心耿耿，我将要把重任托付于你。大家应该记住这些话呀。"

这天晚上安德列斯情绪不佳。他对玛格达粗声粗气，好像她有些不对他的劲儿。玛格达呢，倒是异乎寻常地和气。她言语不多，口无恶言。别人也都注意到，她总紧挨着那个美国回来的劳瑞茨。马里努斯想，是不是玛格达把劳瑞茨勾引上了？他又抵挡不住了吗？

只要别人爱听，劳瑞茨就能滔滔不绝地谈。他回忆着，他在美洲的森林里怎么干活儿。那里有好几百个伐木工人，住在远离人们的荒草野地里。他们打牌喝酒，有时男人们大打出手，还动刀动枪，不少人死于非命。

"他们干吗要打架？"玛格达问。"哦，那儿没有女人呀。"劳瑞茨说。"是啊，是这么回事。"玛格达说。"要想过太平日子，就得有女人，女人性情好呗。""哦，不是那么回事。"

托拉说。

这些日子玛格达不常往镇上跑了，至少在男人们下班回家后是这样。她收拾房间，劳瑞茨对她做的饭菜无可抱怨。玛格达做了丰盛的饭菜，但他注意到，安德列斯认为这样的生活太奢侈了。"你要对她小心点儿。"马里努斯说。劳瑞茨表示说，他自己在尽力注意。他不认为同玛格达和安德列斯住在一起会有什么危险。

绥恩每个星期天带着记分册回家来，马里努斯看得很仔细。绥恩在班里的成绩名列第一，学校对他夸奖备至。然而马里努斯并不轻易满足。"我说，你的自然史得的是优减。"他说。绥恩解释说，谁也不能每次全对。"可是你得用功才行，小绥恩。"马里努斯告诫地说。"你得记住，是别人在出钱让你读书。你可不能给我们丢脸。"绥恩完全成了一个身材纤弱、面色苍白的城市小孩了，托拉几乎都快认不出这就是自己的儿子了。

是呀，还是安东像她的孩子。他给斯基夫特店主当差，在店里当帮手。他自己挣一份工钱，衣服都是自己买的。安东对这里发生的事都一清二楚。他听别人在店里的闲聊，知道庄园主在盘算什么，那些外来的手工匠的名姓他也都知道。安东同叔叔劳瑞茨成了好朋友，但是到美国去的念头已经打消了。只要年龄到了，他就去工厂做工，在内地干活儿的十六岁卡尔也这样想。到了晚上，母亲们要孩子回家时，得去高坡地上把他们找回来。托拉的三个最小的孩子蒂努斯、索菲娅和小劳瑞茨也在那里，他们是镇里的一帮小调皮鬼。一有船只来时他们就去码头，他们悄悄溜进去瞧机器，要不就盯着烟囱，看它刮风时会不会摇晃。

工厂建筑的周围乱七八糟地堆满了断梁、石头和沙子。

到处掘得坑坑洼洼，就像大象曾在这里进行过搏斗似的。这里在建设，到处听得见赫普诺的嗓音，他现在又添了一个会用美国话骂人的帮手劳瑞茨。大家知道，工厂暂时还没有造好，还不能生产水泥。院墙砌了起来，机器也已经装配就绪，但是要干的事还有成千上万。

西利乌斯研究着工会法和工资协议，但工地上没有发生冲突，他的知识一时还用不上。赫普诺不是那种对五个欧耳也要斤斤计较的人，他在盖工厂，该出多少钱就出多少。西利乌斯的举止拘谨自重，几个星期才去一次酒店。一天他去找店主，店里正坐着几个庄园主，他同他们进行了一场舌战。"你当上了工会主席啦，西利乌斯？"马斯·隆德说。"干这个能挣到点儿什么吧？""正是，"西利乌斯说，"要是短工们早有了工会，他们的日子就会好过多了。你们就得给我们按劳付酬了。""我们又要付息又要纳税，多付不了钱。"庄园主说。"你们能挣钱这是件好事，我们再也用不着为你们去救济署和教区委员会东奔西跑了，这样你们也能照顾自己了。"

西利乌斯对他客客气气地点点头。"普通平民给你们添了不少麻烦，实在过意不去。"他说。"没有别的办法，只有让我们来帮助你们从工作和烦恼中解脱出来。""但愿如此。"庄园主说。"我烦透了这些事，见到的都是些忘恩负义的人，干的都是吃力不讨好的事。""你们就对付着干到下届教区委员会选举吧，再往后也就没有你们了。"西利乌斯说。"我们会来减轻你们的负担的，我们会把我们的人选进去的。"

小店里变得鸦雀无声，谁也没想到，有了工厂，工人也就成了多数。"好吧，你们想怎么干就怎么干吧，把这一切全拿走吧。"马斯·隆德说完，砰的一声关上门走了。

西利乌斯曾经是个浪子、无赖，他敬佩老吉普的生平，用汤匙喂他酒喝。现在，他有了儿子，当了工会主席，他还要进行另一场斗争。西利乌斯想了个主意，工会应当有面旗帜，于是他就挨个儿地募捐。轮到安德列斯出钱时，他就拼命地埋怨起来。"我可维持不下去了。"他发着牢骚。"我要给工会拿钱，玛格达又越来越不讲理。我看，她花掉一张钞票就像别人用一张报纸那样。别对我太苛刻了，西利乌斯，我受不了啦。"

可是西利乌斯不管那一套。"我看看你的存折行吗？"他说。"让我看看你积攒了多少钱。""我没有存折。"安德列斯说。"我挣多少花多少，我卖庄园时欠了别人好多钱，到现在也没还清。""只要你在工会里，就得跟我们一样交钱。"西利乌斯说。安德列斯哭丧着脸，长吁短叹地拿出了一克朗，西利乌斯给他登记在单子上。

康拉德的想法终于实现了。斯基夫特准备扩建商店，使它现代化。他请来了手工匠，同时又做了这样的安排：康拉德和梅塔搬到楼下房间住，他自己住到阁楼上去。斯基夫特乐得让康拉德和梅塔来主事。他实在吃惊，康拉德说过什么，结果果然应验，这里又要办消费合作社了。"他们不会那么傻吧？"斯基夫特问。可在康拉德看来，他们既然在别处那样傻，在这儿也不会例外。

从镇上走过，看不出有多大的变化，然而确实有变化。镇子街道周围的地皮都卖掉了，春天一到就要动工造房子。人们要到阿尔斯莱弗镇来找工作或者做生意。这里不再是一个村镇，而是一座工业城市了。

十一月的风暴席卷大地，渔民们把船拖上了岸。从高坡地望去，看得见北边落了叶子的树林和南面的沼泽地，庄园紧贴在地面上像是以寻求躲避风暴似的。但冬天再也困扰不了短工们了。

从美国回来的劳瑞茨仍旧同安德列斯和玛格达住在一起，然而事情却出了格。一天他找到托拉透露自己的困境。他和玛格达走上了歧路，他上了她的床。"你就不能管束管束自己吗？"托拉笑着说。劳瑞茨伤心地摇着头，娘儿们总是成为他的不幸。"安德列斯怎么说？"托拉问道。劳瑞茨感到安德列斯一定知道了他们的事，但他不动声色，装作若无其事，对玛格达的情人也很殷勤。

"是吗？"托拉说。"你可别跟她亲近了。玛格达不是个毛孩子，她知道她在干什么。""可她要跟我结婚。"劳瑞茨说。"她可是已经结过婚了。"托拉说。"她要同安德列斯离婚，再嫁给我。"劳瑞茨说。"对于女人我从来就没有太平安宁过。可怕的是，我明明事先知道，可还要去上钩。"

劳瑞茨的皱纹愈加深了，他是愿意做一个正派人，不愿做对不起别人的事情。现在托拉发火了。"我根本看不起她。"她说。"她既然已经有了丈夫，她就应当感到满意了。她费了好大的劲儿才同安德列斯结了婚，现在看着你好又要把他给甩了。这一切就是她的盘算，我看不起她。"劳瑞茨想为玛格达说好话，托拉根本就不听他的。"你知道什么，你不了解玛格达。"她说。"我对你说吧，劳瑞茨，你要捏在女人手中，你就一钱不值。"

劳瑞茨盯着她。"你说什么？"他问。"你要捏在女人手中，你就一钱不值，她们对你可以随心所欲。"托拉说。"可她也太过分了。我决不同意玛格达跟你结婚。她要的是安德列斯的存折，她要的就是这些。我得找她谈谈，我得告诉她我是怎么想的。"

托拉真的气极了，男人们去上班后，她来找玛格达。"你来了太好了，"玛格达说，"难得能见到你。""可不，你没有时间呀，"托拉说，"剩下一点儿时间你还要找劳瑞茨睡觉。""托拉，你在编派我些什么呀？"玛格达惊恐地说。"我想，该是时候了，你得知道自己不再是用人，而已经是一个有夫之妇了。"托拉狠狠地说。

玛格达眼泪汪汪。"你把我说得太狠了，托拉。"她说。"怎么是我的过错呢，男人们总不放过我。他们给我的只有痛苦，这我都记得的。""可不，你同他们在床上一块儿躺着，用胳膊抱住人家，他们当然不会放你走了。"托拉说。"我们知道得很清楚，这些勾当是怎么回事。"

"我对劳瑞茨无所要求。"玛格达说。"你有所要求才好呢。"托拉说。"你就是同全镇的人都睡遍了，我也不会责怪你一个字。我们女人也应该有自己的权利。可你每次把男人搞到手，你就想控制人家。我觉得这可不怎么样，玛格达，你真是个荡妇。"

"你要对你那张嘴负责。"玛格达怒气冲冲地说。"我对你的所作所为负责。"托拉说。"劳瑞茨明天就从你们这儿搬走。你想跟他睡多少次就睡多少次，但你别想同他结婚。你就好好同安德列斯过日子吧。"

玛格达悲痛交加地瘫了下来。她拉着托拉的手，推心置腹地告诉她，她从来没得到过安德列斯的欢爱。她之所以嫁给了他，是因为她是个不幸的女人，没什么人可以依靠。"你可以找点儿事做做嘛。"托拉毫不怜悯地说。"你本可以不用嫁给安德列斯的，他犹豫了很久，他根本就不愿意要你。你现在又要劳瑞茨了，可现在太晚了。"

托拉按照自己的主意办事，劳瑞茨从安德列斯和玛格达那里搬了出来。他又同马里努斯住在了一起。他将一直住到马里努斯和尼尔斯有一天盖好自己的房子。到那时，给劳瑞茨留出一间房间来。不照管着他不行，不能让他随心所欲。

托拉的体重增加了，她的日子过得不错。她有一个老实正派的丈夫，把一星期的工资都拿回家来给她放在桌子上。再也不用担心冬天和口粮了，马里努斯有了工作，拿着工资。她偶尔到公墓去，在维拉的墓边坐上一会儿。这块小坟地是托拉能安享宁静的地方。除了这个地方，走到哪里都是人。

短工的妻子有时候也去贫民救济院看望老多勒。她们给她带些蛋糕和果酱，多勒坐在自己的小房间里，就像一只衰老而又忧伤的鸟。"我不知道在我周围的都是些什么人。"她说。"这对我倒没有什么妨害，他们对我都挺和气。让尼科拉给你们拉琴吧。他拉得可好了。"

尼科拉从盒子里拿出小提琴，拉了一段。琴声忽而呻吟，忽而尖叫，但噪声里却挤出一支曲调。"是呀，尼科拉拉得真好。"多勒说。"能有人带上他进坟墓就好了。他们答应了我，说得像《圣经》上一样肯定。我去见救世主以后，他们会照顾他的。只要我还活着，我到哪里都没有关系，只要他们别把我送到贫民救济院去就行。我可不愿去那地方。"

✤ 三十 ✤

厂房里机器已经安装完毕，只等着开工了。现在工程的进展已经到了人们可以庆祝的时候了，赫普诺准备在酒店举行盛大的酒会。准备工作是巨大的，为一座工厂举办上房顶酒会①可不是每天都有的事。

酒店大厅里摆开了长条桌，赫普诺站在门口欢迎每位来客。天下着雨，大厅里满是湿衣服和烟草味。妇女们也应邀前来，她们黑色的节日盛装上还留着刺鼻的樟脑丸味。

每个参加建厂工作的人都作为客人受到了邀请，大厅里济济一堂。有些人不得不退到酒店客房里去吃东西，但吃的喝的都异常丰盛。

这里面有手工匠、泥瓦匠、木匠、锻工和短工。有的来自遥远的地方，有从费奥厄城来的，教区里几乎所有的工人都来了。还有渔民，他们也在高坡地挣钱；还有小农，他们的土地少得可怜，难以糊口；还有那些青年长工，他们原先为庄园主干活儿，后来都辞退了并到工厂来工作。

---

① 丹麦造房惯例，每当房子快要造好，最后要上房顶时，房主要举行酒会，邀请建筑工人、左邻右舍、诸亲好友出席，以示庆祝。

281

他们带着妻子，向赫普诺问候。然后他们贴墙站着，神情庄重而又有点儿拘谨。

西利乌斯和菲德丽克是最后一批来的。他的脸由于雨淋而红光满面。因为是酒会，西利乌斯很注意举止。他同赫普诺握了握手，然后向一群沉默的短工走去。"妈的，"他说，"这要是晴天就好了。尽管我从来没有怨恨过雨天，但我还得这么说说。""我们也一样。"彦斯·赫斯特说。"我跑了好几里路就是要来喝点儿的。"西利乌斯说。"下雨不会对我有任何的妨害。"

哪里有西利乌斯，哪里就气氛热烈、谈笑风生，他嘴上玩笑不断，对任何人都能说上几句。起先短工们穿得整整齐齐，显得庄重而又拘谨，现在西利乌斯来了，他是他们的人。他年轻时曾把一个人打趴下过，他到处流浪过，而现在他是他们的工会主席。"这儿真像丰收酒会。"西利乌斯对安德列斯说。"我俩在高坡地上有田产时，地上只长野草。现在我们得用草料袋来装燕麦了。""唉，你真会扯淡，西利乌斯。"安德列斯长叹了一声。"我怎么也忘不了他们是怎样同我们做交易的。他们骗了我们，那可是不合法的呀。""我们现在可有了工厂了。"西利乌斯说。

赫普诺请大家到桌边来，吃喝开始了。男人们互相碰杯，人声沸沸扬扬地喧闹起来。于是赫普诺敲了敲杯子，站起身来。大厅里一片肃静。他要发表讲话了。

"各位，"赫普诺说，人们从酒店客房里涌向大厅，听他讲话。"我们的工作告一段落了，现在我们在这里庆祝。我们盖起了一座大厦，我们在里面安装了机器。我们在过去不能给人收获的贫瘠的高坡地上盖起了工厂，它会给我们大家带来每天的面包。"

每天的面包！短工们点着头，他们知道这话里的含意。他们为了面包而含辛茹苦地劳动，忍受着侮辱和歧视，他们受到了非人的待遇。每天的面包就是他们全力追求的目标。他们为了老婆孩子的面包而奋斗。

　　"机器会给我们带来无忧无虑的生活。"赫普诺说。"机器给我们的饭桌带来吃的，给我们的身体带来穿的。没有机器，现代社会也就不复存在，这是我们生活的前提。如果机器停止转动，生活也就停顿了。没有机器和现代技术，我们这些人在地球上将无以生存。若是我们让机器来照料我们，那我们将会活得美好富足。我们能够生产的东西是没有极限的。倘若机器被毁坏，人类的一半将死于饥饿。

　　"过去你们种过地，当过工匠、雇工、渔夫和用人。现在你们要操纵机器了。你们将开始新的生活。新生活只有一条不容违反的法令：决不能让机器停止运转。你们成了工人，有了自己的组织，你们有了权力，但要注意怎样运用这个权力。是机器造就了你们，给了你们新的生活。假若你们让机器停止运转，你们将自食其果。机器要平平安安地运转。我们使用机器的人应当懂得，我们是机器的仆人而不是主人。我们服务得力，它将会给我们莫大的恩典。"

　　短工们注意地听着讲话，他们认为，这话说得过头了。这听上去几乎无异于布道。新的生活！这跟牧师在布道台上讲永恒的生命一模一样。面临着新的巨大的变化，这是大家期待已久的。他们在这个世界上会过得好些，安宁些，他们的餐桌上会有面包。假若一切顺利，他们每天可以挣到一份工钱。他们的孩子不用从小就出去干活儿，他们的老婆也不用为了一点儿微薄的工钱而在寒冷的秋天去挖甜菜根、刨土豆了。这就是新生活。

赫普诺和他的工程师们坐在那里，是他们开始了这里的一切。他们背后还有大老板，多半是他们的缘故才来建厂的。他们是不会为了让工人有吃的而来盖工厂的。然而这毕竟是新的生活。

　　"我们将要开始生产，我们要制造水泥，"赫普诺接着说，"我们生产的商品要达到同类产品的最好水平，我们能够做到这一点。这是事情的一方面。同时，我们还要为大家提供吃的，这我们也能做到。机器不光是制造水泥，它也要为我们创造一种安稳的生活。我们都要为机器服务，要记住，我们每天的面包都要归功于机器。我们不仅要干活儿，我们还要合作。我们要同舟共济，千万要牢记这一条。"

　　赫普诺继续讲着即将兴建的家庭住房。短工们过去也听过演讲，他们知道，谁都是在为自己说话。然而这些话使他们有种奇怪的感觉，话里别有用意。他讲了不少不能让机器停下来的话。而他们是能让机器停下来的。

　　赫普诺为工厂干杯，客人们竭尽全力地欢呼着。喧嚷又重新开始。酒瓶飞快地传递着，男人们让酒流到了佳肴上。红光满面的西利乌斯坐在桌旁，身旁是他沉默寡言的妻子。那里还有托拉和马里努斯，一个谨慎、谦和的人。那儿还有保尔·伯格、索特·安诺斯、拉斯·谢伦格莱、彦斯·赫斯特、博尔－艾立克和他们的老婆。他们来到这里参加工厂的上房顶酒会，他们将要开始新的生活。